小说现代中国

杨早 孟岳 著
黄山 凤梨 绘

北京联合出版公司

序言一
通过小说读懂民国

这本书里选择的小说是那些可以让我们借以进入现代中国的历史、读懂20世纪上半叶社会的作品。

每一篇小说的产生,都跟当时的环境、作者的心态、媒体的需求(民国是一个媒体非常发达的时代),以及推广,有着巨大的关系。

大家熟知的一些民国小说,比如说《孔乙己》《阿Q正传》《子夜》,都在当时获得了媒体的关注与传播,并且在后来的接受当中,一层一层地沉淀下来,才成为经典,才成为咱们今天选择通过它们去走进现代中国的原因。阅读小说,同时也要发现背后的历史,这样才能真正地读懂它们。

我跟很多外国学者交流的时候,他们总是喜欢问:"中国又有什么新的值得看的小说呢?"为什么他们要这么问?因为他们想通过小说来了解中国社会,这是最便捷的方式。

可能你也听过巴尔扎克的一句话:"小说是一个民族的秘史。"很多人看历史的时候,往往会被那些政治风云、制度变迁,或者是大事件大人物,掩住了眼光,很难去贴近现场、去理解那个时代的人和事。那些普通人,他们的心态,他们的想法,他们的行为,都很难在所谓的"大历史"里面读到。

我写过一本书叫《民国了》,特别的关注点有二:一是小人物,一是细节。因为我觉得小人物和细节才能代表那个时代的主流和常见的逻辑。我们现在听到的很多八卦,其实都是被媒体与历史挑选出来的奇闻逸事,不是正常人的生活。而"小人物"和"细节"存在最多的地方,就是当年影响最大的小说。这就是为什么要了解一个时代的情绪与逻辑,最好的方法就是阅读当时广为传播的小说。因为能够广为传播,就意味着小说跟当时的读者内心有着极大的共鸣。

你可以想一下,假如100年后有人想了解我们这个时代的情绪与逻辑,那么他应该去阅读什么小说?如果你是一个关心小说与时代的人,我相信你内心会有自己的答案。

阅读小说可以帮助我们了解这个社会,这是我们写作这本小书的基础。如果你希望读懂民国小说,并进一步读懂民国社会,这本书可以帮你。

从1919年到1948年,这30年当中,我们在每一年选择一两篇小说,通过对这些小说的详细解读,串出一条线。这条线就是民国社会发展的脉络。

看完这本书里选出的40篇小说,就相当于在现代中国里面走了一遍,像旅游时的深度游,可以通过这条历史之径、小说之路,看到别人没看到的风景。

如果你有兴趣,请跟着我们的脚步,一起进入"小说现代中国"。

序言二
"小说民国"是一种阅读方法

如果你家有个正在上学的孩子,无论小学还是中学,那你一定能感受到语文阅读的热浪,读书这件事儿这两年在教育圈着实火了一把。对小学生来说,有"××附小假期书单""××名师××专家推荐孩子不能不读的N本书";等上了中学,总算可以逃过名校和专家的忽悠,然而,最新部编教材必读书目、中高考语文必考名著,又接踵而至——孩子叫苦,家长焦虑。其实不光教育圈,读书如今在全社会都是热词,平时有各类读书节、读书会,年底更有各种荐书单、好书榜,真可谓琳琅满目、应接不暇,连明星网红也都在人设里补上一条"爱读书",否则总觉得不够圆满。

可这么多书,哪儿读得过来呢?我的药方是:书山有路,方法为径;学海无涯,回头是岸。

什么方法?又怎么回头呢?由于本书所涉及均为现代小说,而我的本行又是语文老师,我就用篇目中的《骆驼祥子》举个例子。

《骆驼祥子》是中考必考名著,也是成年人耳熟能详的作品。但你现在回想一下,除了祥子买车三起三落的情节,除了虎妞、小福子、刘四爷这些生动的人物形象，除了作者对底层人民的同情、对旧社会的批判，以及京味儿的白话语言，你还能从这部小说读出些别的什么吗？你可能会说了，读出这些还不够吗？够不够我先不评价。刚才列举的这些小说阅读的套路实际就是语文课最常见的阅读方法——情节梳理、背景介绍、人物分析、主题提炼、语言品读，最多加一个手法鉴赏。《骆驼祥子》这么读，《呐喊》这么读，《红岩》这么读，《海底两万里》这么读，《水浒传》还这么读，从一本小说到一百本小说，往往只是单一方法的反复操练，有数量的积累，却难有别开生面的发现，更遑论见识的提升与能力的突破了。

其实《水浒传》或《海底两万里》这些小说还稍好，中小学阶段最麻烦的是中国现代小说，特别是鲁迅、老舍小说这类带有批判性的作品。在很长一段时间里，这些作品都只被用来论证旧社会的黑暗、革命的必然，以及新社会的幸福。而1980年代对人性的关注，既是留给今天语文教学的遗产，也是另一种包袱，比如文学阅读的"人性腔"就是后遗症——什么小说都从人性层面解读，成了另一种千篇一律。

除了这么读，还能怎么读呢？我们还说回《骆驼祥子》，你有没有想过一边读小说，一边找一张民国北京地图，圈一圈书里那些地名？如果你圈过就会发现，虽然这部小说不是在北京写的，但老舍就跟心里揣着一幅北京地图似的，地名如数家珍、路线分毫不错，全能串得起来。这还不算，如果再补一些民国北京的历史知识，就不难发现，这些地名和情节配合在一起，勾画出的就是二十世纪二三十年代北京城的社会生活和城市空间的图景。

比如为什么小说里写护国寺-新街口冷清就要出事儿？为什么

西直门外会遇见逃兵?为什么祥子在模式口能拉回来骆驼?曹先生怎么住在北长街?景山西边小胡同真能甩开侦探吗?如果你逛腻了故宫、北海、颐和园、天坛、鸟巢、八达岭,那不妨带上一本《骆驼祥子》,按照你圈出来的路线走上一遭。

这一走,你会看到西安门早都拆了,祥子和车厂没有了,但西安门大街还在;模式口不养骆驼了,但逼仄的山口还在;高粱桥重建了好几次,周围车水马龙,高楼林立,茶肆风景却再难寻觅;西直门现在是一片宏伟的立交桥,城楼不见了,祥子也不见了,但站在桥上,可以看见飞驰的出租车、快递三轮儿,看见公交车上、地铁站旁努力生活着的年轻人,他们也许稳稳当当地过完一生,也许三起三落;护国寺就剩下一个被围起来的金刚殿,但街面上还像以前那么热闹,甚至更热闹了,进到护国寺的小吃店里叫上一碗豆汁儿,嗞儿喽一口,还能找见老舍的滋味儿。

历史想象、小说虚构与当下现实,就会在这样的阅读之旅中叠加在一起,拓宽阅读的维度与视野,让文本立起来。

我们将通过几十篇中国现代小说,带给你阅读小说时脑洞大开的新角度、新方法、新视野,与你一同领略大小作家们不为人知的一面。最重要的,我们要通过这些小说重返历史,带你走进一个不一样的现代中国。

—主要人物—

（按发言顺序）

杨早
职业读书人，从清末到当下的中国社会观察者

孟岳
无涯学海中的语文摆渡人

张宇帆
在书里找寻时间，在戏里做梦

彭江河
文学专业，文字是读书的时候写的，一起读书吧

绿茶
读书，画画，带娃，凡尔赛

尹伊
恰辣椒功能退化的弗兰人

朴微
一个爱喝酒却怕胃癌晚期，个性悲观又恐浪费人生的学生

邱小石
抬头记录，埋头创作

梅子酒
若作和羹,尔惟盐梅。三酉一杯,笑慰风雨

陈童
勤勉做新闻,忙里偷读书

土城
愿做怀揣梦想的读书人,愿做不拒世俗的法律人

李子
爱教育不仅为女,爱读书一心为己

若文
五岁入学至今,好读古人书,其他都是为人忙

白水
北鄙人,供职于某文化传播公司,热爱汉语和中国菜

侯晓彤
暴躁语文老师,彪形都市丽人,浪漫的东城赵丽蓉,最爱鲁迅与泡椒凤爪

目 录

1919 |《孔乙己》
儿童视角之初运用　　　　　　　　　　003
读圣贤书的无名之辈　　　　　　　　　007
1919共读　　　　　　　　　　　　014

1920 |《风波》
智识者的辛亥之痛　　　　　　　　　　017
鲁迅是乡土文学的开创者与超越者　　　021
1920共读　　　　　　　　　　　　025

1921 |《沉沦》
留学生涯的残酷青春　　　　　　　　　027
为什么能成为畅销小说　　　　　　　　031
1921共读　　　　　　　　　　　　036

1922 |《阿Q正传》
鲁迅用小说写了一篇杂文　　　　　　　039
国民性到底是什么意思　　　　　　　　043
1922共读　　　　　　　　　　　　048

1923 |《春风沉醉的晚上》
都市空间中的古典爱情　　　　　　　　　　051
一个"上漂"的白日梦　　　　　　　　　　055
　1923 共读　　　　　　　　　　　　　　059

1924 |《祝福》
三个精神世界的碰撞　　　　　　　　　　061
令人彷徨的鬼故事　　　　　　　　　　　066
　1924 共读　　　　　　　　　　　　　　070

1925 |《潘先生在难中》
中产阶级的焦虑与恐惧　　　　　　　　　073
基础教育到底有多丧　　　　　　　　　　078
　1925 共读　　　　　　　　　　　　　　084

1926 |《少年漂泊者》
变革时代需要粗暴的情绪表达　　　　　　087
这是成功的革命文学吗　　　　　　　　　091
　1926 共读　　　　　　　　　　　　　　095

1927 |《拜堂》
汪大嫂，觉醒了的祥林嫂　　　　　　　　097
汪大嫂不是祥林嫂　　　　　　　　　　　102
　1927 共读　　　　　　　　　　　　　　107

小说现代中国

1928 |《莎菲女士的日记》
新天理 VS 新人欲　　　　　　　　　　　　109
为什么用日记体写小说　　　　　　　　　115
　1928共读　　　　　　　　　　　　　　120

1929 |《虹》
三个人合写的女性抗争史　　　　　　　　123
"五四"女青年如何成长为革命者　　　　129
　1929共读　　　　　　　　　　　　　　133

1930 |《丈夫》
该谴责丈夫还是同情丈夫　　　　　　　　135
沈从文的湘西小说到底好在哪儿　　　　　141
　1930共读　　　　　　　　　　　　　　147

1931 |《水》
左翼作家交出的高分考试卷　　　　　　　149
知识分子为什么会向左转　　　　　　　　155
　1931共读　　　　　　　　　　　　　　159

1932 |《人生哲学的一课》《上海的狐步舞》
知识青年在都市找不到工作　　　　　　　161
魔都是一种"新感觉"？　　　　　　　　166
　1932共读　　　　　　　　　　　　　　171

1933 |《子夜》
霸道总裁的欲望游戏　　　　　　　　　　　　173
不是海派的海派怎么写上海　　　　　　　　178
1933 共读　　　　　　　　　　　　　　 184

1934 |《边城》
致理想主义的哀歌　　　　　　　　　　　　187
这部高考名著曾经被封杀？　　　　　　　　191
1934 共读　　　　　　　　　　　　　　 195

1935 |《断魂枪》
有尊严的非遗传人　　　　　　　　　　　　197
传武不能打，都赖老舍不让传？　　　　　　202
1935 共读　　　　　　　　　　　　　　 208

1936 |《理水》《骆驼祥子》
一篇小说形式的杂文　　　　　　　　　　　211
劳工不神圣，只想凭本事体面地活着　　　　216
1936 共读　　　　　　　　　　　　　　 222

1937 |《大波》《大小阮》
战争与历史的循环　　　　　　　　　　　　225
为什么今天格外需要沈从文　　　　　　　　229
1937 共读　　　　　　　　　　　　　　 234

1938 | 《华威先生》
战争让权力重新洗牌 237
要歌颂还是要讽刺 242
　1938 共读 248

1939 | 《八十一梦》《偷拳》
新闻与小说完美结合 251
比写武侠更羞耻的，是在沦陷区写武侠？ 256
　1939 共读 261

1940 | 《在其香居茶馆里》《呼兰河传》
外来政权恶斗地方势力 263
与时代格格不入怎么办 268
　1940 共读 272

1941 | 《在医院中时》《我在霞村的时候》
"新与旧"的双重落差 275
有家医院，专治你的丧 280
　1941 共读 284

1942 | 《金鸭帝国》
童话外壳包装的社会发展史 287
谁拥有儿童，谁就拥有未来 292
　1942 共读 296

1943 |《倾城之恋》《小二黑结婚》
国家主义与个人叙事 299
只准女儿婚恋自由,不许老妈涂脂抹粉 306
> 1943共读 311

1944 |《四世同堂》
有明确目标的集体想象 313
当沦陷成为日常生活 318
> 1944共读 324

1945 |《长河》《荷花淀》
一本最像湘西人的书 327
文学的奇异果 332
> 1945共读 336

1946 |《围城》《寒夜》
"高等华人"的战时历险 339
婆媳矛盾背后是抗战胜利的寒夜 344
> 1946共读 348

1947 |《五子登科》《暴风骤雨》
黑幕+宅斗+反腐 351
湖南作家怎么还原东北土改 356
> 1947共读 360

1948 |《异秉》

拉着读者并排起坐行走 363

屎尿屁也忧郁 368

> 1948共读 374

后记一　时代的情绪 377

后记二　一群人一起读一堆书,想象一个时代 380

《孔乙己》

1919

儿童视角之初运用

《孔乙己》这部名篇,相信所有人都在上学的时候学过。它发表于1919年4月,离现在已逾百年。

《孔乙己》影响非常大,因此它入选语文教材的时间也非常早,1933年的《开明国文讲义》(编者夏丏尊、叶圣陶、宋云彬、陈望道)就收录了这篇小说。编者希望学生能够通过学习《孔乙己》,理解"什么是小说"——因为《孔乙己》是现代小说的开端,理解《孔乙己》就能理解现代小说。不仅因为它发表早,而且在《孔乙己》之前,从来没有一部白话小说使用"儿童视角"来叙事。

古代白话小说里面肯定是没有的,文言小说里,有。比如鲁迅自己写于1912年的《怀旧》,就是儿童视角。

但是中国现代白话小说当中,《孔乙己》是第一篇。

用儿童视角来叙事有什么好处呢?用儿童视角来叙事,特别能够展现成人世界当中的各种不正义、不合理。因为儿童的心灵本身还没有被污染。每个小孩都是在成长过程中,逐渐地被成人世界改变的。在这样一个改变的过程中,如果用孩子的视角去看,就很容易看出我们平时习焉不察的成人世界里面的暗黑成分,比如歧视、侮辱、冷漠、虚伪,等等。

《孔乙己》的叙事者,也就是咸亨酒店的小伙计,从12岁起,就在那里当伙计,但因为"样子太傻",伺候不了肯出大钱的长衫主顾,因此只能在外面做点事。可是,在外面做事,小伙计连偷偷往酒壶里羼水都做不到——换句话说,还不能熟练地骗人。这样的伙计,要不是推荐人面子大,是要被辞退的。这就是成人世界的规则。而这个小伙计,虽然还不会骗人,但也没觉得往酒里羼水有什么不对。所以你看,小伙计是一个已经部分地接受了成人规则的小孩儿。

通过这种儿童的视角来看待孔乙己,我们会很敏感地发现这个读书人与整个成人世界格格不入。而这种"格格不入",反映出了清末社会严格的等级秩序。

按道理说,传统社会的读书人是很高贵的,他凭借知识获取功名,被称为"四民之首"(士农工商),从而在中国传统的士绅社会当中占有重要的一席之地。但是,孔乙己没有考取任何功名,又没有谋生的技能,所以穷困潦倒。他代表了传统社会中最底层读书人的惨况。即使是读书人群体,也存在金字塔结构,能混出头的,始终是少数,这也是一条成人世界的规则。

但孔乙己又坚守着某种知识的尊严,比如穿着长衫喝酒,比如经常会冒出一些别人听不懂的话。不过这些坚守,在鲁镇的民众眼中,只会成为一种笑料。这种场景,是小伙计从成人世界学到的另外一条规则:"对弱者的不同情。"弱者就是弱者,弱者为什么要被同情?"气人有笑人无",这才是社会的主流,这就是丛林化的成人社会教给小伙计的冷漠与冷血。

孔乙己无法在成人世界获得任何承认,只好向小伙计这个酒馆里唯一的未成年人展示自己的学问,想告诉他茴香豆的"茴"字怎么写,"回"字有四种写法。这既是孔乙己对自身价值的寻找,觉得自己至少拥有周围人不懂的知识,也是一种对知识的热爱。可是,连小伙计都觉得"讨饭一样的人,也配考我么",他努着嘴走远了。

小伙计嘴上心里都很瞧不上孔乙己,因为孔乙己不曾取得世俗意义上的成功,但孔乙己对邻居孩子的好,给他们一人一颗茴香豆,小伙计是看在眼里的。一个赤贫的人,还肯把自己仅有的吃食分给别人,这是孔乙己心灵里温暖的部分。

这样一个人,因为偷书,被同为读书人的丁举人打断了腿。丁举人是成功的读书人,成功的读书人就可以打断失败的读书人的腿,在当时的法律和民众眼里,这似乎都是理所当然的事。

而当断腿的孔乙己强撑着来到酒店,寻求人世间最后一点愉悦享受时,迎接他的,仍然是掌柜与酒客的嘲笑与无视。只有小伙计,对他有着未泯的同情心,从小伙计的动作中可以看出,"我温了酒,端出去,放在门槛上",他没有跟着嘲笑孔乙己,相反,小伙计留意到孔乙己"满手是泥",那是因为用手走来的缘故。"不一会,他喝完酒,便又在旁人的说笑声中,坐着用这手慢慢走去了。"

《孔乙己》虽然是一部篇幅很短的小说,但是通过这个小伙计的眼睛,看到了成人世界的不正常、不公平,以及民众对这些不正常的熟视无睹。每个读到这篇小说的人,都会对这个社会生出一种强烈的憎厌之情。《孔乙己》的重要意义也就在这儿:儿童视角是特别适合小说用来启蒙的手段。

在《孔乙己》之后,儿童视角在现代白话小说,尤其是抒情小说里,成了一个非常强大的传统。不管是后来的废名(《竹林的故事》),还是萧红(《呼兰河传》),都采取了儿童视角。

总之,当作者希望用一种相对诗化的、不那么成人化的眼光看待世界的时候,往往会选择儿童视角,以表达自己对这个世界原初的热爱。这样的例子还有很多,端木蕻良、汪曾祺,甚至曹文轩,这些作家都会熟练地运用儿童视角来写作。

孔乙己的重要性在于它是第一部这么写的小说。鲁迅的这篇作品,其实把西方的成长小说、中国白话小说的白描手法,再加上文言小说的叙事经验,通过儿童视角萃合到了一起。

在此之前,中国的小说还只是在故事里面打转。为什么有人说鲁迅是"中国现代文学之父"?《孔乙己》这篇小说,已经给出了完全的证明。鲁迅也说,《孔乙己》是他自己最喜欢的一篇小说。

现在你是不是更明白《孔乙己》这篇小说的重要性了?回头再看一遍吧,可能还会激发不同的感慨。

读圣贤书的无名之辈

鲁迅1919年发表的《孔乙己》可谓家喻户晓,一个中不了秀才的老童生叫孔乙己,生活困窘,好喝懒做却又固执着读书人的体面,穿长衫,满口"子曰""诗云",他那副不合时宜的穷酸相常受到咸亨酒店里食客的嘲弄。后来孔乙己因为偷盗被打折了腿,只能勉强靠两只手撑着地来挪动身体。小说结尾,在咸亨酒店多日不见孔乙己的叙事者"我"认为:"大约孔乙己的确死了。"

故事情节就是这么简单,小说拢共也就2500来字,但别看它简单,主人公孔乙己的形象却是深入人心。如今说起谁食古不化或者掉书袋,往往会用茴香豆的四种写法揶揄。而孔乙己那些经典的身段和台词,"排出九文大钱"或者"读书人的事,能算偷吗",甚至成了网络流行句式,很有语言上表情包的效果。然而,惹人发笑的孔乙己背后,却是转型时代一大群读圣贤书的"无名之辈"。

什么是"无名之辈"?无名之辈,首先是无姓名。

你可能会说,孔乙己有名有姓啊!"孔乙己"是这篇小说的题

目,也是主人公的名字。但如果你仔细读过原著,就会发现,其实孔乙己并不是真名,按小说里的话讲:

> 他对人说话,总是满口之乎者也,教人半懂不懂的。因为他姓孔,别人便从描红纸上的"上大人孔乙己"这半懂不懂的话里,替他取下一个绰号,叫作孔乙己。

鲁迅最会给他笔下的人物取名字了,比如《药》里被做了人血馒头的革命者叫夏瑜,其实是鲁迅所尊敬的那位女性革命者秋瑾的对应;而被用来做人血馒头的夏瑜,他的姓氏"夏"又与吃人血馒头的华小栓的"华",合成"华夏"的悲剧隐喻。鲁迅在作品里故意隐去人物姓名,往往是一种被漠视与被抹杀的象征。比如《阿Q正传》一本正经地要为阿Q写传记,而名字在中国人心目中又是头等大事,它关系到一个人的阶层身份与宗法班辈,不可不传。但反复考证之后,最后定的名字却是连汉字都对应不出的"阿Q"。再比如鲁迅曾深情回忆的"长妈妈":阿长本来是上一任女佣的名字。由于上一任女佣身材高大,大家都叫她阿长。旧阿长走了,新招了女佣,主人家图省事,就让她继承了前任的称呼——与祥林嫂的境遇一样,没人在意她到底叫什么。

鲁迅的弟弟周作人说鲁迅这个"孔乙己"的名字起得妙。据他回忆,孔乙己的原型人物是他们家乡的一位老童生,叫孟夫子。他与孔乙己有着同样的身世经历。这位孟夫子叫什么也没人记得了,只剩下当地人用来取笑他的"夫子"二字还流传至今,绰号反倒成了正名。而脱胎自孟夫子的"孔乙己",不仅姓氏上孔孟相对,沾了圣人血脉,而且出自描红纸上的无意义的符码"孔乙己",又将孔孟圣人的法相庄严消解得一干二净,甚至有些滑稽。于是,孔乙己穿长衫拿着读书人架子的形象却沦为短衣帮的笑柄,他每次出场就引发围观与群嘲,遭难后默默死去而无人在意的悲剧命运,就在人们一次次呼唤他的代号的时候被反复确认了。

其次,无名之辈的第二个无名,叫无功名。

小时候看香港TVB的电视剧《金装四大才子》,里面林家栋饰演的文徵明有句经典台词:"正所谓孔曰成仁孟曰取义,读圣贤书所为何事?"元杂剧里讲得好,"学成文武艺,货与帝王家"。求取功名终归是读圣贤书的目标。然而,鲁迅笔下的读书人却求而不得,以致发疯。比如小说《白光》里的陈士成,姓陈名士成,总算是个有名有姓的人,但他的名姓在小说里的作用,也只是考试放榜时候,对他一次次名落孙山的揶揄。名为士成,但怎么也仕不成,终于疯掉。陈士成故事的灵感来源于鲁迅的一个亲戚,叫周子京,是鲁迅的爷爷辈,也是鲁迅读本家私塾时候的老师。

周作人说孔乙己的原型孟夫子所在的年月大约是1894—1895年,那时候鲁迅的父亲伯宜公还健在,不过因为一年前科场舞弊案而积郁成疾。这场舞弊案是鲁迅的爷爷为了让儿子科举进身,按照当时风气收买了考官,阴差阳错被抓个正着,自己丢官坐牢自不必说,儿子也断了科举进身的出路。对于科举的凶猛,鲁迅再清楚不过了。一年后,鲁迅的父亲去世,鲁迅又遭受了两年同族的白眼与挤对,转入南京的新学堂学洋务。放弃了宗族安排的科举正途,在他自己看来,是"走异路,逃异地,去寻求别样的人们"。然而,在家乡人眼中却是"一种走投无路的人,只得将灵魂卖给鬼子,要加倍的奚落而且排斥的"。

想想现在的老师和家长以怎样的眼光看待选择读技校、读中专的同学,我们就多少能理解鲁迅所说的加倍奚落、如芒在背的感觉。但鲁迅放弃了科举,科举却没有放过鲁迅。或许是家族的期待推脱不过,或许是他自己对新学堂的出路还有顾虑,总之到了南京之后,鲁迅还是回乡参加了一次科举考试,那是迈向秀才功名的第一步——县试。

鲁迅这次考得怎么样呢?根据同去考试的弟弟周作人回忆,县试有五百多人参加,然而经过层层选拔,走完县试、府试、院试,最终能录取的也就四十人。县试放榜是把考生的名字画成一个圆圈,五十人一图,鲁迅排三图三十七,也就是县试一百多名,这个名次可以晋级府试。但鲁迅没有接着考,而是直接回了南京。周家人为了能留一个跻身秀才的机会,找了枪手替鲁迅接着考。结果——自然是没有结果的。

鲁迅如此坚决地投身新学堂,恐怕孟夫子、孔乙己知道了,也会不以为然。然而,时代的大潮既不是孟夫子、孔乙己,也不是鲁迅能勘破的。当时正是清末社会政治变革、文化教育转型的关口。此后鲁迅留学日本,眼界大开。而国内,学堂推广,留学风行,旧式的科举之路距离1906年被正式废除,还有大约十年的寿命。一批人乘历史转向的东风完成了转型,一批人被狠狠地抛到身后。这一切,孔乙己无法预料,鲁迅的祖父、父亲也无法预料。执着于"回"字的四种写法的孔乙己,在不远的未来,将不仅是咸亨酒店里粗俗的短衣帮的笑柄,在新派知识分子笔下,也将是迂阔酸腐与抱残守缺的代名词,标本般地,被解剖、被嘲讽、被同情。

而惹人发笑的孔乙己背后,是转型时代一大群读圣贤书的"无名之辈"。

— 1919共读 —

孟岳

《孔乙己》在中学里是名篇，但解读角度往往不够多样，大家怎么看待孔乙己这么一个形象呢？

张宇帆

孔乙己就像一位老师，想要"传道授业解惑"，好不容易遇到有人愿意搭理，他便"显出极高兴的样子"，学生不想学，他又十分惋惜。可是，小伙计对他的态度已经发生改变，同周围人一样，变成了不屑与嘲笑。

彭江河

按说，在以熟人社会为规则运转起来的社交网络中，中国人都爱惜名誉，读书人更是好脸面、讲节操，连孔乙己都时常念着"君子固穷"，做一个从不拖欠酒钱的"良心顾客"。

彭江河

所以我小时候读的时候，总有一个困惑：这么介意自己名字被写上店家小黑板的孔乙己，何不好好给人家钞书呢？"坐不到几天，便连人和书籍纸张笔砚，一齐失踪。如是几次，叫他钞书的人也没有了。孔乙己没有法，便免不了偶然做些偷窃的事。"这不是自断生路吗，少年时的我想不明白这个问题。

彭江河

后来我知道了。少年时的我不希望孔乙己死去，就希望他能好好给人家钞书。可是，讲故事的人是咸亨酒店的小伙计，他认为孔乙己偷盗的习性源于孔乙己的"坏脾气"，"便是好喝懒做"，这样的注解不像是一种事实，倒更像一句道听途说。我的想法和小伙计没有本质区别，因为我们都不是孔乙己，却像家长一样代他发言，为他规划人生路线，我们好像从未进入孔乙己的情感世界中去体谅他的悲喜。

—1919共读—

张宇帆

是的。小时候看书看电视总会问："这个人是好人还是坏人？"长大后也便不问了。鲁迅先生的文字更能呈现一个非常饱满的人，不能单纯用好坏形容，他塑造了孔乙己，还有他与周围人的关系，使之形成复杂的结构，从而引发更多的思考。

绿茶

如今，这位瘦高、穿长衫的孔先生已经成为咸亨酒店的门神，偌大的雕塑立在酒店门前，过往的人们总要停下合个影。如果不是排队厉害，也愿意效仿孔乙己，对柜里喊一声："温两碗酒，要一碟茴香豆。"

绿茶

绍兴的鲁迅故居、咸亨酒店、三味书屋构成的鲁迅景区，跟中国大多数旅游景区一样，乏味、单调、商业、俗套。在商业绑架下的鲁迅旅游产业，孔乙己这个形象反而是最有型的一个，他比鲁迅笔下其他人物，如阿Q、闰土、祥林嫂等都更具商业化气质。那两碗黄酒，一碟茴香豆，代表了那个时代的物质生活，也是当下人们与过往联系的重要纽带，尽管味道已大不一样。

绿茶

这也正像《孔乙己》这篇小说的命运。迂腐、麻木、吞噬、揭露、毒害、吃人、封建……这一长串字眼伴随着解读《孔乙己》文本，让这篇本来生动、有趣、立体、丰富的小说，变得呆板、格式、说教、单调。

杨早

孔乙己能有什么坏心眼呢？他就是一个没能实现阶级超越的普通读书人。

《风波》

1920

智识者的辛亥之痛

小说《风波》后面藏着的,是当时智识者的"辛亥之痛"。

《风波》写于1920年,主题是1917年张勋复辟对绍兴农村的影响,重点是"剪了辫子怎么办"。绍兴农村的一个农民,叫七斤,撑航船的,辛亥年他到城里去的时候,不巧被剪了辫子。

已经是民国了,剪辫子本是应该的,但首先,别的村里人并没有剪辫子,包括学问大到能读《三国演义》的赵七爷,也只是将辫子盘在头上。七斤就成了村里的异类。到了1917年,一旦有复辟的风吹草动,大家的注意力便都集中到七斤头上,赵七爷还乘机来恐吓七斤一家,造成了一场不大不小的"风波"。当然,张勋复辟就是一场闹剧,说不定,在七斤家还在吵吵闹闹时,段祺瑞已经把张勋赶出北京了。

剪辫子这事儿引发的风波,其实要追溯到1912年的民国元年。民国之后,剪辫子在农村并不是特别普遍,但是城里闹得非常凶,苏州还曾经因为剪辫子的问题引发了两支军队的冲突。

1912年1月26日,属于新军的先锋营攻击了张勋旧部江防营。

大家知道,张勋的军队人称"辫子军",清帝退位后也坚决不肯剪辫子。据说是因为新军要强剪辫子军的辫子,两军发生冲突,彼此开枪射击,导致苏州胥门以外一带的商店损失高达2000多元。苏州在辛亥年的光复本来波澜不惊,只捅破了巡抚衙门的几块瓦片。没想到光复之后最大的一场动乱,竟是剪辫子引起的。

而《风波》中所写的绍兴属于浙江,浙江省政府曾经下令全民剪辫,而且布告上说,如果超过期限不剪辫子,要"夺其公权",也就是剥夺政治权利,这就够可怕的了。没想到限期还没到,警察就上街强剪路人的辫子,杭州城里那些地痞流氓也跟着警察,打着剪辫的旗号,骚扰妇女儿童,弄得满城风雨。估计七斤撑船去绍兴城,也是碰到了同样的状况,才被强剪了辫子。

因为城里有人强剪辫子,杭州市郊乡民大为恐慌,相约不再进城买卖。这样一来,杭州城内没有新鲜蔬菜,垃圾和粪便也运不出去,所以杭州商家就受不了啦!62家商号联名请求浙江军政府宽限十天,让他们可以采买年货。浙江军政府只好将剪辫子的期限宽放到阴历十二月底,让大家过完年再说。过完年之后,军政府还是要求各乡各镇设立剪发会,但事实上,这条法令在城市之外根本无法执行。你看七斤家所在的村子里,主动剪辫的一个都没有。

所以到了1917年,突然传说皇帝又坐龙廷,又要辫子的时候,剪了辫子的七斤变成了村里众人瞩目的人物。赵七爷公报私仇,跑到七斤家恐吓,七斤嫂大哭大闹,九斤老太唠唠叨叨。因为七斤见多识广,谈论城里新闻时常常"含着长烟管,显出骄傲的模样",于是村里人对他的倒霉也表现出幸灾乐祸的意思。当事人七斤心里也七上八下,把气撒在小女儿六斤身上。

为什么一条辫子的去留,会闹得这么凶?我们知道清朝初年有过"留头不留发,留发不留头"的残酷政策,很多人因为不肯剪发而血流成河。清末的时候,其实也有不少军人、学生剪辫子,但主要是图方便,只有像鲁迅这样的留学生,或者革命党人,才会将剪辫子看作一种象征性的举动。

民国成立之后,是否留辫就被赋予了"文明/落后""光荣/耻辱""帝制/共和"等多重含义。

比如刚才提到苏州新军和辫子军的冲突,也有报道说,两军冲突其实是因为在同一家妓院嫖娼,争风吃醋,所以打起来了。但后来向上司报告原因时,新军说是为了剪辫子,这是因为有辫子是辫子军的痛脚,而辫子是奴性、野蛮、专制、愚昧的象征,把事情起因说成是强剪辫子,冲突就有了合法性,由此也可以看出军政府对剪辫子的态度。

反过来到了张勋复辟的时候,大家又说皇帝要辫子,那有辫子的人,当然也可以对没辫子的人采取同样的态度。所以村里人都觉得七斤要倒霉。

所以辫子在民国初年是非常重要的一个象征符号。1920年10月,鲁迅还写过一篇小说《头发的故事》,也收入小说集《呐喊》。这篇小说的主人公经历了民初的剪辫风波,对于将发型的变化看得这么重要,已经感到无聊。当时又在宣传女性剪发,但这位主人公觉得,剪发其实造出了很多"毫无所得而痛苦的人"——没有制度的配合,这种表面符号的改变,只是一种表象,还会给锐意改革的人带来不必要的痛苦。那些已经剪掉头发的女人,因此不能考学校,或者被学校除了名,谁来管她们的生活?工厂会收她们吗?她们会有经济的独立吗?

所以鲁迅借主人公的口感慨:"你们将黄金时代的出现豫约给这些人们的子孙了,但有什么给这些人们自己呢?""造物的皮鞭没有到中国的脊梁上时,中国便永远是这样的中国,决不肯自己改变一支毫毛!"鲁迅对民国感到非常痛心,虽然他曾经参加过光复会,对中华民国也寄予过很高的希望。鲁迅在《朝花夕拾》的《范爱农》里曾经回忆,范爱农和他曾经兴高采烈一起去看"光复后的绍兴",但是很快发现这个新的国家"貌虽如此,内骨子是依旧的,因为还是几个旧乡绅所组织的军政府,什么铁路股东是行政司长,钱店掌柜是军械司长……"连要为秋瑾报仇的革命党人王金发,来绍兴不到十天,就穿了皮袍子,变成了新的统治阶级。鲁迅虽然被王金发任命为师范学校校长,但很快也待不下去,而他的继任者是孔教会的会长。对鲁迅来说,这是多么反讽的一场革命。

事实上,辛亥革命改变的主要是中国的政治架构,而对中国社会的改变与触动是非常小的。最明显的一个例子,当时几位烈士,比如四川的彭家珍,他的未婚妻在他牺牲后跟牌位举行了冥婚,军政府的首领还到场祝贺。我们知道"五四"新文化特别反对这样非人道的习俗,但辛亥革命对这些陋俗全无触动。具体到《风波》,乡村完全没有任何改变的情形下,所谓"风波",也就只能集中在"有没有辫子"这一件时人觉得很重要但其实对社会进步完全不起作用的小事上。即使剪了辫子,没有改变任何精神上的东西,那剪辫子又有什么意义呢?

鲁迅是乡土文学的开创者与超越者

　　《风波》和《孔乙己》一样,都是鲁迅的小说集《呐喊》里的篇目,对今天的人来说,《风波》恐怕远不如《孔乙己》熟悉。但其实《风波》曾经很受欢迎,甚至连把《呐喊》这本集子贬得体无完肤的成仿吾,也不得不赞叹"《风波》是不可多得的作品"。那么,《风波》这部作品到底精彩在哪儿呢?精彩就精彩在写活了民初乡村的神韵。

　　《风波》写的是一个乡村家庭里的小风波,主人公因为出生时七斤重,所以就叫七斤。七斤是一个撑船的船工,辛亥革命之后在城里被剪掉了辫子,成了光头。因为七斤天天摇船进城,所以比村里其他人消息更灵通。有一年夏天,他在城里听说皇帝又坐回龙廷了,首当其冲的恐怕就是辫子问题,他回到家里跟媳妇儿一说,全家立刻陷入了辫子危机:家里焦头烂额,隔壁村曾经被七斤骂过的赵七爷,偏又专程赶来火上浇油,公报私仇,端着保皇党遗老的腔调奚落恐吓了七斤一番。正当全村人都觉得七斤要完蛋了的时候,事情很快又反转了。七斤一家人惴惴不安地过了几天后,却发现赵七爷又悄没声儿地把他自己的辫子藏起来了——敢情皇帝又不坐龙廷了。这下七斤又恢复了声望，七斤嫂也扬眉吐气了，家里的老太太九斤依然念念叨叨着一代不如一代，七斤的女儿六斤，也照例到了岁数裹上小脚，一瘸一拐地帮着干活儿。一家子的日子经历了风波之后，一切如常。

故事的背景是1917年的张勋复辟，鲁迅可是事件亲历者。1917年6月14日，张勋打着调解总统黎元洪和总理段祺瑞之间矛盾的旗号，带着自己的五千辫子军进了北京。过了半个多月，不仅解散了国会，赶跑了总统，而且与康有为联手，抬出12岁的小皇帝溥仪，推动复辟。不过，复辟的闹剧很快被段祺瑞的军队制止了。鲁迅当时在教育部工作，因张勋复辟而辞职以示抗议，并且从绍兴会馆搬出来，住到东城船板胡同的新华旅馆里，等到乱局平息后才搬回绍兴会馆，回教育部复职。鲁迅对当时北京城的情况非常清楚，这件事对鲁迅的影响也很大。事情过去快20年了，鲁迅还在文章里叹息，全社会都如七斤家一样，复辟只是风波，风波之后风平浪静，除了自己写过小说《风波》，复辟也逐渐被遗忘了。

虽然复辟事件刻骨铭心，但鲁迅没有选择正面来写复辟的热闹，而是写了绍兴村镇的一户小家庭里的一个小风波，这种大背景小事件的反差，本身就有着很强的反讽意味。在七斤一家人看来，民国政体不保，这样改天换地的事是与己无关的，有关的只是换了皇帝会不会因为辫子杀七斤的头。其实，在七斤媳妇看来，杀七斤的头也就罢了，会不会杀头又连累全家受罪才是关键。

我们或许会把问题归结到国民性上，这很明了，而且也确实是鲁迅的想法。他在给许广平的信里曾经感慨从政治革命到文化革命的艰难:"最初的革命是排满,容易做到的,其次的改革是要国民改革自己的坏根性,于是就不肯了。所以此后最要紧的是改革国民性,否则,无论是专制,是共和,是什么什么,招牌虽换,货色照旧,全不行的。"

但这样扣帽子似乎太过简单。如果细读文本会发现,鲁迅还写出了一层传统乡土世界在国家现代化转型过程中的张皇失措。这份张皇失措来自哪里?来自知识话语的错位、信息传播的迥异。简单说,赵七爷也好,九斤老太、七斤两口子也好,他们获取信息的渠道,他们理解现实的知识,不是来自报纸或者学校,而是流言蜚语和野史小说。比如七斤的消息来源,可不是因反对复辟而停刊的报馆。你跟他提复辟,提民国,提政体,他压根儿听不懂。七斤的消息是从咸亨酒店里扫听来的,就是孔乙己爱去的那个酒店,不妨脑补一下酒店的舆论氛围。其实光凭流言蜚语,七斤两口子还是对事情的严重性没有直观的认识,多亏了赵七爷把新兴的流言蜚语和大家熟悉的野史小说一结合,事情就很明白了,甚至比官府的公文告示还有说服力。小说写得太精彩:

"你可知道,这回保驾的是张大帅。张大帅就是燕人张翼德的后代,他一支丈八蛇矛,就有万夫不当之勇,谁能抵挡他,"他(赵七爷)两手同时捏起空拳,仿佛握着无形的蛇矛模样,向八一嫂抢进几步道,"你能抵挡他么!"

八一嫂正气得抱着孩子发抖,忽然见赵七爷满脸油汗,瞪着眼,准对伊冲过来,便十分害怕,不敢说完话,回身走了。赵七爷也跟着走去,众人一面怪八一嫂多事,一面让开路,几个剪过辫子重新留起的便赶快躲在人丛后面,怕他看见。赵七爷也不细心察访,通过人丛,忽然转入乌桕树后,说道:"你能抵挡他么!"跨上独木桥,扬长去了。

村人们呆呆站着,心里计算,都觉得自己确乎抵不住张翼德,因此也决定七斤便要没有性命。

你会发现,传统乡土社会的信息传播方式、历史观念、现实态度、权力关系、生存状态都在鲁迅对乡场上、流言蜚语的描写中得到了淋漓尽致的展现。

《风波》出版之后被定位为"乡土文学"。什么是乡土文学呢?它不是描写乡土风情这么简单,它一定是作家走出乡土,经历过现代思想洗礼,回看故乡,重新发现乡土的特点之后创作的作品。早期的乡土文学往往带有现代启蒙色彩,对乡土蒙昧进行批判。但鲁迅的《风波》,在批判之余,还将乡土的肌理生动地展现在读者眼前,让我们不自觉地在嘲笑、厌弃这些小人物的同时,多了一份同情与叹息。

―1920共读―

尹伊
重要的历史事件？庄严的知识学问？温情脉脉的乡土社会？不存在的，在《风波》里，这些全部沦为笑话和闹剧。

孟岳
@尹伊 你这个说法有意思，我想起来宁浩的"科幻"电影《疯狂的外星人》，科幻迷、刘粉儿都在期待《乡村教师》怎么拍碳基联邦的宇宙战舰或者扣人心弦的文明检测，哪怕拍出来执着传播人类文明的高尚老师也好，结果搞个外星耍猴儿。粉儿们感觉自己被愚弄了，其实是打开方式有问题。

尹伊
有时候觉得宁浩确实有几分鲁迅的味道，将所有庄严的东西戏谑给你看。宁浩用中国最民间的方式消解宇宙宏大叙事，鲁迅的《风波》也是。小说里最精彩的莫过于晚饭后七斤家饭桌旁的热闹：先是七斤嫂事后诸葛亮地骂嚷七斤不识时务，"心肠最好"的八一嫂加入"劝解"又引发新一轮的骂战，同时六斤"添乱"式地要求添饭，赵七爷又以三国戏的独特文式"骂枪"加入战争……这实在是戏剧感太强的一个场景，中国乡村如何以极其接地气的方式"消化"历史文化和现代政治，被展现得淋漓尽致。

朴微

而且农村是不容易被打破的。鲁迅在《风波》里描写的种种农村细节到现在仍是"历久弥新"。除了@尹伊 提到的戏谑感，还有一些近乎信仰的东西到今天一直存在。虽然所写的是南方村落，但我仍能从北方乡间找到与之贴合的东西。这种东西顽固地在中国的土地上滋长，虽经千年而不衰。月球土壤取回，我们最关心的还是：它能拿来种菜吗？

杨早
大时代的巨浪，对于个人或许是灭顶之灾，涌到每个村庄社区前，也可能就是一场又一场小风波。

《沉沦》

1921

 留学生涯的残酷青春

郁达夫的《沉沦》写于1921年。这篇小说情节很简单,写的是一名留日学生备感孤独、压抑,他想女人却得不到,又一直感觉被日本人歧视,最后在孤独压抑中,蹈海自尽。

这个故事很有代表性,那时的留日生涯里,满是中国留学生的残酷青春。

很多人看了《沉沦》这篇小说,都不太明白一点:为什么这位留学生明明是因为得不到女人的爱而自杀,但他临死前会喊出这么一句话:

祖国呀祖国!我的死是你害我的!
你快富起来,强起来罢!
你还有许多儿女在那里受苦呢!

其实在这篇小说里,除了自身对异性的渴望,主人公一直觉得周围的日本人在仇恨他,以致他发下了誓言:"他们都是日本人,他

们都是我的仇敌,我总有一天来复仇,我总要复他们的仇。"周围的日本人看他一眼,或笑一笑,他也会觉得"他们是在嘲笑我"。是主人公太敏感,还是环境确实太黑暗,青春太残酷?理解这一点,对于理解《沉沦》这篇小说很重要。

1913年郁达夫前往日本留学,写《沉沦》这篇小说的时候,他还在日本,已经在那里待了七年了。这一时期,在日本的中国留学生是什么状况呢?

1900年庚子事变之后,中日关系进入了"黄金十年",有大批学生、官员绅士赴日留学或者游学,人数最多的时候,仅留日学生就超过了八千。但1912年民国成立之后,大批留学生回国,留日学生急剧减少,新一代留学生很多人选择留学欧美。特别是1915年日本向中国提出"二十一条"之后,中日关系降至冰点,到了1921年,与郁达夫一样留在日本的中国学生,已经减少到三四千人。

这个问题甚至引起了日本国会的重视,在1918年第40届国会上,议员高桥本吉提出:日本人应该给予留日学生温情的照顾,"不要迫他们住在低级的公寓(下宿屋),也不要让他们过不三不四的生活,应该使他们接触我们自己日常的生活"。高桥希望能让日本的上流社会与中国留学生接触,给予他们参观学习等方便,从而增大日本对中国的吸引力。

中国留学生问题从此不断地在日本国会里被提出,到了五四运动之后,1920年第43届国会,又有30多位议员在《关于中华民国留日学生的质询书》里提出一个严峻的问题:"来日之中华民国留学生归国之后,多成为排日论者,而留学美国之归国者却多成为亲美论者,对此现状政府将采取何种方针?"

对此，政府当时也只能答辩："政府向来为中国留学生之学习努力谋求种种便利，将来可望产生实效。"但在下一年，1921年，也就是郁达夫即将毕业回国的那一年，有30多名议员回答了前一年国会提出的问题，他们指出："中国留日学生之所以成为排日论者，乃因为日本对华政治方针的不一致……日本各地的中国留学生，往往受到学校冷漠的对待，公寓管理人的剥削，以及一般日本人的轻慢和侮辱，种下了不平愤懑的种子，又因为接触中等以上的家庭机会甚少，难以感到家庭的温暖，固在日本留学之际，既对日本抱有恶感，归国之后成为排日论者，自是当然之理。"

1922年，日本国会再次承认，我辈日本人平素对留学生的待遇，多值得遗憾，连宿舍之女佣及商店之伙计，也是持冷骂冷笑态度。因此留学生学成归国之后，成为排日反日的急先锋，也是不得已的啊。

在当时的文学作品中，留日学生的怨恨之情也常常溢于言表。比如跟郁达夫一起发起了创造社的郭沫若，有一篇小说《行路难》，其中就说："日本人哟！日本人哟！你忘恩负义的日本人哟！我们中国究竟何负于你们，你们要这样把我们轻视？你们单在说这'支那人'三个字的时候便已经表现尽了你们极端的恶意。你们说'支'的时候故意要把鼻头皱起来，你们说'那'的时候要把鼻音拉成一个长音，你们终究意识到这'支那'二字的起源，在秦朝的时候，你们还是蛮子，你们或者还在南洋吃椰子呢！"

"支那"这个词据说是来源于秦朝的"秦"字的变音，本来是一个中性词，但在近代，支那已经变成了对中国人的一种蔑称。据说一直到1945年日本投降前，日本小孩子嘲弄别人时，还常常爱说"笨蛋笨蛋,你的老子是个支那人"这种话。

《沉沦》里也写到了这么一个场面,当一位漂亮的日本餐厅女侍应问男主角"贵国是哪里"的时候,他结结巴巴地欲言又止。为什么呢?小说里写道:

> 原来日本人轻视中国人,同我们轻视猪狗一样,日本人都叫中国人作"支那人",这"支那人"三字,在日本比我们骂人的"贱贼"还更难听,如今在一个如花的少女前头,他不得不自认说:"我是支那人"了。
>
> 中国呀中国,你怎么不强大起来!
>
> 他全身发起痉来,他的眼泪又快滚下来了。

我们理解了当时留日学生的这种处境,才有可能理解郁达夫为什么在《沉沦》里面会有那样的书写,为什么小说的主人公会把自己个人的压抑、孤独的处境跟祖国的命运联系起来。

《沉沦》这篇小说又是中国现代小说里面第一篇"自叙状",之前的小说绝对不敢用这么赤裸的方式来表达自己内心的情欲和冲动。这篇小说书写了留日学生的受歧视,对祖国孱弱的愤慨,以及个人情欲的冲动,这三者的结合,让《沉沦》在1921年出版后,几乎立即产生了轰动效应。即使是没有去过日本留学的中国青年看了这本书,也能感同身受那份残酷的青春。

为什么能成为畅销小说

郁达夫的代表作《沉沦》完稿的时候,五四运动才过去了两年,可从"沉沦"这题目看,你也能感受到时代情绪和五四运动时的自信与朝气很不同了。别看这么丧气满满的题目,却击中了五四那拨儿青年的心,成了1920年代初的畅销书。

《沉沦》写的是中国青年"我"在日本留学,心中怀着身份的自卑与性压抑的苦闷,觉得日本社会处处歧视中国人。对这个敏感的年轻人来说,日本女性的目光最让他如芒在背、无地自容。他不仅不敢直视日本女同学,觉得她们一颦一笑之间都在鄙夷自己,甚至在日本娼妓面前,也怀着一种受嘲弄的悲愤。最终他打算投海自尽,而在投海前还要高声呼唤祖国的强大。为什么这样一本书能成为畅销书?

《沉沦》畅销的第一个原因在于,这部小说居然把爱国和性苦闷联系起来了,而且还特别的文艺。

这二者是怎么融合在一起的呢?小说里有这样的描写:

他本来是一个非常爱高尚爱洁净的人，然而一到了这邪念发生的时候，他的智力也无用了，他的良心也麻痹了，他从小服膺的"身体发肤不敢毁伤"的圣训，也不能顾全了。他犯了罪之后，每深自痛悔，切齿的说，下次总不再犯了，然而到了第二天的那个时候，种种幻想，又活泼泼的到他的眼前来。他平时所看见的"伊扶"的遗类，都赤裸裸的来引诱他。中年以后的Madam的形体，在他的脑里，比处女更有挑发他情动的地方。他苦闷一场，恶斗一场，终究不得不做她们的俘虏。这样的一次成了两次，两次之后，就成了习惯了。

郁达夫说文学作品都是作家的自叙传，这话曾引起不小的争论，不过就这篇《沉沦》来说，确实有作者自身经历的影子。郁达夫曾写文章真切地回忆自己的第一次性经验，发生在日本留学时。那天他刚考完试，喝了些酒，在龟奴老鸨的鼓动下，将童贞付给了一个肥而高壮的日本妓女。第二天酒醒后他十分懊悔，有如《沉沦》主人公一般：

太不值得了，太不值得了！我的理想，我的远志，我的对国家的抱负的热情，现在还有些什么，还有些什么呢？

你听完可能会觉得奇怪，嫖妓也好，自渎也罢，为什么要上升到爱国的层面，真有必要自责到这个地步吗？

其实"沉沦"题目的要义正在于此：一方面，主人公平日饱受日本人的歧视与鄙夷，特别是听到"支那"从妙龄少女的口中说出时更是羞愧难当；然而另一方面，自己内心深处却对这个国家的异性迷恋不已，难以自拔。于是，本能的性欲、传统的道德观念、现代的种族主义、爱国主义，在郁达夫的心底纠缠在一起，产生了兴奋与压抑、冲动与悔愧的矛盾，这就是令人眩晕的沉沦。

这样的小说一经出版，不光保守的老顽固和政府看不过眼，觉得他色情堕落、宣扬肉欲，连新文艺的提倡者也颇不以为然，觉得浅薄不入流。郁达夫本想着能一举震惊文坛，得个"沉沦主义"的称号，没想到风评这么糟糕，只好专门写信给新文学名手周作人，请他出马替《沉沦》说几句公道话，为它的文学价值正名，以平息谩骂。于是，周作人写了一篇文章，动用了一大串西方文艺学术名词，讲出了《沉沦》的微言大义，总结起来就一个意思：你们啊，读书太少，不懂艺术！周作人的评价不仅洗刷了《沉沦》的下流名声，而且将之升格为最时髦的先锋文艺。

郁达夫曾不无得意地说，《沉沦》出版后的两三年间，卖出了两万多册。三年两万多册是什么概念呢？有学者根据资料推算，鲁迅的《呐喊》三年总印数也没超过一万册。由此可见读者对《沉沦》的热捧。

读这小说的都是些什么人呢？除了那些以窥淫的心态来读的人，还有曾经参与过五四或者受过五四新思想熏染的年轻人。这么丧的一部书怎么会击中朝气蓬勃的这一批人呢？这就是《沉沦》畅销的第二个原因了。

虽然这些年轻读者未必都有留日的经历，大多没有种族歧视的体验，但他们对小说中的苦闷与自卑感同身受。1920年代，五四的热浪逐渐退潮，当年参与运动或被新思想激发出热情的年轻人，此时开始步入社会,发现自己的思想新了,现实社会却还是旧的。于是他们各寻出路,四散在生活之网中,陷落在现实的泥沼里,被经济与婚恋问题吞没,被他们曾极力反对的旧时代、旧道德、旧思想吞没。在这样苦闷的时代氛围里读到《沉沦》,看到主人公满怀热情地尝试走出旧时代,却最终堕入孤独漂泊又无所作为的苦闷,就不免有知己之感。而另一群文艺青年,如沈从文,从乡下或小镇到北京,到上海,住小旅馆,住亭子间,同样怀着性压抑的苦闷与难以摆脱的乡下人的自卑,读到郁达夫的《沉沦》,不仅生发知己之感,更转化为自己小说创作的动力。"郁达夫式的悲哀"在一个个小说文本中繁衍、滋长、传播,最终发展成一个"青年忧郁症的时代"。

这些都和郁达夫《沉沦》小说中的日本女人们无关,但在写作与阅读语境的错位中,引起了丧气满满的年轻人"感伤而颓废"的共鸣。

鲁迅在小说《孤独者》中既揶揄又同情"青年忧郁症的时代":"大抵是读过《沉沦》的罢,时常自命为'不幸的青年'或是'零余者',螃蟹一般懒散而骄傲地堆在大椅子上,一面唉声叹气,一面皱着眉头吸烟。"

这些年轻人,有的把忧郁当时髦来模仿;有的试着摆脱忧郁反抗绝望;有的则沉沦在苦闷的时代里。

— 1921 共读 —

邱小石

《沉沦》的主人公经常流泪。搞不清他是因为现实中的悲情在大自然中被唤醒,还是将大自然激发的情绪带到了现实生活之中。由爱情生怨没人能体谅、由爱欲生忧身子骨不行、由爱国生恨祖国不够强大,各种爱混成一团,自己给悲情加料,总之,他就是抑郁了,沉沦了。

绿茶

我查了一下抑郁症的症状:此类病人的性格特征一般为内向、孤僻,多愁善感和依赖性强等。此症对人的危害是很大的,它会彻底改变人对世界以及人际关系的认识,甚至会以自杀来结束自己的生命。

绿茶

以上症状这哥们儿身上都有,但还有一种症状他比较特殊,就是动不动流两行清泪,通读这篇短短的小说,这哥们儿流了七次,跳海前更是流得如骤雨般。

梅子酒

搞不好这"病"也是读书读出来的,从《沉沦》这篇小说里藏着的书单,也能看出那会儿文艺青年们的精神倾向。这些书里尼采的书尤其值得注意。早在"五四"以前,王国维、陈独秀就将尼采的作品引荐给国人,"五四"以后,随着傅斯年、田汉、茅盾、郭沫若等人的大力译介,尼采在文艺界的影响更为广泛。

梅子酒

郁达夫对尼采的关注更是天时地利使然。彼时他正在日本名古屋的第八高等学校(现名古屋大学)读书,德语是第八高等学校的第一外语,每周二十课时,一天有两到三小时的课。

—1921共读—

梅子酒

郁达夫对尼采是非常推崇的,不止一次在他的文论、书信、日记中提及。他在《歌德以后的德国文学举目》中将尼采的《查拉图斯特拉如是说》(郁达夫译为《查拉图斯脱拉》)与屈原的《楚辞》相媲美,称之为"一部像呓语似的杰作","神妙飘逸,真是一卷绝好的散文诗"。1932年10月7日,郁达夫在日记中写道:"此番带来的书,以关于德国哲学家Nietzsche者较多,因这一位薄命天才的身世真有点可敬佩的地方,故而想仔细研究他一番,以他来做主人公而写一篇小说。"尽管这篇以尼采为主人公的小说终究未写成,但《沉沦》这样呓语式情感饱满的作品,也可谓是向"超人"尼采致敬了。

杨早

郁达夫在日本有一位女粉,她因为三儿子耳朵长得像郁达夫,就坚决只送老三去东京读大学,希望老三成为郁达夫一样的作家。老三后来当上了作家,还拿了诺贝尔文学奖。猜猜他是谁?

《阿Q正传》

1922

# 鲁迅用小说写了一篇杂文

鲁迅说《孔乙己》是他自己最喜欢的一篇小说，那么《阿Q正传》呢？说它是鲁迅影响最大的小说，应该没有问题吧？无论文学史怎么写，《阿Q正传》都是当之无愧的鲁迅小说代表作。

《阿Q正传》最大的特点是什么？它其实是一篇杂文，只不过采用了小说的形式写成。

《阿Q正传》最初发表的地方，不在《京报副刊》的文学专栏，而是在一个偏向杂文的栏目"开心话"，后来越写越不开心，才移到了"新文学"专栏。

所以在序言里，鲁迅说要给一个农民作传，却引了一大堆中外名人，狄更斯、孔子、陈独秀、胡适，等等，还有好些书名，《郡名百家姓》《博徒别传》《书法正传》，更有"名不正而言不顺""引车卖浆者流"这些话，里面埋伏着新文化运动以来的好多梗，鲁迅自得其乐，别人未必看得懂，只会觉得那么大张旗鼓地说一件小事，确实好笑。

但从第二章开始，进入阿Q的叙事当中之后，这些东拉西扯的

评论就不太多了。不过,说《阿Q正传》是一篇杂文,是因为鲁迅通过叙事,照样清晰地表达了他对中国国民性的看法。

第二章《优胜记略》,阿Q一个打短工的,虽然"懒洋洋的,瘦伶仃的",但是像有个老头子称赞的那样:"阿Q真能做!"叫他割麦便割麦,舂米便舂米,撑船便撑船,不但勤快,而且能干,是个农村的复合型人才。

不过,鲁迅在《呐喊·自序》里说过,中国人身体再健壮也是没有用的,需要改变的是他们的精神生活。所以阿Q的问题不在于能不能做,而是他的那种"精神胜利法"。他说自己"先前阔",进而又觉得未庄的人什么都不懂,但城里的人,阿Q也瞧不上,因为他们跟未庄的习惯不同。前文讲到过《风波》里的七斤,那多半是一个有家的阿Q,因为七斤也时常撑船到城里,也是在乡下看不起城里,在城里又看不起乡下,就是这样的一种状态。

阿Q对他自己身上的缺点——癞疮疤颇为忌讳。被人嘲笑以后,他先是用武力去打,打不过又自轻自贱,自轻自贱以后又得意起来了,因为他觉得自己是第一个能够自轻自贱的人。"除了'自轻自贱'不算外,余下的就是'第一个',状元不也是'第一个'么?'你算是什么东西'呢!?"所以不到十秒钟,失败者阿Q心满意足地得胜走了。

这种精神胜利法,很容易让人想到晚清士大夫群体的某种代表性姿态:打不赢西方的坚船利炮之后,便说中国文明天下第一,要"中学为体,西学为用"。这样一种思潮在清朝覆灭后没有消散,在创作《阿Q正传》的1922年,反而到了顶峰。为什么会这样?因为1914—1918年欧洲爆发了第一次世界大战,整个欧洲从工业革命以来建立的自信近乎崩溃,所以20世纪的西方思想史充满了阴暗、颓丧、虚无的调子。"一战"后,梁启超去欧洲转了一趟,回国后写文章说,大海那边有几万万人,正在等待着东方文明的拯救呢!鲁迅认为这是中国"精神胜利"的妙法。

第三章是《续优胜记略》。这是另外一种精神胜利的方式。阿Q在武力上已经全面失败,不要说王胡,连小D都打不过,去惹假洋鬼子,当然更被"文明棍"噼里啪啦打一通。于是阿Q祭出了另外一招——"欺负更弱的人",他打不过王胡,打不过小D,不敢打假洋鬼子,他就去欺负小尼姑。这就是鲁迅说的"勇者愤怒,抽刃向更强者,怯者愤怒,却抽刃向更弱者"。这般欺软怕硬,也是鲁迅认为中国国民性当中的一个重大缺陷。

第四章《恋爱的悲剧》碰触了当时人的一个特点,就是性压抑。比如阿Q实际上是因为摸了小尼姑的脸,产生了性的冲动,但是他首先想的是"不能断子绝孙",将性的问题飞快地联系到子孙问题上去。这也是传统特色,有些明清道学家跟妻妾亲热之前,必须要祷告天地,说我做这事,不是为了满足自己的性欲冲动,而是为了传宗接代。

阿Q平时的道德感也特别强,经常对抛头露面的女人进行"荡妇羞辱",觉得她们在外面走,跟男人说话,都是不正经,都是想勾引男人。但轮到阿Q开始想女人时,这些女人就全都变得"假正经",完全不来勾引他。这样推论来推论去,阿Q就得出了"女人是祸水"的结论,认定"女人真可恶"。但阿Q还是忍不住,要求与吴妈困觉,不但遭到吴妈拒绝,更被赵家赶出门外,还要赔偿损失。这个时候阿Q才体会到了礼教对欲望的严厉压制。而且,一旦阿Q犯了色戒,他在未庄的地位便急剧下降。古代有句话"万恶淫为首",让阿Q跌到人生谷底的,正是他本乎人性的性欲冲动,最后逼得阿Q离乡出走。这也是非常反讽的现实。

从第五章到第九章,反映了鲁迅对辛亥革命的整体看法。当阿Q这样的底层,变成流氓无产者的时候,他们往往会通过小的偷抢行为来获得财富。正如鲁迅说的,雷峰塔其实不是一下子倒掉的,而是毁于周边的农民东一块砖西一片瓦的偷取。

到了后来,"革命,革命"成了阿Q的一股原始冲动,因为他已经跌到了最底层,在人们眼中不再是"良民"。阿Q那么希望能够革命,但恰恰辛亥革命这种没有动摇社会结构的革命,是不准阿Q革命的,最后革命性最强的阿Q,反而成了替罪羊,这也应了鲁迅说的"民国之前我们做的是满清的奴隶,民国之后我们做了奴隶的奴隶"。革命以前的人上人还是人上人,阿Q这样的底层民众、流氓无产者,最终还只是无产者。

整部《阿Q正传》从批判、讽刺传统文化开始,中间经过对国民性的描述——第一是精神胜利法,第二是欺软怕硬,第三是压抑人性,再到最后将革命的失败归结于社会环境的固执与保守。从整部小说中,可以窥见鲁迅对整个近代中国的总体看法。《阿Q正传》这篇小说为什么会成为鲁迅的代表作?为什么会成为现代文学领域最知名的一篇小说?其原因皆在于此。

 国民性到底是什么意思

《阿Q正传》是一部大家熟得不能再熟的小说。而读懂《阿Q正传》的关键,不是读懂阿Q,而是读懂那个讲故事的人。

小说《阿Q正传》,顾名思义,是给阿Q这个人做的传记。为什么叫阿Q?为什么要给阿Q写传记呢?他很特别吗?确实阿Q很特别,他时而极爱面子,他是癞痢头,所以他讳说"癞"以及一切近于"赖"的音,后来推而广之,"光"也讳,"亮"也讳,再后来,连"灯""烛"都讳了。一犯讳,不问有心与无心,阿Q便全疤通红地发起怒来,估量了对手,口讷的他便骂,气力小的他便打。

但有时候阿Q又自轻自贱,被别人按住打的时候,就主动地求饶,而且自认为虫豸。如果这还不算特别,那么他最别具一格的,就是著名的精神胜利法。用一段小说里的话重温一下什么是精神胜利法。阿Q刚刚被打,自轻自贱地自认了是虫豸之后:

  闲人也并不放,仍旧在就近什么地方给他碰了五六个响头,这才心满意足的得胜的走了,他以为阿Q这回可遭了瘟。

然而不到十秒钟，阿Q也心满意足的得胜的走了，他觉得他是第一个能够自轻自贱的人，除了"自轻自贱"不算外，余下的就是"第一个"。状元不也是"第一个"么？

这种以自欺化解现实挫折的手段，就是著名的精神胜利法了，因为阿Q的缘故，也叫阿Q精神。

独特固然独特，但给阿Q作传记，并不因为阿Q的独特，而是因为他的普遍。鲁迅说自己写《阿Q正传》，大约是想暴露国民弱点。国民的弱点，就是我们通常说的"国民性"。

事实上鲁迅对国民性的关注与批判是他理解中国问题、谈论中国问题的重要角度，甚至说是最重要的角度也不过分。在鲁迅自己的追忆中，他之所以会走上文艺写作的道路，也和他在日本留学期间，在幻灯片事件里，目睹中国人麻木愚昧的国民性而受到刺激有着直接的关联。他认为，"凡是愚弱的国民，即使体格如何健全，如何茁壮，也只能做毫无意义的示众的材料和看客，病死多少是不必以为不幸的"。所以鲁迅的写作是要"改变他们的精神"，而改变的第一步就是在作品里揭示、暴露中国人的"国民性"。

那按这么说，读《阿Q正传》更应该好好分析阿Q，深刻理解鲁迅想要揭示的国民性是什么了。我们的中学语文课堂也确实是这么做的，但问题当然没有这么简单。

中学读鲁迅时就被反复告知的"国民性"究竟是个什么意思呢？你可能会说，国民性不就是一个国家国民的性格气质吗？从鲁迅对这个词的使用来看，往往还偏重于那些负面的特性。这样答固然不错，但我在上学的时候一直在想一个问题：国家是一个没有生命的共同体,为什么能像人一样有自己的性格?如果你说国家是由人组成的,大多数人有什么特性,国家就是什么特性,可问题又来了,谁来判定一个人的特质的优劣,标准又是什么呢?多少人算大多数人?指认"国民性"的人的调查样本有多少?

这些问题还真不算抬杠,如果我们有一点历史的眼光,习惯于看到一个概念一个知识如何被发明出来的过程,以及不断演变、运用的历史,那么在思考国民性问题的时候,视野可能会更开阔。海外学者刘禾做了这样一番考证和研究,她发现"国民性"这个概念是晚清时被梁启超等一批关心国家变革的知识分子从日本引进的,用来审视中国自身的问题。有趣的是,在最开始,国民性并不完全是贬义词,而是指一个国家的特性。中国的国民性需要改造,但不是说欧洲的国民性就强于中国,只是为了追赶现代化的浪潮,中国人需要做出改变以适应生存。但"五四"一代知识分子,把国民性变成了一种本质化的特性——国民性之于国家,就好像一个人的病症一样,而且是一种深入灵魂的病症。这也是为什么鲁迅把《阿Q正传》描述为"要写出我们国人的灵魂"。

有病当然要治病,但是有病与没病是谁来界定,如何界定,标准是什么呢?如果按沈从文的标准来看,湘西岂止没病,简直是再健康不过了,都市才有病。那有病的到底是谁?我们还要回到鲁迅所接受的"国民性"概念上。鲁迅从哪里接触到国民性这个概念的呢?根据刘禾的研究,鲁迅在留学日本期间,读到了一本西方传教士斯密斯的书《支那人气质》。鲁迅去世前,依然对这部书念念不忘,在文章里说:"我至今还在希望有人翻出斯密斯的《支那人气质》来。看了这些,而自省,分析,明白哪几点说的对,变革,挣扎、自作工夫。"

这究竟是本什么书呢？斯密斯在这本书里用了26个关键词语来界定了中国的国民性，每一个关键词都配有小事例来解释和证明。比如《神经麻木》一章里讲到中国人的嗜睡，在什么情况下都能呼呼大睡："以砖作枕，以稻草或泥砖作床，他就可以好梦不惊，房间不必暗下来，别人也不用安静。夜里哭泣的婴孩，可以尽管继续啼哭，因为并不会影响到他。"

书中的描述夹杂着西方的傲慢与偏见，带着对东方的猎奇，以致歧视与侮辱。很难说这是什么中国的国民性。而这本书里提到的其他国民性关键词，如爱面子、不守时、不精确、缺乏真诚、相互猜忌，等等，在五四时期和1980年代，也常被启蒙知识分子写进文章里来本质化地描述中国国民性。但如果细想，这些总体性与本质化描述的依据其实并不充分。

刘禾的文章最初没有被大陆读者关注，所以也没引起什么波澜。2000年，著名作家冯骥才对这篇文章重新阐述，提出了对鲁迅国民性批判的质疑，引发了舆论的震动，产生了持续的争论。

鲁迅真的上了传教士的当，被西方殖民主义思想当枪使了吗？

其实刘禾在她文章的结尾，以《阿Q正传》为例提醒我们，鲁迅对斯密斯中国国民性概念的接受是带有警惕性的。从哪儿能看出来呢？关键在小说的叙事者身上。《阿Q正传》的叙事者也是一个鲁迅塑造的人物，他没有被正面刻画，但从他讲故事过程中对文化、历史的熟稔，对外国知识概念的运用来看，可以说是一个标准的启蒙知识分子形象。阿Q的愚蠢、麻木，阿Q一切的人生故事与国民性特点，都由这个启蒙知识分子讲述、评判、定义。

一方面,引入国民性批判确实有助于让中国人更冷静地自我反思,找到自身文化的问题,不断改进,但另一方面,知识分子借用国民性话语重新定义民众,也是一种权力的书写。

所以,到底什么是国民性?有没有国民性这回事?国与国、文明与文明之间真的有本质性的差异吗?这些问题恐怕值得"五四"百年后的我们,在五四先贤之后,继续思考。

—1922共读—

彭江河

阿Q是哪儿的人？这事儿有点儿藏着掖着似的。

彭江河

1934年，《阿Q正传》被袁牧之改编为剧本，鲁迅在给《戏》周刊编辑的信中，主要谈了三个问题："未庄在哪里？"（地域问题），"阿Q该说什么话？"（方言问题），"阿Q是演给哪里的人们看的？"（受众问题）综合一下，鲁迅表达了自己虽是绍兴人，不难猜作品素材也来自绍兴，但最好"去绍兴化"的想法，即"这剧本最好是不要专化，却使大家可以活用"。

彭江河

鲁迅的文化启蒙始终站在"中国人"的大关怀下，相比于萧红和汪曾祺这样地域性特征突出的"城市传记作家"，鲁迅笔下的风景和人物确实更具有抽象性和精神样本意义。这时我们再回到《阿Q正传》的开篇"这一章算是序"，似乎更能了解鲁迅不厌其烦地解释阿Q"无姓、无名、无籍贯"这一"三无"设置的合理性。同样，孔乙己、祥林嫂，莫不如是，是为了去地域性罢了。

陈童

藏着掖着是鲁迅怕挨浙江人打吗？

陈童

《狂人日记》里说打开中国历史书满眼都是"吃人"，打开《阿Q正传》则满眼都是"打人"二字。未庄百姓的生活仿佛就是吃饭睡觉打阿Q：赵太爷打他巴掌；钱太爷的儿子拿哭丧棒打他；闲人揪住他的黄辫子，在壁上碰响头；阿Q看不起的王胡也扭住他的辫子往墙上敲。不仅别人打阿Q，阿Q自己也要打阿Q。

—1922 共读—

陈童

他在土谷祠放的银圆被赶赛会的赌摊顺走了，冤无头债无主，阿Q意难平，"但他立刻转败为胜了。他擎起右手，用力的在自己脸上连打了两个嘴巴，热剌剌的有些痛；打完之后，便心平气和起来，似乎打的是自己，被打的是别一个自己，不久也就仿佛是自己打了别个一般，——虽然还有些热剌剌，——心满意足的得胜的躺下了"。这样的挨打频率，一般的身体素质根本承受不住。

 绿茶

依我看，要打也得编辑先动手。

 绿茶

从1921年12月4日起，鲁迅以"巴人"笔名在《晨报副镌》连载《阿Q正传》，持续了两个来月，写了八章，被折磨坏了，他想找机会收了，但是孙伏园不赞成。然而，鲁迅已经把最后一章《大团圆》藏在心里了。

 绿茶

终于，等来一个机会，孙伏园出了一趟差，代庖的何作霖对阿Q并无爱憎，于是鲁迅将《大团圆》送去，就登了。等孙伏园回京，阿Q已经被枪毙一个多月了。我曾经也是副刊编辑，深知版面出现这种"重大事故"的痛心，我要是孙胖子，一定会被阿Q中途夭折气死。

 杨早

看来《阿Q正传》是一本写崩了的地图炮太监文。

《春风沉醉的晚上》

1923

都市空间中的古典爱情

郁达夫的另一篇代表作《春风沉醉的晚上》，可谓新瓶装了旧酒，书写的是都市空间中的古典爱情。

《春风沉醉的晚上》发表于1923年。这篇小说跟1921年的《沉沦》不一样，虽然也是以"我"为叙事者的第一人称叙事，但是完全没有《沉沦》那种大段的抒情，相反更加偏重于白描式的叙事，这是一个很大的变化。

更重要的是，《春风沉醉的晚上》描写了一个落魄文人跟隔壁女工的爱情，这种朦胧的、清新的爱情在现代小说里，也是非常新鲜的表现。在传统观念里，像主人公这样留过洋、英法德文都会翻译的文人，与隔壁陈二妹这样的女工之间，能有什么样的关系呢？即使是在100年后的现在，这种打破阶级隔阂的爱情也是不多见的吧？

但是，在1920年代初期的上海，这个新兴的都市空间里，这两个素不相识的人奇迹般地，像家人一样地住在了一起。当时的上海是中国的工业中心，它聚集了一大批轻工业企业，这些企业从周边的农村招收了大量的女工。如果你看过夏衍的《包身工》,大概可以了解一二。

另一方面,近代上海又聚集了大量的落魄文人。与晚清时不一样,晚清从各地来上海的文人,包括我们熟悉的李伯元、吴趼人,多数人办报、写作带有玩票的性质,他们家里都有田地收入,可以资助他们在上海当报人、文人。但是《春风沉醉的晚上》中的主人公身处五四新文化运动以后,已经丧失了家庭的接济,又失业半年,虽然是饱学之士,也只能搬到贫民窟去与工人、底层市民住在一起了。

因此,虽然男女主角的出身、学历、学识天差地别,但是他们就在这样一个现代化的城市空间最底层相遇了,这又造成了一种很奇异的搭配。但是我们又不能说它是全新的——这种搭配从古代那种"公子落难"的小说模式当中也可以找到,所以文人与女工的爱情是"新瓶装旧酒"。新的部分是都市的奇异空间,两个陌路人,一开始便像家人一样住在隔壁;另一方面它又是古典的情感方式,两个人默默守望,开始几乎一句话都不说,后来才慢慢地熟悉和交往。

小说的女主角陈二妹跟着父亲到上海打工,父亲最近病逝了,她在烟厂做工,非常辛苦——小说这里的设置,又带有当时特别流行的"劳工神圣"的概念。一个既神圣又纯洁的女工,显然是1923年的小说读者喜闻乐见的——新小说的受众主要是学生、文人与部分商人。郁达夫其实是很擅于把握流行元素的作家,同时又是现代文学作家里古体诗写作数一数二的才子。他将古典的爱情模式和现代的都市场景缝合到一处,就更让读者产生新奇感。男女主角的身份地位落差越大,读者就越爱看。

在此之前,新小说作者们在鲁迅的引领下,都是住在北京、上海这样的都市里,怀想自己遥远的故乡村镇。郁达夫把笔触伸向了上海的一角,让读者对一位清纯女工与一位落拓文人之间的爱情感同身受。这就是《春风沉醉的晚上》的特别之处。

那这两位全无交集的上漂人士是怎么交往的?一开始,17岁的女工陈二妹对隔壁的这位男性是有戒备心理的,一直都没有跟他交谈。但是有一天,女工突然请文人吃香蕉,还送他一盒点心。这是因为女工住在一间房被隔出来的里间,每次下工从外面回来,都需要住在外间的文人主动让路(居室之狭隘逼仄可知),小姑娘觉得怪不好意思的,于是送上吃食以表谢意——这说明这位女工年龄虽小,却很有礼貌,很有家教。

但女工内心还是防备着文人,因为她觉得这个人不务正业,每天白天不出去做工,晚上动不动又不见了,看上去特别像上海滩"捞偏门"的!她看文人的眼神,跟未庄人看城里回来的阿Q差不多。后来她才知道,文人是因为神经衰弱睡不着,只能在夜里到街头乱逛,女工欢喜释然之余,又反过来劝文人,要戒掉颓废的习惯,要努力工作,每天都翻译一篇小说行不行?这里就能看出这种阶级上的隔膜了,小女工很难理解文人的理想追求与生活方式。

当然,即使文人内心啼笑皆非,但面对女工那种真挚的关怀,他的内心也顿生爱意,但基于自己的落魄处境,文人又必须控制自己,不让自己的颓废毁掉这位纯洁的姑娘。

小说主人公虽然留学归来,也算满腹诗书,但是整个人的精神状态非常颓废。而也正是因为这种颓废的状态,主人公又带有"落难公子"的特性,他需要一位女性来拯救他。

女性的拯救在古今中外都是十分常见的母题,在歌德的《浮士德》、但丁的《神曲》这样的经典里都能看到。而现代文学中的"颓废"传统,基本设定是一个文人在失意落魄的时候,碰到了一位特别纯洁特别善良的女性,将他带上了一条救赎之路。

虽然《春风沉醉的晚上》点到为止,并没有书写往后的故事,但是读者也可以看得出来,文人从女工身上吸收了精神的力量。正因如此,连惯熟的上海夜空,在男主角眼中都变成不一样了:

> 贫民窟里的人已经睡眠静了。对面日新里的一排临邓脱路的洋楼里,还有几家点着了红绿的电灯,在那里弹罢拉拉衣加。一声二声清脆的歌音,带着哀调,从静寂的深夜的冷空气里传到我的耳膜上来,这大约是俄国的飘泊的少女,在那里卖钱的歌唱。天上罩满了灰白的薄云,同腐烂的尸体似的沉沉的盖在那里。云层破处也能看得出一点两点星来,但星的近处,黝黝看得出来的天色,好像有无限的哀愁蕴藏着的样子。

这是对上海最初的抒情描写,冰冷的都市与颓废又带点欣喜的心情,就这样奇异地交织在一起。

所以说,郁达夫开创了现代文学的两个传统:一个是《沉沦》那样自叙传的传统,把个人命运和国家兴衰结合起来;另外,他也开创了《春风沉醉的晚上》这样的颓废传统。我们可以说,郁达夫跟他的浙江老乡鲁迅一样,也是一个现代文学传统的开创者。

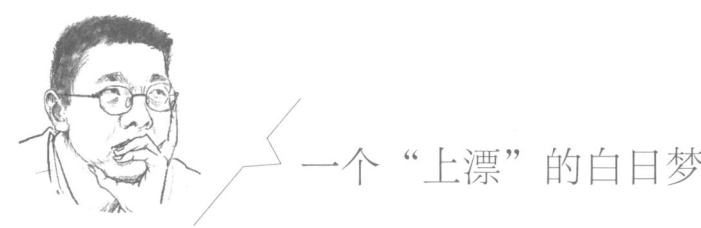

一个"上漂"的白日梦

精神分析学说的创立者弗洛伊德写过一篇文章《作家与白日梦》,他说作家写作和孩子玩游戏很像,都是非常认真地建造一个属于自己的世界,并沉浸其中。他们都依照内心深处的欲望,重组现实或幻想。郁达夫的名作《春风沉醉的晚上》便是一个民国"上漂"的白日梦。既然是白日梦,那不妨来一场"盗梦空间"。

首先,来看看这是一个怎样的梦,也就是梦境的第一层。小说讲的是文艺青年"我"在上海为文艺而拼搏。"我"想靠写作和翻译维持生计,但万分艰难,于是一方面怀着经济的压力,常常夜深人静对着蜡烛发呆、玄想,苦闷万分,另一方面又觉得自己不能做底层的劳动工作,自怨自怜。这类知识分子被称为"零余者",就是多余的人。然而,与《沉沦》里的自暴自弃不同,郁达夫善解人意地为这位上漂安排了一名女工人当舍友。于是,上漂的生活随之增添了一抹亮色与希冀,也正如小说题目"春风沉醉的晚上"所渲染的氛围一样,如梦似幻。小说的走向也梦幻地朝着"野百合也有春天"的方向发展,甚至情节模式也像四平八稳的爱情小说:先是男女主人公在贫民窟萍水相逢,然后借着女主赠送香蕉的机会有了交流,进而相知相怜,但由于男主人公作息习惯的昼夜颠倒,以及不明来由的收入,使得女主产生误会他品行不端,以偷盗为职业。而当男主人公讲出个中原委后,误会解除,两人涣然冰释。在小说的结尾,同是天涯沦落人的男主和女主没有结合,但这位上漂男主却从女主陈二妹身上获得了身体的康复与精神的洗礼,获得了能够直面社会的阴暗与自身负能量的勇气。

揭开第一层梦境之后,再往下一层,看看浪漫的白日梦里隐伏的真实的历史。这些细节在小说中不时浮出水面,又被叙事者涂抹上了玫瑰色。女主陈二妹是1920年代上海某卷烟厂的女工。如果说男主的困扰是想找工作而不得,那么陈二妹的困扰却是被工作压榨得想停停不下,想逃逃不脱。小说对她的生存境遇有所描述,比如一个月九块钱的工资,除去吃饭和租房,所剩无几;比如每天早七晚六,工作十小时,还要忍受工头的性骚扰。但这一切在小说的叙述中并不指向对社会的批判,而完全是被用来印证上漂男主对这位女工的最初印象——可怜。小说里是这么讲的:

> 我与她这样的见了一面,不晓是什么原因,我只觉得她是一个可怜的女子。她的高高的鼻梁,灰白长圆的面貌,清瘦不高的身体,好像都是表明她是可怜的特征。

甚至当女工人向男主倾诉加班的辛苦的时候,男主人公也只是:

动了伤感,一边心里虽在可怜她,但一边看了她这同小孩似的脾气,却也感着了些儿快乐。把糖食包打开,请她吃了几颗之后,就劝她说:"初作夜工的时候不惯,所以觉得困倦,作惯了以后,也没有什么的。"

阶级压迫在这里被叙事者,也就是我们的主人公,讲成了绵绵的娇羞与情话。女工虽然饱受劳动的异化、资本家的欺压,但她的形象在这位上漂叙事者眼中是没有任何现代意味的,如沦落风尘的古典倡优一般楚楚可怜,等待身为才子的"我"的怜悯、怜爱与拯救。

弗洛伊德说:"每场白日梦及每篇小说里的主角如出一辙,都是一个'唯我独尊的自我'。"用这话来评价郁达夫的小说叙述,真是一语中的。

那么,真实的女工陈二妹是什么样呢?

我们首先要庆幸陈二妹不是苏北人,小说里写她讲话口音是"柔和的苏州音"。"我"听了这种声音以后,说那种感觉"是怎么也写不出来的"好听。后来揭示了陈二妹的身世,也明确知道她是苏州东乡人,从小在上海乡下长大。不过不是苏北人,又有什么可庆幸的呢?

女工在工厂里备受歧视。除了与男性工人一样的工时长、薪酬低、工作环境恶劣,女性还需要面对同工不同酬问题,面对那摩温(工头)的性骚扰问题面对黑社会的盘剥问题,等等。更令苏北女工受不了的是,在同一工厂里,她们比江南、上海女工的地位低下,苏北女工往往住棚户区,被安排做粗活累活。工作上受歧视也就罢了,生活上她们也是受歧视的对象。她们说话穿衣也被江南女工瞧不起,江南女工穿衣倾向于蓝色、黑色或灰色的布料服装,而苏北女工则喜欢大红大绿,粉色的袜子绣花鞋。以至于到了最后,由于民资老板对苏北女工的歧视太过分,很多苏北女工更愿意去日本工厂,感受更为平等的工作氛围,而当民族主义爆发的时候,这些苏北女工又被指为不爱国,被加倍地鄙夷。

所以陈二妹不是男主人公幻想中的"可怜"可以概括的,她的工作与生活都比这位上漂要复杂得多,性情也一定坚韧得多。

这个白日梦的最外层好像一层浪漫主义的蜜糖,现实的苦涩被包裹在里面。如果我们说白日梦呈现的是内心的潜意识,那么郁达夫的白日梦对现实重新整合,折射出的是什么呢?是一种对现实的复杂心态。一方面,承袭了中国传统读书人感时忧国的志趣,对现实不可能视而不见,但另一方面,现代知识分子在打掉了传统的考试制度、传统的进身路径之后,其实也打碎了自己在这条路上参与政治、介入社会的基石。写诗文、写小说,此时也前所未有地由传统士大夫的业余爱好变成了现代知识分子的主业。旧的已破,新的未立,介入现实的冲动,只能绕道文学来启蒙救世。这种压抑与无力,产生了郁达夫浪漫主义的白日梦。

— 1923共读 —

张宇帆

二十出头的海归青年不正该是意气风发、春风得意的时候吗？而我们的主人公身体是羸弱的，有神经衰弱症，找不到工作，也做不了苦力活，连自杀的勇气也没有，只能称自己"黄狗"；精神也是孤独的，白日不敢出门，长久待在不见阳光的小屋，只能夜晚漫步在无人寂静的马路上，做些漫边的空想；甚至，面对女性时他也是失意的，欲爱而退，渴望爱情却碍于自卑，欲望在现实面前却步。现实状态与应然状态相去甚远，他被关在畸形生活的监房。

张宇帆

只有夜晚，春风沉醉的晚上，郁达夫取了一个听起来就让人心生荡漾的题目。可文中的"我"并不惬意，他漫步在寂寥无人的午夜，孤独地找寻自己，可即使云层破处有星光，却好像也有蕴藏着无限的哀愁。突然想起重走五四路那天，白天我们聊百年前的爱国热血青年，晚上吃饭谈当下焦虑的青年。郁达夫笔下的孤独似乎延续到了今天，只不过如今或许很少有人会在春风沉醉的晚上在无人的大街上漫走一整夜，毕竟都"996"了。

 杨早

他哪是海归呀？他是"海带"，海归待业青年。懂外语有什么用？我估计没混到文凭，不然去圣约翰大学附中当老师，户口住房存款都有了。

 土城

对主人公来说，邻居女工是单纯而脆弱乃至虚无缥缈的梦，这是个人情爱吗？我觉得更像知识分子对新生的某个阶级带有意淫和审视意味的想象和凝视，只是这份炙热的关注暂且被苦闷和迷惘打压了——最终只剩无所适从的热情和大梦似醒未醒的茫然。

《祝福》

1924

三个精神世界的碰撞

时间来到了1924年,"现代文学之父"鲁迅再次出手,写出了《祝福》。

《祝福》与《孔乙己》《阿Q正传》最大的不同,在于《祝福》属于鲁迅的第二本小说集《彷徨》,而非更激烈的第一本《呐喊》。

鲁迅一系列收入《彷徨》的小说,分别写于1924年和1925年,这时新青年阵营已经分裂,五四的余波慢慢平息。从鲁迅这两本小说的名字可以看出一二。《呐喊》,鲁迅自己说是"听将令",主帅让你冲杀,你就呐喊向前,奋勇战斗。"呐喊"里包含着"启蒙的确定性",就是陈独秀说过的"必不容反对者有讨论之余地"。

可是《彷徨》就不同了。彷徨是犹豫不决,不知道往哪里去,也不能肯定什么是绝对正确。对一位启蒙者来说,这就是自我怀疑的状态。就像莎士比亚笔下的哈姆雷特,对报不报父仇一直犹豫不决,不能肯定自己怎样做才是正确的。

关于"彷徨"的心态,鲁迅有一首诗描写得非常形象:"寂寞新文苑,平安旧战场。两间余一卒,荷戟独彷徨。"关于旧战场,前人的诗里也很多,"折戟沉沙铁未销,自将磨洗认前朝","九里山前作战场,牧童拾得旧刀枪"。让我们想象一下,旧日战场一片宁静,往日战友"高升的高升,消沉的消沉",只剩下一个老兵,扛着生了血锈的兵器,在壕沟与弹坑边慢慢地走向如血残阳……是不是很颓废,是不是很伤感?

《祝福》就特别体现了这种"不确定"的彷徨心态,它讲述的是三个精神世界的碰撞。

哪三个世界呢?首先是鲁四老爷的精神世界,我们可以称之为"礼教世界"。这个世界是稳定的、确定的。比如祥林嫂逃出婆家,这不好,因为冒犯了夫权;她被迫再嫁,也不好,因为败坏风俗;至于祥林嫂死在鲁镇祝福之时,更不好了,简直就是触了全天下人的霉头。所以鲁四老爷大发脾气,说祥林嫂是"谬种",正式宣告祥林嫂在伦理纲常的礼教世界里,成了彻底的弃民。

鲁四老爷是讲理学的监生,他的世界是伦理纲常的世界。这个世界自宋明之后,就是中国社会精神生活的规则制定者。而且自宋至清,这个世界的规则在不断地向下层社会延伸,有学者总结为"礼教下延",本来不需要遵守礼教的底层民众也逐渐被纳入了礼教统治的范围。

第二个世界是祥林嫂、柳妈、卫老婆子的精神世界,也可以称为中国传统的"民间世界"。这个精神世界同样历史悠久,而且有自己的规则。比如寡妇再嫁,本来是很正常的事。因为在男权社会,丈夫一死,女性就失去了生活来源,如果夫家不愿意养活她,寡妇就只剩下再嫁一条路了。即使像祥林嫂那样,没有孩子,从乡下跑到鲁镇当女佣,能自己挣得温饱,但挡不住女人从来都被视为夫家的一份财产,依然还是被绑了回去卖到山里。

祥林嫂再嫁之后,原本也过得不错,但灾难接踵而至。先是后夫也患病死了,这时祥林嫂有了儿子,还能守下去,虽然已经不能再算是贞节妇女,但日子过下去还是没问题。可惜祸不单行,儿子被狼叼走,丈夫的哥哥就有了合法的理由来收走居住的房屋,祥林嫂无处可去,只好又回到鲁镇帮佣。

此时的祥林嫂,已经变成了不洁之身,连祝福的器物都不能碰。在民间的精神世界里,这种禁忌并不是没有办法破除的,办法就是柳妈告诉祥林嫂的"捐门槛"。十二元鹰洋倾尽了祥林嫂的所有积蓄,但她心甘情愿,她用辛苦工作所得来买一份救赎。

然而,这种期盼在冬至祭祖时成了泡影。四婶仍然不让祥林嫂碰酒杯与筷子。这意味着,鲁四老爷为代表的礼教世界不接受祥林嫂的忏悔,不肯给她救赎的机会。礼教世界宣布了她的不洁是永恒的、不可改变,而死后被锯成两半、分给两个男人的恐惧,却仍然有效。

而叙事者"我"代表着启蒙者的精神世界,可以称为"启蒙世界"。启蒙世界提倡科学与理性,也注重民主与平等。因此,启蒙世界不该、也无法忽视祥林嫂的精神诉求,但启蒙世界能解决祥林嫂的精神困惑,给她的灵魂一个安稳的处所吗?

当流落街头的祥林嫂遇到"我"这样一位归乡的知识分子,她关于灵魂、地狱的提问,其实仍然在绝望地寻找救赎的缝隙,而这种寻找中又充满了矛盾:她既希望有灵魂、有地狱,也希望没有。如果有,祥林嫂免不了被锯成两半,但是,她能获得与死去的亲人团聚的希望。

如果你是祥林嫂,你该怎么选择呢?这是"我"不能给祥林嫂一个确定答复的原因。

鲁迅后来说,《彷徨》比起《呐喊》,"技术上要比先前好一些,思路也似乎较无拘束,而战斗的意气却冷得不少"。其实,《祝福》叙事者的内心是很彷徨很苦闷的。这位叙事者一直表示巴不得早一点离开,因为在这块土地上,启蒙者什么都做不了。面对鲁四老爷的那一套,他无法与他们当面争辩。面对祥林嫂的迷信,他也说不出"人死后是没有魂灵的"。这像什么?这有点像当下很多人在生活中,面对父母长辈的种种执着——养生、传谣、逼婚,等等,是不是会感到非常无可奈何?对,就是这样一种感觉。

启蒙世界不是从中国社会中生长出来的,启蒙者就像鲁迅比喻的普罗米修斯,从天上盗来天火,却是要煮自己的肉。启蒙的精神世界很难获得民间世界的认同,也很难与乡土社会的礼教世界对抗。这是后五四时代启蒙的困境。这种困境到现在仍然存在,不是吗?

总而言之,鲁四老爷的礼教世界,强调的是"秩序",好女人得牌坊,坏女人成弃民,用道德律令与舆论威胁来影响大众的精神生活。而柳妈代表的民间信仰世界,相信果报与救赎,充分反映了民间信仰中的实用成分。这个精神世界可以给祥林嫂一条出路,但它在更高的"秩序"面前没有说服力,这是宋元之后理学意识形态下延的后果。三贞九烈、三从四德这些本为士大夫阶层准备的信条,在宋元之后却变成了全民的道德观念,这是逼死祥林嫂的社会背景。

而"五四"以来,启蒙主义者对"秩序"的反抗和批判,恰恰又是一种反转。他们自己反抗礼教,也不信鬼神,但当他们面对底层社会的信仰真空,却没有一种可以让底层接受、信服的信仰作为替代。你看出这中间的无奈和无力没有?为了美好的明天,把旧秩序否定了,打倒了,但鲁迅发出一个反问:"你把黄金时代预约给他们的子孙了,可是你把什么东西给他们呢?""祝福"这种仪式一直存在民间,而经历了多年的压抑之后,神鬼迷信也在渐渐地复活,就是这种"无可替代"的后果。当民众饱受精神上的折磨与困苦,什么是可以让他们求得心灵安宁的药剂呢?这是现代启蒙一直没有解决的难题。

《祝福》描写的就是三个精神世界的碰撞,以及启蒙无法推行的难题。而祥林嫂是这三个世界碰撞当中的牺牲品。这也是现在我们回看《祝福》,会感到内心特别悲哀的原因。

令人彷徨的鬼故事

说起《祝福》,大家可能都会愣一下,但说"祥林嫂",肯定就知道是哪段故事了。《祝福》最初的电影改编是1951年越剧故事片《祥林嫂》,也可见念念叨叨的祥林嫂的故事是多么深入人心,甚至成了读者对这部小说的全部印象。但《祥林嫂》不等于《祝福》,当这个故事被称为《祥林嫂》的时候,我们关注的是一个可怜女人被旧社会压迫的故事,但这令我们忽略了小说更为丰富的内涵——《祝福》是个鬼故事。

从小说里那个经典的一问一答说起。祥林嫂捐了门槛之后,还是不被允许参与祝福的迎神仪式。她本来寄希望于在庙里捐门槛,能够消弭她改嫁、丧子的不幸,得到神鬼的宽恕,然而最终意识到是没有宽恕这回事的。在走向绝望之前,祥林嫂曾经带着一丝希望,问叙事者"我"这个启蒙知识分子:人死了之后还有没有鬼,有没有地狱。结果"我"支支吾吾地说不清。

到底有没有鬼,这自古以来就是个问题,被反复地问,反复地答,不只祥林嫂好奇,也不只小说里这位启蒙者说不清。

有一个经典的齐桓公见鬼的故事。齐桓公在野泽里打猎，管仲帮他驾车，然后就遇见鬼了。齐桓公一把抓住管仲的手，问："管仲你看到什么了？"管仲说："我什么也没看到。"齐桓公回去就生病了，因为这个事憋在心里：到底见没见到鬼，鬼有没有对我不利？于是他好几天没有出门。齐国有一个士人，叫皇子告敖，求见齐桓公，想给齐桓公排解一下。他跟齐桓公说："您是因为自己忧伤，鬼哪能伤害您呢？要是郁结的气散而不还就精力不足，上升而下不通就会使人发怒，下瘀而上不达就会使人易忘。不上达也不下通，淤塞在心中就要生病。"皇子告敖其实给齐桓公讲了一套心理学的解释，其实不是有神鬼，是你自己心里害怕。

但是齐桓公不听，接着问他："那么有鬼吗？"告敖干脆顺着他的话说："有！您说有鬼，那当然有鬼。哪儿有鬼？我给您介绍介绍。水中污泥里有叫'履'的鬼，灶里面有叫'髻'的鬼，门户里有叫'雷霆'的鬼。您的墙根儿底下，东北墙根儿有叫'倍阿鲑蠪'的鬼，西北的墙根有叫'泆阳'的鬼。水里有叫'罔象'的鬼，丘陵里有叫'峷'的鬼，山里有叫'夔'的鬼，郊野里有叫'彷徨'的鬼，草泽里有叫'委蛇'的鬼。"

话说到这儿，齐桓公紧接着往下问："你刚才说的委蛇长什么样？"告敖回答他："委蛇，身躯大如车轮，长如车辕，穿着紫衣，戴着红帽。他作为鬼神，最讨厌听到雷车的声音，一听见就两手捧着脑袋站着。见到了他的人恐怕就要成为霸主了。"

齐桓公一听，立马开怀大笑："这是我所见到的鬼，能让我成为霸主的鬼。"于是整理好衣帽，又跟皇子告敖聊了半天，不到一天的时间病就消失了。

令人彷徨的鬼故事

统治者关心神鬼，首先是跟政权统治的合法性有关系，跟他如何通过鬼神进行管理也有关系。他关心的其实并不是神鬼，而是这套神鬼的东西到底对自己有什么样的影响，能不能帮助他统治人心。

  然而，在这场几千年未有的新文化运动里，启蒙知识分子批判了这套信仰的鬼神崇拜。比如陈独秀，在1918年5月15日《新青年》第四卷第五号上，写了一篇《有鬼论质疑》，从科学与逻辑等多方面驳斥了这种在他看来"支配全国人心"的无稽之谈。在"五四"启蒙的大旗之下，神鬼逐渐被从宗教信仰层面赶到了文艺、民俗、学术研究领域。

  神鬼与民众的日常行为之间慢慢不再有意义的关联，仅仅成为一些文化符号。以最重要的春节为例。明清时候北方的老百姓，在大年初一要做很多跟鬼神有关的事情。比如煎汤泡澡去邪，佩戴却鬼丸，在门上悬挂重明鸟以"避一切妖恶"，服用药丸避恶丹，还有放爆竹以惊扰山魈鬼魅，使之不能来作恶，等等。这些习俗有的遗留到了今天，比如放爆竹，但它已经变成一种文化活动，与曾经相信的爆竹可以驱散鬼怪没有什么太大的关系了。

  有了这个背景，我们再回到《祝福》。一方面，《祝福》这篇小说里的叙事者是一位离乡在外的启蒙者，可能受到科学新思想影响，也可能积极地传播着科学新思想，把鬼神从民众的精神里驱逐出去。但另一方面，他回到家乡，看到家乡依然沉浸在鬼神笼罩之下。小说题目"祝福"本身就是个迎接福神的祭祀仪式。而家乡的氛围也依然是死气沉沉，阴冷、麻木：鲁四老爷迂腐守旧，祥林嫂境遇悲惨无人同情，想捐门槛换得鬼神的宽恕也不得。所以叙事者

"我"对家乡现实环境感到沮丧、落寞、悲哀的同时,却又难以向祥林嫂道出自己那套熟练的破除鬼神迷信的启蒙话语。

这位启蒙知识分子开始犹疑不定,当民众需要鬼神的时候,内心感到无助、绝望、无所措的时候,到底是不是要把世上有无鬼神说得这么斩钉截铁,是不是要在此时此刻将民众心里的鬼神拔得一干二净?如果这样做了,至少在知识分子"我"看来,这是很残忍的事情。如果"我"告诉她没有鬼神,可能就把祥林嫂心里那点希冀和火焰掐灭了;但是如果"我"告诉她有,好像又加入了统治者利用鬼神对祥林嫂的压迫里去。那怎么办?所以彷徨,特别彷徨。

《祝福》是小说集《彷徨》中的一篇,什么叫"彷徨"呢?大家都不再统一批判旧时代的思想问题,而是开始各做各的事情,做官的做官,研究国故的研究国故,只有鲁迅独自在战场,无所适从。其实"彷徨鬼"本身也是犹疑、左右不定的鬼,它的形态——身上有花纹的两头蛇也透露了这点。它未尝不是包括鲁迅在内的启蒙者们心情的象征,他们将西方思想引入中国,但是要真实地面对一个个无比复杂的社会现实,面对一张张落寞而迷茫的面孔,他们彷徨,特别彷徨。

—1924共读—

梅子酒

鲁迅先生《祝福》里的"祝福",只描写了准备福礼和"拜菩萨"仪式,并未细写"掸尘"和"请羹饭"。有趣的是,今年春节我特地跟家中老人聊起无锡当地的年俗,意外地发现,时至今日,家家户户"掸尘"的习俗保留完好,有俗谚"十七十八,掸掸发发"为证。准备福礼的过程亦有保留,只是菜品换成了当地特色的肉酿面筋、鳊鱼等,一般是三荤三素,素菜里会有粉皮和萝卜汤(俗称年萝卜),还有要摆半圆形的"年糕头",寓意"元宝"。而到了仪式环节,似乎略了"拜菩萨",保留了"请羹饭",俗称"祝飨"。只是,原先"过年"(拜菩萨)和"祝飨"(请祖宗)是两个环节,而如今的无锡人合二为一,"过年"和"祝飨"的词义,也渐渐融为一体了。

张宇帆

祝福这种仪式在小说里越被写得一团祥和,就越让人头皮发麻。祥林嫂不被允许参与这种祭礼,触碰祭品,被认为不洁、晦气,祥林嫂的精神也从此崩塌。或许这样的祭祀,"礼"非"礼",只是一种迷信罢了。

李子

其实,我有时候倒宁愿迷信是真的。据推测,阿毛是被狼叼走了。被狼吃,不如被虎食。因为为虎所食,据说还能变为虎伥,也就是一种鬼。这种鬼虽然为虎驱使,但毕竟魂灵会留下来,东晋至唐,虎伥的故事连续不绝。如果被狼吃,则不知道会如何。世人又说"虎狼之心",大概这虎和狼是相近的。虽然没有狼伥的历史记录,但阿毛也许会变为狼伥?

李子

祥林嫂倒在枯草的路旁,眼神还在涣散——但终究还没有完全无光。明暗之间,两个世界的夹缝中,她的魂灵似离未离。在这个世间无立身之处的祥林嫂,在另一个世界又该前往哪里?走的是阴山八景,还是去了枉死城?到底有没有被锯开,或者不被锯开?

—1924共读—

李子

眼神还在涣散,明暗还在闪烁——来的是无常,还是阿毛?我盼望着这一夜,祥林嫂倒在枯草的路旁,眼神还在涣散——而山里的饿狼,也终于顾不得,也来到了这里,恰好及时地赶到。我愿唐人的旧书中,再加一篇狼伥的故事。

李子

我女儿读小学,之前听过孔乙己,也听过阿Q和祥林嫂,也曾去过百草园,去过"鲁镇"。这一阵子因为听帕瓦娜的故事,开始讨论阿富汗的女性生活。我们聊了聊祥林嫂。她觉得那个世界对女人真不好。

李子

我说,那个世界对男人也不好,你看,孔乙己时时被人嘲笑,被人打断了腿……

李子

她沉思了一下,说了一句:"对女人更不好。"

李子

也是,孔乙己不爱干活,还偷东西……但祥林嫂,她是真的爱劳动的。

 杨早

@李子 令爱就没想想:那个世界,对孩子好吗?"救救孩子……"

《潘先生在难中》

1925

# 中产阶级的焦虑与恐惧

《潘先生在难中》是鼎鼎大名的教育家、文学家叶圣陶在1925年发表的作品。它描画了当时"中产阶级面对灾难时怎么办"的天问,中产阶级的焦虑、慌乱、恐惧,以及他们应对灾难的方式,构成了这篇小说的主体。

《潘先生在难中》的主人公当然就是潘先生,看样子,他大概是一校之长。他主管的学校在上海附近的一座小城里。潘先生在家乡好好地办教育,突然听说要打仗的消息——这场战争是1924年的江浙战争,齐燮元和卢永祥这两个军阀发起的一场内战。潘先生就带着家眷:两个孩子,一个九岁一个七岁,还有老婆,一家四口人逃到了上海。

这时上海已经挤满了十里八乡来逃难的民众,旅馆都是客满。好不容易找到一间房,每天的价格是两块钱。对比一下物价,从上海火车站到四马路的价钱是12个铜子,潘先生买来下酒的熏鱼是一毛钱,所以一天两块钱的房租是非常高昂的。

但是才住了一晚上,就接到通知,潘先生家乡的教育局长坚持

要求学校开课,因为战火还没有真正烧到潘先生家乡。潘先生必须赶回去维持自己的学校照常开学,不然他的职业前途就堪忧了。潘先生只好把妻儿放在上海,自己赶回家乡处理开学事务。

战火越来越逼近潘先生的家乡,据说只有一百多里了,往上海的火车也停了,上海的报纸也看不到了。潘先生非常惊慌,只好逃到了"红房子"(教堂)里去,正好碰到了也来避难的教育局长,他们一起在里边熬过了一夜。

战火终于没有烧到潘先生的家乡。过了20多天,战火平息了,潘先生和他的家庭算是虚惊一场。这就是《潘先生在难中》讲述的整个故事。

为什么说这篇小说反映了中产阶级的焦虑和恐惧呢?我们看看潘先生,他就是典型的缺乏灾祸抵抗力的中产阶级。潘先生带着妻儿逃难,家里的女佣王妈留下来守房子。潘先生夫妇都怕死怕战争,王妈怕吗?不怕。王妈只在乎她穿着绣花鞋上西天,阎王爷会高看她一眼。这句描写,写出了阶级的分隔。

潘先生这样的中产阶级是非常惜命的,所以一听到战乱的消息,就赶紧往上海跑。但是中产阶级又非常放不下自己的生活,潘太太担心着厨房里没吃完的一碗鸭子,还有隔壁的穷人会不会趁火打劫,而潘先生更是受制于人,他不可能潇洒地在上海当寓公,他不敢拒绝教育局长的命令,放弃自己的职位。

所以,像潘先生这样一个不折不扣的中产阶级,他避险的方式是什么?第一,碰到战火的时候,他们逃到了上海。因为上海有租界,租界是法外之地,中产阶级认为内战是不会打到租界来的;第二,潘先生把家里的细软装进皮包里,都送到了红房子去寄存。因为教会在近代中国有着特殊的势力。如果你看过电影《金陵十三钗》,也能看到战争中教会对民众的庇护作用。这种情况在近代史上常常发生。

那么,当潘先生无法逃难时,他用什么方法避险呢?首先,他报名成为红十字会的会员。红十字会发给学校一面旗帜和几个徽章,证明你是其成员,按照国际公约,这样的人员是交战双方都不得伤害的。但是潘先生假公济私,要了两面旗帜,一面挂在学校门口,一面挂在了自家门口,他给自己老婆孩子也准备了红十字会徽章——这是典型的中国式的小聪明。而真正感到危险将临时,潘先生和大义凛然逼着潘先生回乡的教育局长,不约而同地跑进了他们认为不会被战火波及的教堂。

从上面的分析可以看出,1920年代中产阶级的避险方案,主要是依靠近代以来中国土地上出现的一些新规则。租界、教会和红十字会,都是西方带来的事物,不管它们象征、代表着什么,在一位1924年的中产阶级看来,它们都意味着更高等级的安全。因此,向这些地点请求庇护,也是近代新兴的一种趋势。到了更大的战争(比如1937年全面打响的日本侵华战争)爆发时,普通的民众也开始向租界、教堂和红十字会寻求保护。

《潘先生在难中》的写作动机,虽然主要是为了讽刺在战争恐惧之下,潘先生这种小知识分子身上的中产阶级虚伪、自私和利己主义,但这篇小说实际上也反映了当时社会的某种新规则,这是叶圣陶作为写实主义小说家的功力所在。

关于"潘先生"这个人,一百年来,有着很大争议。小说发表之后的评论,从茅盾开始,几乎都是猛烈地批判潘先生,说他"没有社会意识",那么多民众都在死亡的阴影下奔逃,都在战火中受难,而潘先生只顾自己的小家,一旦感觉自家安全了,比如到了租界,就高兴得不行,说今天晚上要喝一杯庆祝,表现得非常没有家国观念、庸俗、琐碎,等等。

但是有意思的是,许多当代的青少年看了这篇小说以后,反而觉得潘先生是非常顾家的好男人,这是很有意味的评价变化。

潘先生怎么又变成了当代青少年心目中的好男人?因为他确实对家庭很照顾,对妻儿也非常关心。潘先生那么害怕战争,但他把妻儿留在上海,一个人孤身回乡,在他看来,这是冒着生命危险的,是为了保住饭碗,而保住饭碗,不也正是为了家庭免于冻饿死亡吗?他寻找一切可以让自身、让家庭保全的方法,并没有害人作恶,又有什么可指责的呢?

所以,一百年之后,我们回头看会发现,价值观其实也在慢慢地发生变化。在当代人看来,一个人在灾难面前,先保全、照顾自己和家庭,似乎已经不是值得批判的污点,而是一种人之常情。

"五四"时代对潘先生这种中产阶级的批判,是基于以潘先生为代表的群体虽然属于知识分子,却完全没有受到"五四"精神的熏陶,没有以家国天下为己任的胸怀。这种批判,是一种高标准的要求,在亡国危机的急迫心态驱使下,批判者的这种要求显得理所当然;而现在再持这样的立场,反而会被许多读者认为不合时宜。

如今再看《潘先生在难中》这部小说,更多的是能感受到中产阶级面对战争灾难时的那份无能、无力与无奈。他们运用了全部知识与资源,在当时社会体系中找寻各种用以自救的方法,但是潘先生心里也很清楚,这些避险方案并不是普世的法则,当战火真的将所有人卷入其中的时候,这些方案有多大作用,潘先生自己心里也是没谱的。十多年后的大战争,恰恰证明《潘先生在难中》这部小说,是一则既难得又准确的预言。

基础教育到底有多衰

《潘先生在难中》的作者是叶圣陶。他是文学家,但更为人熟知的是教育家的身份。他提出,教任何功课,最终目的都是不需要教。假如学生进入这样一种境界:能够自己去探索,自己去辨析,自己去历练,从而获得正确的知识和熟练的能力,岂不是就不需要教了吗?而学生所以要学要练,就是为了要进入这样的境界。这是非常前沿的教育理念。

读完这篇小说,你或许会发现,叶老除了教育思想,更让人拍案叫绝的是他对民国基础教育圈的犀利洞察。《潘先生在难中》写的实际是"民国教育在难中"。

小说的主人公潘先生在上海附近的一个小镇里当小学校长,暑假过完本该开学之际,却赶上军阀内战,所以小说一开篇在写潘先生怎么拖着老婆和两个小孩万分窘迫地赶火车往上海逃难。然而到了上海,他们镇教育局的领导又主张不停课,于是他只能抛下老婆孩子,自己一个人跑回镇子组织开学。结果战事过去,潘先生躲过一劫,又在学校教员们的奉承声里提笔为得胜的军阀歌功颂德,仿佛军阀战争带来的家破人亡与流离失所都不曾发生过。

潘先生这个人物着实令人心生厌恶。首先，这个人特别鸡贼，而且是又蠢又鸡贼，为了能在人群里钻得快一点儿，非要全家手拉手排成一字长蛇阵往前钻，结果差点儿跟妻子走散不说，孩子还险些被扯成两半。为躲避战乱，他还打着学校的名号，从红十字会手里诓来了小旗子挂在自家门口当平安符。战事稍缓，他就被同事们吹捧着为满手鲜血的军阀歌功颂德、立牌坊，牌坊上还要写上"功高岳牧""威震东南""德隆恩溥"……在一片对军阀的溢美之词与惨绝人寰的战争画面对照下，小说的讽刺效果达到了高潮。

那么这位鸡贼的潘先生从哪儿来的呢？小说里那些一有机会就要摆一摆官僚做派的教育局老爷们从哪儿来的呢？那些阿谀逢迎、圆滑保守的教师同行们又从哪儿来的呢？他们都从叶圣陶先生一生摸爬滚打、辗转腾挪的从教经历里来的。

我自己是语文老师，最羡慕的就是叶老从小学一路教到大学的经历。能从一线的角度谈教育，才是真正的教育家，比那些天花乱坠地讲教育理论，却连一节课都没给孩子上过的教育专家们，不知道高到哪里去了。

不过别看叶老如今被语文教育界奉为大师，其实他最初入行的时候，就跟当代很多入职不久的青年教师一样，干得并不开心。不只不开心，简直可以说是丧气满满。这份纠缠他的丧，就来自民国基础教育的一线环境。

叶圣陶教育生涯的起点，也正巧是民国教育的起始，1912年。那时他中学毕业，费尽周折找了份小学教员的工作，教二年级小朋友国文和算术。每周国文十七小时，算术五小时，一月工资二十块钱。以叶圣陶的才能,应付二年级的课程是绰绰有余的,听起来日子也还能过得去。不过和今天的情况一样,当老师可不是就把课教好就行了。叶圣陶这拨年轻人谋得了教职,也就意味着一拨儿老教员由于跟不上民国"教改"新形势被挤掉了。砸了饭碗,老教员们自然心有不甘,于是集结在茶棚酒馆散布谣言,攻击叶圣陶这拨年轻人。学校外面舆论压力大,学校里面也不安生。同事不比同学,在单位"逢人只说三分话,未可全抛一片心",但对叶圣陶这种诗人心地、渴望知己交流的人来说,这样的环境自然是很憋闷的。再加上学校生源情况复杂,孩童顽劣,学情参差不齐,组织课堂教学也让叶圣陶这个教育新手焦头烂额。更雪上加霜的是,下来巡查的视学摆出一副专家"煞有介事的样子",考核教改新理念有没有落实,看看师德师风有没有重视。现实的种种境遇,揉捏得叶圣陶不胜烦闷,快得抑郁症了。按叶圣陶自己的话说:

> 上课竟日,意绪甚恶,见诸学生如见鬼魔,能早一日去此,则出地狱矣……课罢即归,对案呆坐,长此不乐,殆将狂矣。

每个月那二十块银圆,是他在这所小学工作下去的唯一动力。

后来怎么样了?是不是叶老收敛了那颗年轻浮躁的心,改变不了环境就改变内心,终于成为一代语文教育大家?

并不是。叶圣陶并没有改变自己,所以后来……他被那个丧气满满的小学辞退了。再后来,他又换了学校,继续教书。在用直第五高等小学,他遇见了一批志同道合、专注于教育改革与实践的同事。他们在学校里编教材、办农场、开图书馆、组织诗会、排演话剧……"五四"来了,他们在学校操场高声演讲,呼喊"外争国权,内惩国贼",声援北京街头的学生们。这段时间,是叶圣陶一生中的梦幻时刻,他把这一时期的很多经历写进了小说《倪焕之》,直到晚年还带着妻子故地重游,追忆往昔。

中国也就由此多了一个可爱的语文前辈,少了一个抑郁症患者。

《潘先生在难中》中让人读完又可气又可笑又愤慨又无奈的油腻人物、污浊环境,正是叶圣陶曾见证并经历的民国基础教育的折射。但与潘先生比起来,叶圣陶其实是幸运的。很难想象,如果不是被学校辞退,叶圣陶会变成怎样的老师。如果不向环境妥协,难保不像他自己所说的精神出问题;如果学会了妥协,又是否会调整处事的姿态,左右逢源,步步算计,当上潘先生一样的小学校长,然后人到中年,落难流离,凭着那点儿自得的鸡贼,应承好军阀、官僚,调和好同事、教员,应付好学生、家长,安置好家庭、妻儿,打点妥帖,支应周到,小心翼翼地过完下半生。

如果说潘先生身上凝结了民国教育的多灾多难,那么所幸,叶圣陶的人生让我们看到了民国基础教育的另一种可能,或者说另一副面孔,那就是实验性、实践性、开创性,一股冲破窘境的尝试。

—1925共读—

若文

小说创作的背景是1920年代军阀齐燮元和卢永祥在江苏的混战。这场几乎历史课本都不会提到的局部冲突,惨烈的程度在随后的北伐战争、国共内战、抗日战争面前几乎不值一提。这也是叶圣陶先生在创作小说时无法料到的。

张宇帆

听你这么一说,放在真实历史背景下来看就更有意思了,知识分子在国难面前有资格利己苟安吗?

张宇帆

有关潘先生的评价,都不太好听。茅盾说他是"没有社会意识,卑谦的利己主义,precaution(戒备),琐屑,临虚惊而失色,暂苟安而又喜"。听起来很小市民,作为一个小学校长、一个知识分子,竟完全没有"忧国忧民"意识,只看自己那方寸之地。其实,在我看来,潘先生也是有点委屈的。他吃亏在没有公关团队帮他塑"人设"。

张宇帆

"夫妻本是同林鸟,大难临头各自飞",时局混乱,可潘先生带着妻儿一起到上海逃难,时刻担心家人离散。当一家人在车站被人群冲散时,潘先生立即有了家破人亡之感,不禁流泪。在旅店找到个破旧房间,一家人暂且安顿下来,潘先生就觉着幸运,该小酌一杯。为了保住工作,潘先生独自回到了不安定的家乡,时时担心在上海的母子三人的生存问题。把学校房屋给红十字会做收容所,换了红十字的徽章做保命符,还觍着脸多要了两个,想着给妻儿。

—1925共读—

张宇帆

潘先生有错吗？也有。错就错在他披着知识分子的外衣，心里却只期待一家人生活平安。长久以来，我们对知识分子的认知，必定是"先天下之忧而忧"之人，"天下"先于"己"，"国"先于"家"。潘先生为了使一家人苟安的种种做法，确实失了知识分子的骨气与责任。他是怯懦，可也不是全没了良知，不然最后写大字的时候，他的眼前也不会闪过国难中的种种惨状了。只是，大浪已起，知识分子的笔杆子也握不住了。

若文

其实潘先生已经算幸运了，叶圣陶也算幸运了，更不幸的是写不出，甚至想象不出的那些人。潘先生举家逃难到上海，可以火车当天来返，而社会底层的困难是处于社会中层的知识分子难以想象又难以言说的，只能化作小说最后"拉夫，开炮，焚烧房屋，奸淫妇女，菜色的男女，腐烂的死尸"一幕幕闪现。顺便一说，20世纪的中国史实在是一部逃难的历史，北京上海与农村远野也是双向逃难的目的地，大多数的逃难故事并没有"西南联大"传说那么趣味动人。

杨早

拿现在流行的文本来批评知识分子，恐怕有问题。事实上，任何时代，任何人群，悲欢相通都是难事。说到逃难，有《大公报》的报道，也有丰子恺《逃难的艺术》。汪曾祺写《跑警报》，无非是在数十年后，纪念中华民族的"皮实"。文字之力有限，各见所见吧。

《少年漂泊者》

1926

# 变革时代需要粗暴的情绪表达

《少年漂泊者》是蒋光慈出版的第一部长篇小说。虽然它写成于1925年，出版于1926年，但是根据蒋光慈的中学同学回忆，这部小说蒋光慈从中学开始就在构思，主人公汪中几乎跟作者同龄。所以某种程度上，它也可以看作蒋光慈的自叙传。

《少年漂泊者》出版之后，为蒋光慈赢得了巨大的声名和财富。这部小说从1926年1月问世，至1933年2月，再版了15次。当时所有的作家中，版税最高的是鲁迅，达到20%——现在再大牌的作家，版税大概都很难超过15%——1920年代，一般畅销书作家的版税是15%，唯有蒋光慈的版税也可以达到20%，而且他是一位多产的作家，四家书局同时出版他的小说。一时间，蒋光慈几乎成了中国小说界的首富，月收入版税200元，当时上海普通市民每月平均收入还不到20元，所以蒋光慈靠着写作，过上了相当奢华的生活。也因为受到大量年轻读者的喜欢，蒋光慈在上海文坛的地位飞速上升，有一段时间仅次于鲁迅与郭沫若。

《少年漂泊者》为什么能获得这样大的成功？

小说的主人公是安徽农村的少年汪中，他的父母都是佃农，遇上荒年，还被地主逼交田租。他的父亲被地主的家丁拳打脚踢，不治身亡，他的母亲也被逼不过，用剪刀自杀。就剩下孤儿汪中，开始了他漂泊的历程。

　　少年的漂泊也很坎坷。汪中拜了一个先生，跟他当书童，但这先生对他心怀叵测，想潜规则他。汪中好不容易逃脱了魔爪，到了合肥，去一家杂货铺当学徒。他爱上了杂货店老板的女儿——这是一个很常见的故事，小伙计跟老板女儿之间的爱情。但是这桩爱情遭到女方家人的反对，而且这个女孩已经许过人家了。因为得不到爱情，女孩忧伤至死——这段经历是根据蒋光慈自己的生活经历改编的，所以他写得非常痛心，包括他当年献给死去情人的一首诗，也被原封不动地放进了小说里。

　　小姐死了，汪中也被送到了另一个城市安庆，在一家洋货店当伙计。他在安庆碰上了轰轰烈烈的爱国运动，在抵制日货的大潮中，汪中发现自家老板要对学生领袖下黑手，冒险去通知了学生领袖，救了领袖一命，但他自己也被洋货店开除了。

　　被开除之后，汪中又北上武汉，当了一名旅馆的茶房，但在那里，汪中也是不堪屈辱。比如顾客让他帮着叫条子（也就是叫小姐），他不愿意也不会叫，就失去了这份工作。后来汪中参加了1923年的京汉铁路工人"二七"大罢工，他还目睹了总工会江汉分会委员长林祥谦被军阀队伍杀害——这个我们在历史课本里学过。死里逃生之后，汪中决定去黄埔军校，参加革命队伍，后来在北伐战争中死在徽州。

　　《少年漂泊者》这篇小说用书信体写成，书信体和日记体都是特别有利于抒情的一种文体。我们现在回看，会觉得《少年漂泊者》特别没意思，因为该详细一点的叙事段落完全没有细节，比如各种大事件——丧父、丧偶、报信、工运，细节都非常不清楚，满篇充斥着主人公对苍天不公的抱怨，对万恶社会的诅咒，对资产阶级的痛恨。这样的情绪抒发得淋漓尽致，来看汪中父母死后的这段：

> 倘若我当时骇死，或急死，或哭死，倒也是一件对于我很幸的事情。说一句老实话，在现在的社会中，到处都是冷酷的，黑暗的，没有点儿仁爱和光明，实在没有活着做人的趣味。但是，维嘉先生，不幸到现在我还没有死，我还要在这种万恶的社会中生存着。万恶的社会所赐与我的痛苦和悲哀，维嘉先生，就是你那一枝有天才的大笔，恐怕也不能描写出来万分之一啊！万恶的社会给与我的痛苦愈多，更把我的反抗性愈养成得坚硬了——我到现在还是一个飘泊的少年，一个至死不屈服于黑暗的少年。我将此生的生活完全贡献在奋斗的波浪中。

类似的段落在书中到处都是，文字粗糙，也说不上什么文学手法，但是就这样一部小说，居然在1926年大火特火，成为风行一时的超级畅销书。

我们从中可以得出一个什么结论？在一个变革动荡的时代，人们可能不那么需要优美的文字，不那么需要含蓄的表达，他们更需要的是情绪的直接发泄。就像现在那些简单粗暴发泄情绪的公号文会更容易赢得10万+的阅读量，情绪变成了这个时候读者阅读的第一需要，情绪越强烈，就越受欢迎。

《少年漂泊者》的主人公汪中的遭遇可以说惨到极致——父母双亡，爱人病故，各种被人陷害，出生入死，最后还战死沙场。惨烈的背景加上强烈的抒情，就是这篇小说成功的秘诀所在。

有点儿讽刺的是，借着这种卖惨的小说，蒋光慈在上海过上了优裕的生活。他嫌本来居住的沪东工业区人口多，空气不清新，便租下了法租界里一家美国人的楼房，月租加上伙食，一个月要120元，相当于六个上海市民的收入。据当时他的同居女友记录，蒋光慈一天的饭食是这样的：一般早餐是牛奶、鸡蛋、面包，中餐是洋葱牛肉饼、牛肉青菜汤、烧鸡或烤鸭、油炸排骨、煎鱼等，外加番茄、土豆、生菜等蔬菜，用完餐，一只水果和一杯糖茶。

就这样，蒋光慈一边过着资产阶级的享乐生活，一边书写着无产阶级的受苦受难，这虽然很反讽，但也是每个时代都有的常态。蒋光慈早就加入了共产党，但在党指派他到群众中去时，他"害怕艰苦工作，遂写信给党，说他是过惯了浪漫优裕的生活，受不住党内铁的纪律，自请退出党外，做一个实际的革命群众一分子"。于是党支部认为蒋光慈不能克服小资产阶级浪漫性，私自脱离组织，也不执行党组织决议，所以将蒋光慈开除出党。

被开除出党没多久，蒋光慈病死于上海。

现在已经很少有读者会主动地去阅读蒋光慈了，但是在回顾历史的时候，不要忘了蒋光慈曾经红极一时的原因。每个时代都有那种特别撩人、万众追捧的作品，但是其中大部分一定也只是昙花一现，卖旧书都没人收。对此，我们应该存有一份警惕和清醒。

# 这是成功的革命文学吗

鲁迅给蒋光慈起过一系列外号：蒋光X、蒋光Y、蒋光Z。鲁迅为什么要给他起外号呢？蒋光慈招惹鲁迅了吗？不仅招惹了，蒋光慈和他的朋友们还说鲁迅已经过时了，跟不上革命的步伐了。连鲁迅的文学作品都不够革命，那什么样的文学能叫革命呢？《少年漂泊者》背后，是文学革命到革命文学的转折。

胡适1917年在《新青年》上发表的《文学改良刍议》被认为是文学革命的第一枪。他强调："吾以为今日而言文学改良，须从八事入手。八事者何？一曰，须言之有物。二曰，不摹仿古人。三曰，须讲求文法。四曰，不作无病之呻吟。五曰，务去滥调套语。六曰，不用典。七曰，不讲对仗。八曰，不避俗字俗语。"

简化一下，八项实际是两个要点：第一，反对文言文，提倡白话文；第二，反对旧文学，提倡新文学。紧随其后的陈独秀便直接以"文学革命"来称呼这次运动。其实胡适、陈独秀所倡导的文学革命并不是开天辟地头一遭，而是接续晚清以来的文学变革思潮的。

真正促使近代中国读书人推动文学革命的,并不是文学艺术,而是社会政治。从梁启超到陈独秀,从鲁迅到胡适,文学革命的初衷以及目标都是改变中国社会现实、政治现状。文学医治人心,革新文化,进而改变国家现状的功效,才是文学革命的初心。

　　然而,文学的发展又有着独立的脉络,文学革命的走势也必然不会以变革社会政治的功利目标为唯一方向。所以在文学革命之初,文学的改良与政治的革命之间,就隐含着分裂。随着文学革命的推进,当所谓旧文学被打倒的时候,新文学内部的各种不同观念也开始挣扎与分裂,那些看似与社会现实的变革关系不大的纯文学写作,受到了更关注政治革命、社会改造的知识分子的鄙夷。

　　文学革命到底是为了文学还是为了革命?

　　有人可能会说,既然文学已经有了新天地,出现了新文学,那么不妨热爱文学的就去专心文学,想革命的就去锐意革命,并不矛盾。今天看来确实不矛盾,然而1923年有孙中山联俄联共的主张,1924年有国民革命的实践,在比较激进的知识分子眼中,这是激动人心的大革命时代,历史的天平此时更偏于革命而非文学。

　　于是,吟风弄月、超离现实的消闲文艺,在偏左翼的革命者们看来自然是无法容忍的。最典型的是1924年对访问中国的印度诗人泰戈尔的批评。泰戈尔、徐志摩这一路偏于诗性、带有超离社会现实倾向的纯文学主张,在当时的社会氛围下,就显得保守了。批评泰戈尔的既有郭沫若、鲁迅这些文坛老将,也有许多激烈的文坛新人,他们是受着胡适、陈独秀文学革命思想影响而成长的一代。青年们组建了一个文学社团叫"悟悟社",专门提倡革命文学,宣称"我们并不反对'靡靡之音'文学的本身存在价值。因为靡靡文学和革命文学是同样地包括在文学门类之内,而占着水平线的地位的。但是在今天中国的环境之下,前者于国家是含有危险性的,是所不需要的;后者是能挽救危险而鼓舞民族性的,是所极需要的。许多人识得泰戈尔派的文学不合于现代中国底需要而起来反对。但是你们只是消极地反对这派的文学就算了吗?你们何不更进一步,积极地来提倡适应于中国需要的革命文学?"

按这些年轻人的话说,他们如今要提倡的革命文学:"是奋斗性的文学;是牺牲性的文学;是互助性的文学;是合作性的文学。"

此时呼喊着革命文学的年轻人里,还有20岁出头的蒋光赤。1924年,他刚刚从莫斯科东方共产主义劳动大学学成归国,出国同行的还有刘少奇、任弼时。蒋光赤带着自认为最前沿的革命理念与自信,开始了他的革命文学实践。

蒋光赤诗歌和小说的艺术水平,不只今人觉得粗糙,也不只革命文学的反对者看不上眼,就连提倡革命文学的左翼内部也对蒋光赤的小说不以为然。革命者郑超麟回忆:"蒋光赤的小说出版,我们当中几乎没有人看……陈独秀翻一翻《少年漂泊者》,说道:'虽是热天,我的毛管也要竖起的。'老蒋送我一本,我勉强看完了,下次见面时并未给他所期待的赞语。"瞿秋白和蒋光赤是好朋友,但他也说蒋的文学写作"太没有天才"。

凝聚了热情和心血的作品不仅没得到朋友们的点赞,反而招来一通揶揄,气得蒋光赤发牢骚:"外国作家经常能得到女读者的来信赞赏,但中国的女读者从不晓得写信给作家。"

陈独秀说的那种要汗毛直竖的感觉,大概就是那种直抒胸臆、情绪澎湃、粗浅甚至粗暴的文字风格。然而,这种风格与此后社会的激变、历史的浮沉、民众的焦虑、知识分子的愤怒,正合拍。

1927年大革命失败后,幸存者由革命行动重新回到了革命文学中,试图借用文学的空间继续革命。于是革命文学的理念到了1928年才真正爆发。

此时的蒋光赤为避清党屠杀之祸,改蒋光赤为蒋光慈,他所主编的刊物登载了一系列对当年文学革命主将的攻击,被挑战最激烈的就是鲁迅。说他是封建余孽,说他属于死去了的阿Q时代。鲁迅对蒋光X、Y、Z的揶揄,也来自于此。如果说"五四"的文学革命是对传统旧文学的反叛,那么革命文学则是对反叛者的反叛。这一系列席卷文坛的革命文学论争,促使知识分子群体在现实政治面前分裂、转向、重组。从文学革命到革命文学,革命与文学的颠倒,也让此后民国文学的格局、走向为之一变。

现在再回过头看看1926年的《少年漂泊者》。这部写于五卅之后的革命文学作品,如今读来确实幼稚得可笑,但在风云激变的时代,《少年漂泊者》也确实无愧于革命文学,毕竟,蒋光慈说过:"谁个能够将现实的缺点、罪恶、黑暗……痛痛快快地写将出来,谁个能够高喊着人们向这缺点、罪恶、黑暗……奋斗,则他就是革命的文学家,他的作品就是革命的文学。"

对1926年的文坛大佬来说,《少年漂泊者》或许太幼稚了,不值一提,但对那个时代困惑、彷徨于国家社会现实的更年轻的革命者来说,或许就具有了感召力。

—1926共读—

朴微

感觉作者在刻意营造情绪。一个少年需要什么？反抗，孤独，看似深沉的痛苦。即使抛去《少年漂泊者》里的社会历史背景，类似主人公的心态仍或多或少出现在如今少年们的身上，并不随万恶旧社会的消失而转移。痛苦是迷人的，死亡也是迷人的，皆是对生命的燃烧。

白水

确实是一种情绪。结尾也很有意味，是那一代年轻人的情绪归宿吧。主人公去了黄埔，上了战场，最后牺牲，把积累下的庞大情绪卸掉，并在斗争中得到了升华；既避免了生活对其继续加压，带来不确定性，又将之前的苦难，转化成类似"天将降大任于斯人也"的体验，成为在风雪中见松柏不折的可贵。如浪涌的情绪，在这封生死长信中，起到了很大作用。而抵达最高地的是，牺牲。

朴微

这书在前两代人看来激情澎湃，但今天的年轻人可能就读不下去了，不够劲儿。1980年代，青年们听着摇滚乐，在人潮中相互折磨；如今有了更刺激的DJ、夜店。转念再想，为何当年京剧能够如此之火，并不是当时观众艺术水平有多高，一个重要原因是因为别无可听，对舶来品的接受还没有广泛建立。现在的舆论瞧不起流行歌手，以前的人们也瞧不起戏子。这里面当然也涉及话语权、精英论等问题，但最重要的是——抽去一个时代所必然的、短暂的需求，这个作品还能剩下什么。

杨早

有些青年、中年甚至老年，嗑颜就够了。审美的偏狭，背后其实是情绪的单一。

《拜堂》

1927

# 汪大嫂，觉醒了的祥林嫂

《拜堂》是台静农的代表作。在鲁迅所倡导的乡土文学潮流里，台静农可以说是最杰出的一名作家，虽然他后来是以古代文学研究著称。

1927年的《拜堂》，离1924年的《祝福》，已经过去了三年。但它们都属于后"五四"时代，是新文学第一个十年的代表作品。如果说《祝福》是"三个世界的碰撞"，《拜堂》则是"两个半世界的碰撞"。

为什么是两个半世界？因为《祝福》里的三个世界在《拜堂》里仍然存在，但主要的碰撞，这次却有所转移。祥林嫂所处的民间世界和叙事者"我"代表的启蒙世界，二者在《拜堂》里没有直接对话，启蒙世界处于一种旁观的状态；而民间世界和鲁四老爷为代表的礼教世界，这两者的碰撞在《拜堂》里却是存在的，以一种不太剧烈的方式呈现。

《拜堂》的故事很简单，一个农民黄昏去买香烛，他向铺子掌柜解释，是帮别人买的，但是很快我们就知道，这个叫汪二的乡

民,买香烛是为了跟他的嫂子结婚。为什么他要跟他嫂子结婚?因为第一,他哥哥去世了;第二,他嫂子怀孕了。

这是一件在礼教世界看来带有乱伦色彩的事情。但是在这个晚上,嫂嫂和小叔子要做的,就是把这种乱伦的事实合法化。他们要拜堂,他们认真地做了准备,买了香烛,请了两位邻居大娘来"牵亲"——就是都市里说的证婚。汪大嫂和汪二成婚拜堂,拜了天地,拜了祖宗,给阴间的妈妈与哥哥都叩了头,一切都符合传统婚姻的礼俗。除了两条,哪两条?

第一,时间。拜堂时间是半夜三更。"婚"这个字,左边一个女,右边一个黄昏的昏。按照古代礼法,拜堂成亲应当是在黄昏举行(现在有的地方是中午举行)。不管怎么说,半夜三更偷偷拜堂,说明这不是一桩正常的婚礼。第二,这场婚礼都没有告诉高堂,就是尚在人世的汪二父亲。我们知道,中国传统婚礼的流程是:一拜天地,二拜高堂,夫妻对拜,送入洞房。

为什么半夜成婚,又不敢去叫醒公爹?后面我们才知道,因为公爹反对这门亲事。

你看这件事情就非常有意思了。它不是什么光彩的事,但又是必须举行的,不然生下儿女就没有名分;这桩不光彩的婚姻得到了民间世界人情的认可:两位证婚的邻居大娘都欣然答应前来,而且很明白寡妇的苦处。包括第二天,茶馆里众茶客向汪二爹爹祝贺,也表达出了周边社群的善意。

为什么民间社会认可这种在礼教世界看来不光彩的婚姻?因为这种婚姻具有强烈的实用性。在传统社会,如果妇女死了丈夫,她就失去了生活的依傍。如果她不愿或不敢改嫁,唯一可以依靠的就是夫家。但如果夫家本身很穷困怎么办？这就是汪家的情况。

这种时候，两好凑一好，嫂嫂无以为生，小叔子因为穷也娶不上老婆，这时哥哥的女人转为弟弟的老婆就是顺理成章的，也是非常节省成本的做法。但这种做法，在礼教世界看来，叫作"失节"，当然是不光彩的。所以小说描写的这种"半夜拜堂"场景的背后，有着礼教世界与民间世界的对抗。

当年汉朝和匈奴在三百年间时而和平时而打仗，二者的军事实力可以说旗鼓相当，但是匈奴在文化上较汉朝落后。所以汉朝使者出访匈奴时，就经常用这种文化上的优势来打击匈奴。

汉朝使者用来证明匈奴野蛮的一大证据就是：弟弟会娶寡嫂，儿子会娶寡母——当然一般是继母。（例如东汉的王昭君，她先嫁给南匈奴的呼韩邪单于，单于死了以后，又嫁给他的大儿子。）

匈奴对这种指责，一开始没什么话说。后来匈奴得了一位从汉朝去的能人中行说——他本来是汉朝公主和亲跟随的宦官，后投降了匈奴，成为匈奴的军师。中行说站出来争辩，说匈奴这种婚姻制度是为了防止权力旁落，因为匈奴的王后是有权力和财产的，如果寡妇改嫁，那么这个部落或家族的财产就会被分薄。中行说指出，匈奴为了让财产和权力保留在部族里面，才会出现弟弟娶寡嫂、儿子娶寡母的这种习俗。这是匈奴的优点，而不是缺陷。

不过，这事只在匈奴这样的游牧民族里会觉得理所当然，汉朝尚且反对弟弟娶寡嫂，到了宋明理学占据伦理统治地位之后，这种做法就更加大逆不道了。从那以后，礼教世界的规则，对民间世界的实用性伦理产生了巨大的冲击。这就是汪家叔嫂拜堂会办得如此隐秘低调的缘故。

最后再说说,为什么《拜堂》不是两个世界,而是两个半世界的碰撞?虽然《拜堂》的叙事者没有出面,但是小说的描写,也表现出了作者的启蒙立场。站在启蒙的立场,人性应该得到解放,应该得到尊重。如果寡居的嫂嫂喜欢小叔子,他们在一起有感情,那结婚有什么不可以呢?所以小说作者对这种礼教世界不承认的婚俗充满了同情,也将婚礼场面写得非常温情。

　　汪大嫂这个人尤其有意思,拜堂这件事是她推动的,反而是小叔子显得唯唯诺诺,犹豫不决。要说好面子吧,寡妇不是更需要面子吗?但是汪大嫂非常决绝,她让汪二去请证婚人,汪二不好意思,汪大嫂愤然说:"要讲意思,就不该作这样丢脸的事!"最后是汪大嫂自己去请的证婚人。女性的自觉,女性的个人选择,女性为自己的权利和尊严而战斗,这是"五四"时代的启蒙世界特别看重的一点,因此《拜堂》里的汪大嫂身上有着作者的全部同情,她跟不由自主的祥林嫂构成了强烈的对比。所以我们也可以说,汪大嫂是一个觉醒了的祥林嫂。

　　在《拜堂》里,启蒙世界并没有出场露面。启蒙世界认可叔嫂通婚的场景,但它的出发点与民间伦理不一样。启蒙世界不是,或不只是从"活下去"出发,启蒙世界更强调女性的觉醒与权利。小说中透露,针对这种情形,民间世界还有另一种做法,就是汪二爹爹说的将守寡的儿媳妇卖掉,再给汪二娶一房媳妇。这种做法不会跟礼教世界产生冲突,却是启蒙世界不能接受的,因为它将女性视为可以买卖的财产,也完全不考虑当事人的感受。

　　所以,启蒙世界对乡风民俗的认可是选择性的。选择一些符合启蒙观念的习俗,用小说的方式加以描写,表达一种隐形的认可,正是利用小说在进行潜移默化的启蒙。这也是为什么《拜堂》这篇小说，篇幅虽然短小，却得到了很高赞誉。台静农娴熟的写作手法也让读者不由得与汪大嫂产生感情的共鸣。

汪大嫂不是祥林嫂

　　台静农的小说《拜堂》在文学史上往往被看作乡土文学的代表作。与同时代的乡土文学创作相比，台静农的《拜堂》对乡间的风俗人情多了几分眷恋与理解：汪大嫂之所以没有重演祥林嫂的悲剧，并非因为启蒙而觉醒，而是台静农笔下的乡土礼俗与人情留给了汪大嫂一寸活下去的空间。

　　我们还是先来谈谈什么是"乡土文学"。

　　"乡土"是"五四"启蒙的新发现。费孝通讲，"从基层上看去，中国社会是乡土性的"。为什么会有"新发现"一说？难道"五四"启蒙之前就不是乡土社会了？

　　有意识地以现代眼光打量和书写乡土中国，是从文学革命以后出现的乡土文学创作热潮开始的。乡土文学热的开创者正是本书里反复出现的鲁迅。鲁迅对乡土文学有一个很著名的定义："凡在北京用笔写出他胸臆的人们，无论他自称用主观或客观，其实往往是乡土文学，从北京这方面说，则是'侨寓文学'的作者。"

　　鲁迅定义的乡土文学是作家们走出乡土，来到城市，接受现代启蒙思想的洗礼，再回看乡土之后创作的作品。鲁迅这话写在《新文学大系·小说二集》的导言里。《新文学大系》是对文学革命以来的新文学成果进行的总结，每一集的编选者都是新文学名家。鲁迅编选小说二集的时候，乡土文学就被看作文学革命的重要成果。鲁迅在这本书里选入了四篇台静农的小说，从数量上看与鲁迅自己的小说入选数量一样，可见鲁迅对台静农的喜爱。而鲁迅称赞台静农是"能将乡间的生死，泥土的气息移在纸上"，更是对台静农乡土文学创作的认可。除了台静农，在鲁迅影响下写作乡土文学的还有许多人。鲁迅还提到了蹇先艾写贵州，裴文中写榆关，许钦文回忆《父亲的花园》，王鲁彦描摹湖南的《柚子》。这些带着现代启蒙的眼光书写乡土中国的作品，让乡土中国以及生活在其中的人们都成为被审视与被反思的对象，愚昧、阴冷、残忍、麻木、压抑、迷信的前现代风景构成了乡土中国的样子，而现代启蒙思想也在这样的书写与反思中，被确立与传播。

与鲁迅笔下灰暗的乡土世界相比，台静农的《拜堂》多了几笔乡间人情的亮色。拿汪大嫂与祥林嫂比一比，就更清楚了。汪大嫂的处境比祥林嫂好太多了。祥林嫂身边都是麻木不仁的看客，他们一遍又一遍地咀嚼着祥林嫂不幸的人生故事，在得不到任何快慰与刺激之后毫不留情地走开。祥林嫂唯一收获的"帮助"是神鬼的精神麻药，她幻想着可以通过捐门槛的方式洗净"罪孽"，却最终意识到，无论怎样做都不可能被她所在的礼法世界接纳。

鲁迅让祥林嫂无路可退，但台静农没有把汪大嫂逼上绝路。他安排了田大娘和赵二嫂为汪大嫂做牵亲，没有讥讽，没有嘲弄，而是真心诚意地理解与体贴。这篇小说名为《拜堂》，虽然是半夜偷偷偷摸摸地拜堂,但整个过程没有丝毫简省,点蜡、奉茶、净手、烧香、戴红花、烧黄表、拜祖宗……台静农异常详尽地把这些风俗仪式都写了出来。但与鲁迅渲染祝福仪式的热闹用于反衬祥林嫂故事的凄冷不同,台静农对家乡婚俗的详细描摹,让阴冷的夜晚升起一丝暖意。而田大娘让这对新人拜死去的汪大,也帮两人直面心结,迈过了最想回避但根本无法回避的心理门槛,从此可以真正地一起"过活",而不是走上绝路:

"哈有……给阴间的哥哥也磕一个。"

然而汪大嫂的眼泪扑的落下地了,全身是颤动和抽搐;汪二也木然地站着,颜色变得难看可怕。全室中情调,顿成了阴森惨淡。双烛的光辉,竟黯了下去,大家都张皇失措了。终于田大娘说:

"总得图个吉利,将来哈要过活的!"

汪大嫂不得已,忍住了眼泪,同了汪二,又呆呆地磕了一个头。

其实"五四"启蒙在批判传统乡土社会的同时,也给了当时的读者重新审视并发掘乡土之美的眼光,这一点在台静农身上体现得很明显。

台静农1922年在北大当旁听生的时候就听过鲁迅的课,他也是鲁迅家的常客。鲁迅在指点台静农写作的时候,格外强调要从熟悉的生活中取材。1924年夏天,在北大国学门"风俗研究会"任职的台静农受《歌谣》周刊的邀请,回家乡霍邱县叶家集镇采集民间歌谣。台静农回家的时候，正赶上江浙战争，直系皖系一众军阀打得不可开交，而台静农却在动荡之中尽心搜集了大量的淮南歌谣，在搜集的过程中也以新的美学目光重新审视了家乡的人文风景：

> 又一次在满室菊花的别墅中，请了四位能歌的人，有的是小贩，有的是作杂活的，有的是量米的，他们的歌都是从田间学来的，虽然是生活在镇上；同时有唱的有休憩的，有的记不完全，别人便即刻补成；有的一首歌的字句略有更变，他们便互相的参证，他们是异常的愉快，我也感觉到有一种不可言喻的快乐。从此我便奇异着我们兵匪扰攘的乡间，居然有了这些美妙的民歌……

这些歌谣的采集成果后来陆续发表在《歌谣》周刊上，基本都是些男女情爱的直抒胸臆之作：

> 日头落了黑了天，
> 乖姐插门不插闩，
> 房屋门口留条路，
> 新打牙床留半边，
> 留着情郎来团圆。

这些原本"上不得台面"的"荤曲儿"，如今在台静农看来却有了新的民俗与美学价值，是美妙的民歌，给人一种象征着自由与生命力的"不可言喻的快乐"。

在搜集歌谣的同时，台静农此时也重新审视了家乡的人与事。再回北京的时候，台静农将这些故事陆续写作并发表出来，最终结集为小说集《蟪蛄》。鲁迅担心多数读者不知道"蟪蛄"（蝉）为何物，最终改名《地之子》，《拜堂》就是其中的一篇。

"朝菌不知晦朔，蟪蛄不知春秋。"台静农对他笔下的人物有着鲁迅式的哀怒，也有着自己独特的温爱与护佑——除了启蒙者自上而下的审视，《拜堂》这篇小说内部还拥有多重的叙事张力：月夜的阴冷与烛火的温热，礼法的压抑与俗世的松弛，权力的虚张声势与弱者的执着笃定……甚至连小说结尾推车吴三的道喜、齐二爷的庄重、汪二爹爹低头喝酒的默许，都让读者心头一热——汪大嫂到底成不了祥林嫂。

— 1927共读 —

侯晓彤

台静农的作品集虽然名为"地之子",但是很少描写"地"——也就是村落本身。虽然小说中出现的许多民俗都来自台静农的故乡皖西霍邱,但作者在写作的过程中并没有强调地域性,这与沈从文如水湿润的湘西不同,读者在《地之子》中几乎感受不到属于皖西的空气。你感受到更多的,是无穷无尽的"荒原"感和长久笼罩着的昏黄天气和阴郁气氛。许多故事都发生在黑夜中的旷野,"恐怖"和"鬼气"也潜藏其中了。

白水

鬼气森森里还是有一抹亮色的,比如书里那个形象不太好的老公公,说是反对他们的婚事,还有更难听的话,但最终其实也没有真的阻挠。

白水

拜完堂的第二天,有人和公公道喜,话听着三俗,但没大恶意。虽然新人一直对公公不太恭敬,说他死多活少,天天只晓得问人要钱灌酒。但也许正是没了婆婆,公公又不当家管事,才使这拜堂成了。

白水

公公想把寡儿媳卖掉换钱,且不说这话有多少为自己挣面儿的意思,即便是真的,也不会有人在乎一个只知道喝酒的酒鬼的话。而我想说的是,一个不受待见、除了骂人没有其他实在手段的还活着的父亲,对这样一桩拜堂可以顺利完成并有一段平静日子,是很重要的。

杨早

@白水 说的,似乎是"父权缺席的在场"?确实,明面上的制约与反抗,不足以道尽乡土社会的运转法则。好的作家会留白,浅薄的作家与读者,会让情绪一泄无余,悲情万分。

《莎菲女士的日记》

1928

# 新天理VS新人欲

1928年,我们选择的代表作品是丁玲的《莎菲女士的日记》。这篇小说体现了"天理和人欲的斗争"。宋明理学有一句名言"存天理,灭人欲"。《莎菲女士的日记》似乎也有这个意思,但小说要存的天理,已经不是宋明理学说的天理,而是"五四"新文化观念。"天理",是新的天理;"人欲"也是新的人欲。

这篇小说最惊世骇俗的地方,是主人公莎菲女士以日记的方式,以自白的方式,对人欲的大肆张扬。比如看到美男子凌吉士"颀长的身躯,白嫩的面庞,薄薄的小嘴唇,柔软的头发,都足以闪耀人的眼睛,但他还另外有一种说不出,捉不到的丰仪来煽动你的心",莎菲就忍不住掉进了爱河:

> 我要占有他,我要他无条件的献上他的心,跪着求我赐给他的吻呢。
>
> ……
>
> 谁都可以体会得出来,假使他这时敢于拥抱我,狂乱的吻

我,我一定会倒在他手腕上哭出来:"我爱你呵!我爱你呵!"
....

当他单独在我面前时,我觑着那脸庞,聆着那音乐般的声音,心便在忍受那感情的鞭打!为什么不扑过去吻他的嘴唇,他的眉梢,他的……无论什么地方?真的,有时话都到口边了:"我的王!准许我亲一下吧!"

于近一百年前,在小说中表达这种基于男色的女性欲望,是多么石破天惊!在此之前,即使在色情小说里,也很少有这样赤裸的表达,特别是女性对男性产生的身体欲望,几乎是一种书写的禁区。

所以,莎菲女士的这种人欲的表达,是新的欲望。而与这种人欲交战的"天理",也不是三纲五常、三贞九烈。莎菲女士这样的新女性,绝对不会将这种旧礼教的束缚放在眼里。莎菲女士(或者说"五四"新文化)所遵奉的"天理",是对高贵灵魂的追求。小说里这样写道:

当我明白了那使我爱慕的一个高贵的美型里,是安置着如此一个卑劣灵魂,并且无缘无故还接受过他的许多亲密。这亲密,还值不了他从妓院中挥霍里剩余下的一半!想起那落在我发际的吻来,真使我悔恨到想哭了!我岂不是把我献给他任他来玩弄来比拟到卖笑的姊妹中去!

我在电子书上重读《莎菲女士的日记》时,发现有读者批注发问:在当下社会,怎么区别一个灵魂高贵或是卑劣呢?确实,这种区分在当下社会显得有些无效,只要一个人没有违法犯罪,似乎无法用"高贵"或"卑劣"来判断Ta的灵魂。

但是在"五四"新文化观念当中,高贵与卑劣的分野是非常清晰的。1917年蔡元培在北京大学组织进德会,基本的道德规条是"不嫖娼,不赌博,不娶妾",而高级会员还要遵守"不吸烟,不饮酒,不做官吏,不做议员,不吃肉"这五条。也就是说,道德高尚的人对世俗的享受都抱着拒斥的态度。那个时代的精英知识分子,很多人还怀着新道德洁癖的理想主义。

而美男子凌吉士,恰恰是一个被"五四"新文化观念鄙视的俗人,莎菲不禁在日记里质问与感叹:

> 唉,可怜的男子!神既然赋与你这样的一副美形,却又暗暗的捉弄你,把那样一个毫不相称的灵魂放到你人生的顶上!你以为我所希望的是"家庭"吗?我所欢喜的是"金钱"吗?我所骄傲的是"地位"吗?

因此,阻挡莎菲与凌吉士发生进一步关系的,不是所谓"理智",莎菲说她已经丧失了理智,她写道:

> 唉!无论他的思想怎样坏,他使我如此癫狂的动情,是曾有过而无疑,那我为什么不承认我是爱上了他咧?并且,我敢断定,假使他能把我紧紧的拥抱着,让我吻遍他全身,然后他把我丢下海去,丢下火去,我都会快乐的闭着眼等待那可以永

久保藏我那爱情的死的来到。

…………

为什么呢,给一个如此我看不起的男人接吻?既不爱他,还嘲笑他,又让他来拥抱?真的,单凭了一种骑士般的风度,就能使我堕落到如此地步吗?

这大概就是我们现在说的"口嫌体正直"。但是,莎菲是真诚的,阻止她向欲望投降的,是她"自尊的情感"。所以莎菲说"一个人的仇敌就是自己"。

因此,《莎菲女士的日记》的走红是必然的——对爱情的全力追求,表达隐私与欲望的大胆、无所畏惧,还有对道德、自尊、平等理念的坚持。这是"五四"新文化运动的特色,而它们都被容纳融合在了莎菲女士的身上。

像莎菲这样在北京漂泊的年轻女学生,写下男女情爱的日记,在叙述上大胆又新鲜,这样的小说会赢得读者的青睐一点都不奇怪吧。《莎菲女士的日记》能让丁玲一书成名,正是充分反映了这个时代的情绪特征。

另外,美男子凌吉士的身份也很有意思。小说把凌吉士设定为新加坡人。我查过北京大学1920年代的学生档案,发现有日本留学生,有暹罗(泰国)留学生,但是没有看到新加坡学生。《莎菲女士的日记》把凌吉士写成一位南洋华侨,有什么用意吗?

首先,南洋人在现代作品里代表着一种异国情调,就像《围城》里的鲍小姐、《倾城之恋》里的范柳原。南洋人跟中原人不一样,他们生活在热带地区,他们比传统中原人更热情、更浪漫,也更敢于表达欲望。同样是追求莎菲,拿来跟凌吉士对比的苇弟,是一个只会哭的年轻人,只有善良而缺乏危险,配不上莎菲这样的新时代女性。

再有一层,凌吉士是南洋华人,这个群体里很多是混血。这是上面说的比较热情、浪漫的来源之一。但另一方面,南洋华人家族没有受辛亥革命与新文化运动的冲击,家族伦理更为保守,对于长幼尊卑的秩序,联姻结亲的体面,讲究程度往往反而胜过了国内。我们试看《沉香屑·第一炉香》里的乔琪,也能够折射出这种复杂而纠结的特质。

另一方面,南洋是华人经商的集中区域,所以南洋男人的形象也带上了资本主义的色彩。凌吉士这位南洋来客,长得非常漂亮,但是满脑子都是金钱、地位这些世俗欲望——这是"五四"新文化特别要排斥、摒弃的特质。

新文化运动除了反对旧礼教、旧家庭,对资本主义社会也有着巨大的反抗动力。"五四"小说一方面反对礼教吃人,另一方面也批判资本的罪恶。《祝福》批判礼教的压迫,而《春风沉醉的晚上》则充满着对资本的厌恶。这两者合起来,才构成了新文化的整体语境。

在《莎菲女士的日记》里,凌吉士就是一个资本主义社会的象征。凌吉士这个角色写得并不好,很平面,但是在现代小说里第一次出现了资本世界的实体形象,它往上勾连着《春风沉醉的晚上》里隐形的资本压迫,往下开启了《子夜》里对资本家吴荪甫、赵伯韬等人的详细描绘。

《莎菲女士的日记》篇幅不太长,但是集合了好多当时的流行元素——女性、进步、解放、资产阶级、天理和人欲的斗争,这部小说不仅是丁玲成功登上文坛的标志,也是民国小说发展的一座里程碑。

为什么用日记体写小说

丁玲的《莎菲女士的日记》1928年发表在《小说月报》上。

丁玲步入文坛时才二十出头,她的顺风顺水多亏了叶圣陶慧眼识珠。叶圣陶主编《小说月报》时,在众多来稿中,他发现了丁玲的小说《梦珂》,不仅刊用了这个不知名的年轻人的作品,而且直接摆在头条的位置。紧接着,《莎菲女士的日记》《暑假中》《阿毛姑娘》都是头条刊用。除此之外,叶圣陶还主动帮丁玲联系开明书店,将这几篇小说结集出版。而这四篇作品里,《莎菲女士的日记》在当时是带有爆炸性的。

这篇小说打动叶圣陶,震惊了文坛,到底独特在哪儿呢?在于它的日记体形式。

用日记的形式写小说,清末就开始被中国读者接受了。1895年,《巴黎茶花女遗事》被翻译引进中国,小说里有一段叙事者展读马可日记的情节,就运用了日记体形式。如果说译著不算数,那么民国初年的爆款小说《玉梨魂》可能更有说服力。作者有意模仿《茶花女》,在小说中插入了一段日记,后来更是应读者要求,彻底将小说改为日记体。

可见日记这种形式并不新鲜。不过这些严格说来还不算真正意义上的现代日记体小说，还未实现"日记进入小说的布局"（陈平原语）。

真正将日记体的锋芒展露出来，给人以冲击力的，还是现代文学的开山力作——鲁迅的《狂人日记》。鲁迅将日记体形式与启蒙思想极富才华地结合在一起。小说中最震撼人心的，是日记形式带给读者的那种"受迫害狂"心理的袒露，读者直面叙事者内心的痛苦、恐惧与绝望，主人公在吃人的历史与社会里那一声"救救孩子"的绝望呼号，让启蒙思想直抵人心。

鲁迅之后，五四时代的庐隐、冰心也都在作品里尝试使用日记体。那既然形式谈不上创新，《莎菲女士的日记》轰动文坛，又怎么会得益于日记体这种形式呢？

因为正是日记体的形式，才让一个百无聊赖的三角恋爱故事闪烁着时代的光芒。莎菲女士身边有个小迷弟，姓白，被莎菲叫作苇弟，苇弟年龄实际比莎菲大四岁，但性格柔弱，心地单纯，动辄哭哭啼啼。莎菲对苇弟谈不上热烈的爱情，但享受苇弟对她的依恋和追求，多少有点玩弄的意味，不主动，也不拒绝，不时还吊一吊胃口。而三角恋爱的另一个角，是一个叫凌吉士的男人，他是南洋华侨，相貌俊美，让莎菲怦然心动，甚至有点自惭形秽。第一次见面后，这个人就在莎菲心里忘不掉，拔不出。于是莎菲巧使手段拿下凌吉士，但随着与他的深入接触与交流，莎菲发现他爱的只是最肤浅粗俗的金钱、名望、肉欲，是十足的市侩之徒。然而矛盾的是，就是这样一个市侩之徒，却又实实在在让莎菲心旌摇荡，忍不住思念。最后莎菲决定南下离开北京城。

这就是《莎菲女士的日记》的主要情节,整部小说由34则日记构成,这34则日记也是让整部小说脱胎换骨的关键。

西方日记体小说的出现伴随着个人意识觉醒的潮流。世俗日记的主要功能不再是叙事,而是倾诉情感、宣泄情绪、剖白心理。这样的文体也正与"五四"思想启蒙、个性解放的潮流相呼应。如果说鲁迅的《狂人日记》偏重于对宏大历史文化问题的反思与批判,那丁玲的《莎菲女士的日记》则是个性解放、自我意识勃发的典型,其中女性独立意识的呈现,尤为难能可贵,是"五四"启蒙运动退潮后的回响。

比如这段莎菲在面对凌吉士表白时候的冲动与挣扎:

三月二十八晨三时
……………

当他——凌吉士——晚间十点钟来到时候,开始向我嗫嚅地表白,说他是如何的在想我……还使我心动过好几次;但不久我看到他那被情欲燃烧的眼睛,我就害怕了。于是从他那卑劣的思想中发出的更丑的誓语,又振起我的自尊心!假使他把这串浅薄肉麻的情话去对别个女人说,一定是很动听的,可以得一个所谓的爱的心吧。但他却向我,就由这些话语的力,把我推得隔他更远了。唉,可怜的男子!神既然赋与你这样的一副美形,却又暗暗的捉弄你,把那样一个毫不相称的灵魂放到你人生的顶上!你以为我所希望的是"家庭"吗?我所欢喜的是"金钱"吗?我所骄傲的是"地位"吗?

日记的写作日期是3月28日凌晨3点,为什么强调凌晨写日记?因为这里藏着莎菲的辗转反侧——当晚10点凌吉士的表白与莎菲的挣扎让莎菲一夜未眠。莎菲虽然从理性上瞧不起凌吉士的市侩,但男性肉欲的诱惑却又让她挣扎,最终莎菲心怀羞耻地接受了凌吉士的一吻。整个挣扎的过程中,女性内心深处的欲望、迷离、空虚、冲动、思虑,都被毫无隐晦地书写出来,展现在读者面前——一个没有被母爱圣洁、大家闺秀、端庄矜持这类话语遮蔽的女性声音。而这一表达能够区别于历代男作家模拟的闺怨作品,能够表现出一个深受启蒙思想洗礼的女性的声音,还要归功于日记体小说这种带有现代意味的文学形式。

 **莎菲**
午后的头痛正如命运的纠缠，不该想他 ☕

10分钟前

♡ **叶圣陶, 胡也频, 沈从文**

苇弟：姊姊姊姊 🧻🧻🧻 要快些好起来啊！

莎菲回复苇弟：嗯

毓芳：姐妹好些了吗？晚上可以一起电影吗？

莎菲回复毓芳：亲爱的，睡一下就好，晚上见咯。

剑如回复莎菲：咖啡是速溶的吧，晚上电影我也到 😊

凌吉士：痛在我心

莎菲回复凌吉士：别假惺惺了～

凌吉士回复莎菲：💋

莎菲回复凌吉士：🔪

— 1928 共读 —

孟岳
小说里有一股萦绕不去的苦闷气息,现在的年轻人还苦闷吗?

李子
对生活,对两性,青年都曾有苦闷的经历。这种经历如果被女性传统的身份压抑,连选择的权利、连苦闷的外露和低语的权利都没有,自然是大大地异常。

李子
但这种苦闷,的确又只是人的众多苦闷的一种。这无关性别,生命之河该流向何方,我到底应该做什么才对自己、对身边的社会有一定的价值?——眼前的困局该怎么破,身边人的期望该怎么应对……诸如此类,大概是我所敏感的青年苦闷的底色。

尹伊
现今是屏幕时代、肉感时代、消费时代。无论男女,互联网让任何隐秘的欲求都能找到排遣的路径,莎菲女士"五四"那套新伦理在今天看来有点迂腐了,霸道总裁甜宠剧才是潮流。但对今天的女性来说,苦闷可能更隐蔽。欲望的刺激、表达与展示随处可见,但欲望的真正满足更难了。放弃了莎菲式的灵与欲的纠结,放弃了中间的抵抗与结尾的出走,消费、宣泄之后的落寞,往往会让苦闷沉得更深。

绿茶
这份苦闷背后也有具体的大时代以及个人经历的背景。丁玲在《记胡也频》一文中,表达了那时的精神状态。在1927年国民党发动的"四一二"反革命政变中,一些她心中敬重的人牺牲了,为此感到痛苦,试图在小说中寻求安慰:

―1928共读―

绿茶

"我很恨北京,我恨死的北京!我恨北京的文人!诗人!形式上我很平安,不大讲话,或者只像一个热情诗人的爱人或妻子,但我精神上苦痛极了!除了小说我找不到一个朋友,于是我写小说了,我的小说就不得不充满了对社会的鄙视和个人的孤独的灵魂的倔强。"

绿茶

此时的丁玲虽然沉浸在胡也频热烈的情感中,但她内心的孤独和倔强却通过小说喷涌而出,一发不可收。这份"苦闷"也让丁玲在文坛一炮走红。

 杨早

不要忽视丁玲的女性身份对这份苦闷的加成。当占人口一半比例的群体不再借助他者代言,而是自己开口说话时,越是激进的发言,越容易引发喝彩,也就越容易被污名化。

《虹》

1929

三个人合写的女性抗争史

茅盾的小说《虹》在文学史上地位挺高,学者夏志清认为《虹》是茅盾最精彩的小说,是"一个中国近代知识分子的寓言故事"。

我倒觉得,比小说更精彩的,是小说背后的故事。

《虹》可以说是三个人合作的产品。

第一个当然是茅盾本人。他在1929年流亡日本时写作并在上海出版了这部长篇小说。这是茅盾用来"挽尊"的作品——

1927年4月12日,蒋介石在上海突然发动了对上海工人武装的袭击,史称"四一二"反革命政变。武汉国民党政府为此开除了蒋介石的国民党党籍,国民政府一分为二。7月15日,汪精卫主持的武汉政府也转变立场,宣布停止与中国共产党的合作。第一次国共合作就此中止。

共产党员茅盾在大革命时期是非常积极的,但是大革命失败之后,他就脱党了——不是失去联系,当时各地党组织都被破坏,和党组织失去联系是很常见的事情。脱党,是指茅盾发表了一首诗叫作《留别》,表明了与中国共产党脱离关系,诗是这么写的:

> 暑季亦已快完，
> 游兴是已消完，
> 路也都走完，
> 话也都说完，
> 钱快要用完，
> 一切都完了，完了，
> 可以走了！

比这首诗的发表更糟糕的是，茅盾当时本来是受托要将一张支票带给即将在南昌起义的共产党部队，但是茅盾失约了，反而是用这笔钱做了买路钱，去了日本。

茅盾去日本前，发表了《蚀》三部曲，由三部中篇小说组成，分别是《追求》《动摇》《幻灭》，听这名字，就知道这三部小说里充满了悲观、颓丧的情绪。理所当然地，这样的作品遭到了上海左翼文艺批评界的严厉批评，因此，茅盾需要一部振奋人心的、表明立场的力作，来挽回自己作为左翼文艺主将的颜面。

他拿出来的，就是这部《虹》。《虹》也确实帮茅盾实现了这一目标，在上海的《小说月报》连载发表后，轰动一时。可以说，这部小说为茅盾后来归国重新从事左翼文艺工作铺平了道路。

《虹》的主角梅行素，是一个成都商人的女儿。如果你本人是四川人，或者读过巴金的小说《家》，就能体会作家们为什么会选择成都作为青年反抗的策源地了。一方面，成都地处四川盆地，天府之国生活安逸，但那里容易被批评有"盆地意识"，意思是苟安一隅、不思进取；另一方面，成都又有着光荣的革命传统，所谓

"天下未乱蜀先乱",引发辛亥革命的保路运动,就是从成都发难的。小说主人公以成都为反抗的出发点,分外具有象征意义。

《虹》正是这么写的,商人家的小姐梅行素,受到新思潮的影响,反抗家里的包办婚姻,她喜欢当兵的表哥,不喜欢经商的表哥。但军人表哥靠不住,梅行素就逃出了家庭,辗转重庆、泸州等地,从中学教员到当地军阀的家庭教师,一路拒绝各种男人的追求与纠缠,最后冲出三峡,到上海参加全国学生联合大会,也参加了举世闻名的五卅运动。在这一过程中,梅行素也成长得更成熟、更果决。

《虹》没有写完,据说茅盾下一部的书名叫《霞》,想来情节应该是梅行素继续从事革命工作,就像她在书里宣称的那样,找到了第三个恋人,叫作"主义"!

说到这里,问题来了,茅盾是浙江乌镇人,到1929年为止,从来没有到过四川,他是怎么敢写、能写这样一部以四川青年为主角、四川社会为背景,而且用四川方言对话的小说呢?

关于这一点,茅盾自己在回忆录里避而不谈,只说听朋友谈过三峡的壮丽,等等。靠道听途说去叙写一个你从没到过的地方的风土人情,这可能吗?更何况,有批评家指出,《虹》这部小说里有很强的女性主义倾向,跟茅盾别的小说比,风格有所不同。

因此,第二位作者出现了,她叫秦德君,她与茅盾在日本与上海同居三年,但茅盾在写回忆录时却假装她不存在。

秦德君是四川人,14岁参加五四运动,要求"男女平等,女子参政,女子放脚,女子剪发"。之后她走出四川,在北京、上海、杭州等地从事革命活动,并加入冯玉祥的西北军,1923年入党。冯玉祥曾在全军面前称她为"秦良玉第二",将她比作明末抗清的四川女英雄秦良玉。

1927年大革命失败后,秦德君与组织失去联系,被迫东渡日本避难,在轮船上认识了茅盾,两人开始了一段长达三年的恋情。

据秦德君的回忆录说,茅盾急欲发表一篇新小说来扭转舆论,但是苦于没有素材。为了安慰苦闷的恋人,秦德君把好友胡兰畦的故事详细地讲给了茅盾听:

他并没有见过《虹》里面的女主角梅女士的原型胡兰畦,由重庆出巫峡的山山水水,以及成都、泸州的风貌,他也没见过,我尽可能具体详细地对他描述。他每写好一部分,便由我抄稿,同时顺手把有关人物的语言,改成四川话。茅盾盘腿坐在室内的草席上就着小炕桌奋笔疾书,后来才换成高一些的长条方桌坐着写。

小说终于写成了,《虹》这个名字是我起的。四川的气象常有彩虹,既有妖气,又有迷人的魔力……茅盾非常赞美我提的名称,频频点头,温柔地结结巴巴地说:"啊、啊、啊,我的好阿姐啊!在这个世界上,惟有我的阿姐好啊!"

正因为《虹》是两个人共同写作的结晶,1930年茅盾与秦德君分手的时候,还订下了一个四年之约:待到四年以后,即1934年,等茅盾攒够了稿费来支付离婚的费用——因为1930年茅盾的原配孔德沚向他提出了非常高昂的离婚条件——茅盾承诺,离婚之后,与秦德君再续前缘,到那时,再一起把《虹》这篇小说写完。

这也就解释了"为什么《虹》这部小说,眼看高潮即将来临的时候,却搁笔了"这样一个问题。

后来,就没有后来了,茅盾再也没有跟秦德君联系。1949年后,秦德君当上了全国政协委员,曾经数次见过茅盾,而茅盾对她,要么装作不认识,要么赶紧逃跑。有一次,两人在东安市场的稻香村碰见,茅盾夺路而逃,连已经买好的两斤苹果都不要了。

至于《虹》这篇小说写作的另一位主角,便是提供了原型故事的胡兰畦。她后来也出版了自己的回忆录。比照《胡兰畦回忆录》的目录,就能看出胡兰畦的人生跟梅行素的故事重合得有多厉害。比如从成都到重庆,再到泸州教书,最后出川去参加全国学生联合大会,《虹》就像是胡兰畦的人生纪实报道。不过,茅盾在回忆录里,不仅不肯提秦德君一个字,说到胡兰畦也很模糊,只说是在武汉认识的一位女学生。

《虹》是一部成长小说。成长小说并不稀奇,不管是金庸的武侠小说,还是《哈利·波特》,都可以归为成长小说。成长小说可以说是人类小说史上最重要的一个主题。而《虹》的特别之处,在于它是轰轰烈烈的大革命失败之后的第一部成长小说。用茅盾的说法,《虹》是要为"中国近十年之壮剧,留一印痕"。它既要展示五四运动对青年改造的成绩,又要以此抚慰像茅盾自己一样充满了革命挫败感的青年,这样的小说,怎么可能不受到革命低潮期的热血青年欢迎呢?

《虹》能在出版后轰动一时,后来也一直为茅盾带来盛誉,一是当时因为大革命失败而感到挫折、沮丧、颓废的进步青年可以从书中获得一种抚慰、一种向上的力量;另一方面,一向被视为柔弱

的女性担当抗争的主角,更能体现五四运动个性解放的意义。后来有的文学史是这么评论《虹》的:

> 作家选取了一个对旧社会始终采取挑战态度的女性作为它的主人公,并且通过她的曲折前进的道路,在较广阔的幅度上反映了从"五四"到"五卅"这一历史阶段的中国社会的面貌,显示了这一历史阶段的主要时代趋向。而这个任务,在《蚀》里是没有也不可能得到完成的。(刘绶松《中国新文学史初稿》)

这也解释了为什么《虹》不用秦德君自己的经历作为原型——秦德君在离开四川前,被一位报纸编辑强奸,致使怀孕,被迫与这位编辑同居生子。秦德君说:"一个单身女子,生下来路不明的孩子,人们会嘲笑她,辱骂她,使她难以自强自立。"秦德君自己还面临着"娜拉走后怎样"的艰难与纠结,自然就不适合出现在以激励人心为目标的小说《虹》里了。

"五四"女青年
如何成长为革命者

"五四"唤起的青年们,一步步走向革命,需要怎样脱胎换骨的成长过程呢?茅盾的名作《虹》就是革命青年的成长指南。

首先,从文学写作的类型来说,《虹》可以说是一部"成长小说"。成长小说也被翻译成教育小说。文艺理论学者巴赫金对"成长小说"有过很精彩的论述,他说"成长小说"最关键的是"成长"二字。相比那些从出场就可以盖棺定论的"静态人物","成长小说"要塑造的是成长过程中的"动态人物"。

文学作品中不乏动态人物,比如《西游记》里不完美的唐僧师徒一路西行,完成了心性的修炼,各自成就正果;《神雕侠侣》里杨过由一个涉世未深的小混混一路历经坎坷奇遇,成为一代大侠。但巴赫金看重的不只是人物自身的内在成长,而是更关注小说人物与其所在的周遭社会现实的共同成长变化。

《虹》这部小说的主人公叫梅行素,她的成长在小说中主要分三个阶段。刚出场的时候,梅行素是中学生,是典型的被"五四"新文化运动唤起的青年。她上街抵制日货,也爱读新文化运动的各种刊物《新青年》《学生潮》《每周评论》,只要能找到,一定期期不落。在学校里,她的老师们也热切地传递着启蒙思想。在这一时期,她对人生、社会、婚恋等问题的观念都发生了变化,甚至感到和周围保守沉闷的氛围格格不入。受启蒙主义影响,形成新的价值观,这是梅行素成长的第一个阶段。

梅行素成长了,但家里人还是老样子,他们发现梅行素这孩子上了学,知识没见长,主意却越来越正,眼见苗头不对,家里人强迫她退学嫁人,嫁给一个庸俗商人柳遇春。

可是梅行素刚刚从《新青年》上接受过易卜生《玩偶之家》的启蒙,在她眼里,这位柳遇春是典型的海尔茂式的人物。他可以给予你温柔、爱怜和优渥的经济生活,甚至为了满足梅行素对新思想书籍的喜爱,为她买了许多书。柳遇春自己不懂新文化,于是只要书上带"新"字,就一股脑都买回来,《卫生新论》《棒球新法》,甚至《男女交合新论》之类,也都和《新青年》《新潮》摆在一起。

但在梅行素看来,柳遇春所做的一切只是希望有一个花枝招展、小鸟依人的太太摆在家里,并不是自己渴望的那种彼此尊重独立人格的男女恋爱。她不甘沦为花瓶摆设,变成夫权的附庸。她想追求自己的爱情,她爱的是同样接受新思想,甚至曾一度在思想启蒙上引领自己的表哥——韦玉。

然而,这位韦玉表哥十分脆弱,没出事的时候摆出一副启蒙者的样子,一听说梅行素要和自己私奔又退缩了。反倒是梅行素坚毅果敢,决心像娜拉一样出走,去了重庆,由一个受启蒙的女学生成长为一名真正独立的新女性。这是梅行素成长的第二个阶段。

梅行素靠什么独立生活呢?她在泸州师范的小学部当老师。民国小学的普遍氛围我们在分析叶圣陶《潘先生在难中》时已经描述过了，梅行素的工作境况比叶圣陶更让人沮丧——她要应对男同事对她的死缠烂打，女同事对她美貌以及有男同事追求的羡慕嫉妒恨，总之这里没谁是专注做教育的。此时，梅行素产生了对早年迷恋的启蒙主义的怀疑，她觉得自己已经从旧环境中冲出来了，"却依旧是满眼的枯燥和灰黑"。她意识到"呐喊着叫醒青年的志士们并没准备好一个光明幸福的社会来容纳那些逃亡客"！

鲁迅写过一篇文章，叫《娜拉走后怎样》，讨论的就是梅行素这类经历了思想启蒙的女性冲破家庭之后，是否真能在社会上找到她们所期望的新生活。与盲目乐观的启蒙者不同，鲁迅认为，在当时中国的语境下，娜拉走后，不是堕落，就是回去——回到夫权父权的怀抱里去。

茅盾在《虹》这部小说中，给了"五四"娜拉们一个进一步成长的方向，那就是走向革命。梅行素离开四川去上海，走上社会革命的道路，遇到了令她崇拜的革命者梁刚夫。光听这名字，跟之前软弱的启蒙表哥"韦玉"、市侩庸俗的商人丈夫"柳遇春"比起来，就显露着刚毅果敢、勇猛坚定。在梁刚夫的影响下，梅行素不仅投入到革命之中，参加"五卅"，而且对待恋爱的态度，对待个人与集体的观念也发生了变化。当初冲出家庭，是以追求自由与爱情为动力的，但在真正的社会革命中，个人的情爱又时常成为集体行动、革命运动的累赘。她因五卅惨案的冲击而意识到集体与纪律的重要性，在有组织的群众游行中放弃了个人的冲动行为，将个人的热血融汇到集体的浪潮之中。这是梅行素的第三次成长。

茅盾的小说没写完，梅行素的成长就停留在五卅运动对她的洗礼。但即便如此,从"五四"到"五卅",茅盾也为我们勾勒出一幅青年的成长之路,从启蒙主义到社会革命,从个人到集体,从小资产阶级转向无产阶级的成长之路。这个模式此后在左翼的革命历史叙事中被不断完善,一直到当代文学著名的《青春之歌》,再经过国家意识形态重塑,成了青年成长的标准叙事,也是年轻人自我改造的方向。

—1929共读—

彭江河

有革命火力做冲锋的新文化运动,完全不同于《新青年》初期的寂寞。新文化意识形态因呼应着年轻人的苦恼而具有强烈的感染力,摧枯拉朽,平地惊雷,敲醒"铁屋子"中的梦中人,可梦醒之后无路可逃,这种痛苦迷茫的情绪一再被书写,正如茅盾的《蚀》三部曲。当"五四"只给了年轻人口号和蓝图,而没有教会年轻人如何实践、如何抵达时,"那种苦苦追索人生的意义而终于一无所得的疲倦的呻吟"(《蚀·追求》),也是鲁迅一直在犹疑的启蒙的难题。

彭江河

在这种困境下,所谓的症候性男人就要启动其文本功能了,知道韦玉最后什么结局吗?——他死了。茅盾让韦玉的死证明了"五四"个人主义力量的耗尽,也把梅女士推出了个人的小圈子,下一站是重庆。茅盾这种把人物当"工具人"的写法凸显了"社会剖析派"小说的特征。时代推着人走,人在时代浪潮中翻滚、煎熬,充当时代画布上的一粒尘埃。

陈童

《虹》所呈现的不仅是@彭江河 提到的政治大义,例如茅盾在紧张的政治运动中插入了一段生动的换衣情节,固然是为了表现梅小姐进步意识的坚定,但由于描写的细致和男女人物之间的推拉而有了一种慢悠悠的调情味道。这让小说的文本呈现出一种分裂,小说写恋爱和生活时细致自然,到了思想转变处反而显得生硬,时间的流速都不同——这种笔法和时间感的参差显示出进步思想融于生活的复杂性。这也是读小说,哪怕是过时的小说,有趣的地方。

杨早

茅老师是"革命+恋爱"小说的高手高手高高手。

《丈夫》

1930

 该谴责丈夫还是同情丈夫

来到1930年,我们要开启沈从文的小说世界了。首先出现在我们眼前的便是《丈夫》。

这部作品很有意思,即使已经过去了80多年,重读这篇小说,仍然会带给人相当的冲击和震撼。这也是这部小说长盛不衰的魅力所在。

《丈夫》这部小说在当下大学的现代文学史课堂上,往往也会引发强烈的震动,或者说争议。从这一点来说,《丈夫》绝不是一篇已经消逝在历史中的文本。

而且这种争议显得有些一边倒——可能因为现在学文学的大部分是女生,又是"80末""90后"这样的年龄,所以她们对这部作品表现出了一种相对强烈的道德愤怒。这种道德愤怒,主要是针对小说中的"丈夫"。

小说中的丈夫,应该被谴责还是应该被同情?

《丈夫》描写了一位将自己妻子送到城里码头的花船上卖淫的农民,前来探望妻子,在两夜一天的船上生活里,目睹了妻子变成

一位城里女人,但也时时受到兵痞骚扰、官员霸占的日常生活,他经历了满意—不满—失望—愤怒—委屈等种种情绪的煎熬。最后,夫妻一同返回了乡村老家。

在很长一段时间内,这位丈夫得到了很多研究者与读者的同情,他们将小说《丈夫》的主旨定为"贫穷"与"屈辱",丈夫送妻卖淫是因为"官府的搜括和天灾造成的极端",小说"揭示出下层人民人的尊严被踩躏、人性沦落的可怕图景,暴露出社会经济制度背悖人性的罪恶",而丈夫从最初的自得其乐,到后来的愤怒委屈,正反映了人性的觉醒。在这种经典的解读当中,《丈夫》主要是暴露了旧时代的社会经济制度对人性的伤害,也可以解读为"城市对农村的掠夺"。

而当代大学生们的道德愤怒,则基本可以归于针对《丈夫》的女性主义批评,这种批评将矛头直接指向男权话语,"一方面因为农村穷困破产,酿成了夫权沦丧,被迫出让了妻子的性以换取经济利益;另一方面又是用传统夫权的失而复得为代价来维系自己的人的地位"。不管是哪一方面,丈夫都是将妻子变成一种工具,送妻卖淫是想获得实际的金钱利益,携妻回家又是为了自己的面子要紧,妻子老七完全没有选择的自由。

这两种批评的区别,更多在于道德出发点不同。一百年前的五四运动,对女性解放的呼吁,很多时候体现在女性对身体的自由支配上。比如在《虹》里,梅行素不惜用自己的身体去感化男人,作者对此也持赞赏态度,而当代大学生批判《丈夫》,则更多是对这位农民"送妻卖淫"的不理解与不甘心。

简单地说,"五四"以来的主流评论,是将夫妻视为一体,称赞他们共同对抗万恶的社会压迫,而当下的道德批评,则是将夫妻分隔开来,重点批判丈夫对妻子的控制。后者不只主张女性有自由选择的权利,同时也暗含着对"卖淫"的唾弃。

这跟我们现在面对的社会图景是一致的:一方面有很多人高唱"女德",希望女性回归传统,谨守妇道;另一方面"妇道"又不只是传统社会的"三从四德",而是主张保护婚姻的至高地位。这两种观念往往是混合在一起的,表现出来都是维护一夫一妻、彼此忠诚的道德规范。而用这种道德规范来衡量小说《丈夫》里的丈夫,这种人还能要吗?没钱时送老婆去城里卖淫,老婆辛辛苦苦挣着钱,他又为了自己的那点儿面子,硬把老婆扯回了农村。

所以小说《丈夫》是一个非常拧巴的故事,也恰恰是这种拧巴,让《丈夫》成为经久不衰的伦理争端。

让我们先回到沈从文的语境,来讨论一下:我们到底应该怎样去理解"送妻卖淫"这件事,还有丈夫的愤怒与委屈,以及最后丈夫和妻子的回归家乡?

1994年,执导过电视剧《围城》的女导演黄蜀芹将《丈夫》拍成电影,改名叫《村妓》。电影的叙事主体,也从丈夫转向了妻子老七,补足了"送妻卖淫"的前史。比如老七怎样被同村的妇人说服,向往外面的世界,或者说用自己的牺牲来弥补家庭的贫困,等等。加了这些内容后,就完成了经典解读:因为贫穷,城市夺去了农村男人的女人。

但是,这是沈从文的原意吗?《丈夫》后来经过了多次修改,大部分人看到的是改定的版本,读者不免会注意到这段话:

地方实在太穷了，一点点收成照例要被上面的人拿去一大半，手足贴地的乡下人，任你如何勤省耐劳的干做，一年中四分之一时间，即或用红薯叶子拌和糠灰充饥，总还不容易对付下去。

这一段，是评价《丈夫》的主题是"贫穷"与"屈辱"的主要依据。但1930年《丈夫》首次发表时，这段话是没有的！这是沈从文后来在阶级话语的影响和要求之下加进去的一段话。有着这段话，似乎就为丈夫的行为找到了现代人可以理解的解释：穷呗。

但是，这不仅是一种现代社会的视角，而且是现代社会的精英视角。在传统社会的婚姻制度中，用女性去牟利，并不是不可饶恕的罪恶。柔石《为奴隶的母亲》里提到的"典妻"，把妻子租给有钱人家生个儿子再还回来，其实也是自宋代一直到明清民国，中国社会的某种常态。小说《丈夫》描写的事情，跟"典妻"性质相似。而且沈从文也在小说中指出，这是一种普遍的现象："这样丈夫在黄庄多着！那里出强健女子同忠厚男人，女子出乡卖身，男人皆明白这做生意的一切利益。他懂事，女子名分仍然归他，养得儿子归他，有了钱也总有一部分归他。"

即使到现在，很多社会学调查揭示，红灯区的女人（以及女人背后的男人），他们都是把卖淫当成一种职业，当成一个用几年时间来换取将来的生活资本和生产资本的打工期。从这个角度来审视，恐怕道德批判或者男权批判，是无法完全解释《丈夫》这篇小说的。

沈从文最初并不想过分强调这出悲剧的社会经济原因。不是因为贫穷，丈夫才把妻子送到码头上去做这门生意。他想探讨的，其实是人性内部的冲突和纠结。

女性主义者批评沈从文有男权意识，但细读小说《丈夫》你会发现，不管当初是谁主动、因为什么让女人到城里卖淫，经过城市生涯的淘洗，妻子老七跟丈夫的位置已经发生了强弱的转换。面对城里的花花世界，丈夫是胆怯的、手足无措的，不敢提出自己的欲望和要求，而老七已经对这种生活司空见惯了。不管是兵痞的骚扰，还是巡官的性剥削，整条船上的人，包括老七自己，都习以为常。

而这种习以为常，由一个乡下来的"丈夫"打破了。丈夫表现出明显的弱势，他一直没有，也不敢强迫妻子，他也明白在城市码头的权力结构里，他没有任何的权利要求什么。他几次感到屈辱，也只是要自己离开这个伤心地，并没有强迫妻子跟他一起回去。而妻子则一直在用物质哄着丈夫，胡琴、肉包子，还有钞票——既然当初男人因为金钱让妻子来城市卖淫，那么自然就用物质来平息他的愤怒和委屈，这不对吗？

然而，丈夫的屈辱毕竟不能用物质来抚慰。而如果夫妻意见分歧，船上的众人，还有老七的干爹水保，他们都会站在老七一边。如果老七自己选择留下，这老实的丈夫能凭着在湘西世界里有些虚无缥缈的"夫权"强行将妻子带回家吗？

所以小说的重点在于，老七放弃了自己熟知的码头生涯，放弃了能让自己与丈夫强弱互换的城市环境，跟丈夫回到了乡村，这是很有意味的转折。

到底在老七的心目中，外面的生活与丈夫代表的家里生活，孰轻孰重？老七当然还是很关心家里的猪羊，但是她应付码头的生活明显也已经游刃有余。所以，老七做出的选择，才是这篇小说最重的一笔。

从权力结构的角度去分析老七与丈夫的关系，当然很锐利，批判性很强，丈夫也就变得里外不是人，但这样做，也很容易将《丈夫》这篇小说简单化，好像沈从文写《丈夫》就为了批判——不是批判社会，就是批判男性。

但我觉得，批判不是沈从文的原意。沈从文并不是想指责丈夫，甚至也不见得是想指责城市。如果说这种送妻卖淫的习俗里存在着恶，那不仅仅是城市之恶，也包括了乡村之恶。这一点，沈从文在同期的一系列小说里面，其实表达得很清楚。

沈从文更想表现的，恐怕还是在相对原始或传统环境当中，人人习见的生活方式与他认为与生俱来的人性之间，存在的强烈冲突。他用特别有力的笔调凸显出来，体现的可能是丈夫与妻子的爱与不舍，看不得她被糟蹋、被侮辱，但又无力对抗这城市的规范；反过来，妻子老七同样怀着对丈夫的爱与不舍，看不得他受委屈，希望继续跟他把乡下的日子过下去。而这种凭着天性的觉悟，又正符合了"人的解放"这样一个"五四"的经典主题。

我觉得，这才是沈从文创作《丈夫》的本意。

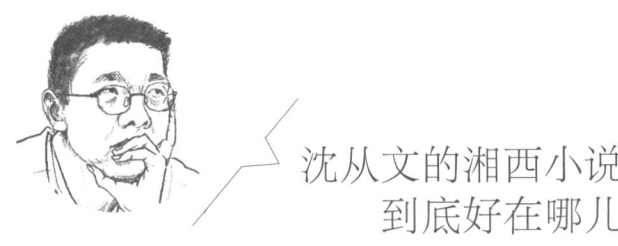

沈从文的湘西小说到底好在哪儿

沈从文前期作品质量并不高,一是因为经济窘迫,卖文为生,数量要紧,顾不得质量。二是没有经过专门的文学训练,原本的文学功底也不丰厚,全凭着人生经历来做各种尝试,很难出精品。等到了1920年代末,沈从文在都市和乡村都有了丰富的阅历与独特的感悟,在写作技法上也积累了大量的经验。更可喜的是他慢慢找到了自己的表达方式,有了自己的风格,并开始有意识地探索一个根植于湘西风土人情的艺术世界。于是,我们熟悉的那个沈从文出现了。《丈夫》就是这一时期的代表作品。

沈从文的湘西小说到底好在哪儿呢?是对湘西风物的精彩还原,是他诗一样的文字笔触,还是他对迥异于城市的美丽乡土的守护呢?

俗话说:"画虎画皮难画骨。"湘西风物、诗性语言、书写乡土都好模仿,这些都是沈从文湘西小说的皮,难画的骨是什么呢?是对人心人性的理解。这是轻易模仿不来,也是真正见功夫的地方。

沈从文的湘西小说好就好在他对人性的细腻体察和熨帖书写。

先来看看《丈夫》讲了什么故事。湘西当地有一种特殊的行业,沈从文的《湘行散记》里也写过,叫"葷烟划子"。划子是人力划动的小船,"葷烟划子",顾名思义,就是湘西船上的一种妓女,陪宿以外还可以侍奉客人抽大烟,玩乐消遣,既卖身也卖烟。

妓女和妓女不一样,民国时候的妓女分等级。《莎菲女士的日记》里莎菲说凌吉士这种人应该去"韩家潭"寻欢作乐,而不是找莎菲这种独立女性献殷勤。"韩家潭"就是很有名的前门外"八大胡同"之一,现在叫韩家胡同。我们常听说的八大胡同、清吟小班其实都是相对高级的妓女聚集的地方,既卖身也卖艺,既是情色的风月场,也是浅斟低唱的交际场。

小说《丈夫》里"葷烟划子"上的这位妓女跟八大胡同里的清吟小班不一样,她不似《骆驼祥子》里白面口袋那样把卖身当享受,主动要当妓女,但也不至于像小福子,被家人出卖且羞辱,被社会逼迫又歧视。在沈从文看来,乡土和城市不一样,小福子遭受的一切是城市的肮脏与罪恶,而小说《丈夫》里的那位媳妇把"葷烟划子"当作一种谋生的差事,类似于外出打工,只是打工的方式是卖身。

有人说,都被社会逼得卖身了,对这位女性来说是多大的伤害,对丈夫对整个家庭来说又是多大的伤害,沈从文写小说真的不是在揭示这种社会的罪恶吗?

我们把同时期另一位小说家的作品与《丈夫》并置来读,可能更能明白沈从文的特点。这位作家叫作刘祖春,他跟沈从文是老乡,同样写了湘西船上妓女的故事,小说的题目干脆就叫《葷烟划子》。除了题材选择受沈从文影响,小说的诗化语言风格也极力模仿沈从文，开篇就是一段对桃源县城外河街风景的描写：

> 夜了。桃源县城外的河街，逼城墙一面已是暗暗的。河边停着几只长桄子空船，同十来只小小鱼船。从船只后梢升起的大朵大朵云似的炊烟，弥漫河面。临着河边一排矮矮瓦屋，门前大大小小黄色绿色的瓦罐，被对岸林丛里将落的太阳照耀着，闪起炫目的光辉。码头边，有几个女人正蹲在水傍捶捣衣服，响着木然的哑声。这声音，在空廊中继续战抖着。一切静静的。

不夸张地说，把刘祖春的描写插进沈从文的湘西小说里，读者很难分辨。但是，如何来讲"荤烟划子"的故事的呢？在这一点上，两位作家是截然不同的。刘祖春小说中丈夫经历的是绝对的悲惨与受辱：他不仅被迫送妻子当妓女，还得在荤烟划子上主动帮妻子招揽嫖客。你听听他的吆喝：

> 荤烟呵，客人，客人，吸荤烟么？文明脚婆娘，黄牛水牛，好一块肥肉！
> ....
> 客人，二十岁标致姑娘打火哩，不加钱，趁心玩，试一试！

这吆喝着售卖的可不是别人，句句说的都是自家媳妇。小说极力渲染了往来看客们对这位丈夫的羞辱，不仅不照顾生意，而且当面骂他们是臭婊子、臭王八。从刘祖春的《荤烟划子》里能读出湘西社会的戾气,能感到作者那颗愤怒的心。作为小说,作者太急于替人物说话,太急于评判,所以人物并不丰满。他跟沈从文有同样的湘西的素材、诗性的语言、乡土气息,但终究对人性的揣摩不够老练。

读完《荤烟划子》,再回到《丈夫》。

在《丈夫》的故事开始之前,沈从文照例花了大量笔墨来描绘湘西社会的风景——"荤烟划子"也是一份谋生的生意,并没有现代视野中的种种不堪与不洁。所以小说开始,本分朴实的乡下丈夫来到船上看望妻子,更多的是新鲜好奇中夹杂着一点没见过世面的局促与不安:

> 于是这丈夫不必指点,也就知道怯生生的往后舱钻去,躲到那后梢舱上去低低的喘气,一面把含在口上那枝卷烟摘下来,毫无目的的眺望河中暮景。夜把河上改变了,岸上河上已经全是灯火,这丈夫到这时节一定要想起家里的鸡同小猪,仿佛那些小小东西才是自己的朋友,仿佛那些才是亲人,如今与妻接近,与家庭却离得很远,淡淡的寂寞袭上了身,他愿意转去了。

这是小说中的丈夫第一次觉得"哀愁"。在傍晚的河面上,想着家中的小鸡小猪,一切都是这么浑然天成。正如这一段所描述的,它可能外显为一些起起伏伏的情绪波动、一些不可言说的寂寞与哀愁。而在后续的故事中,丈夫逐渐由最初的新鲜好奇,到后知后觉地咀嚼出难堪的意味，再到被妻子送给他的胡琴所抚慰，到妻子被酒醉的士兵、"过细考察"的巡官占据时，心中所生出的无可消除的愤怒与羞辱……细读小说，你会发现，丈夫心理的细微变化，每一处都与他所处的环境、所见的人事那么严丝合缝地贴合着。情感的流动也是那么素朴自然，因而格外动人。

可以想象，在这样一个允许"牵烟划子"的生意"如常"发生的湘西社会之中，在这样一位朴实而本分的乡下丈夫心里，那种所谓的"丈夫"或者"人"的尊严，不可能突然就出现了。而这正是《丈夫》与《牵烟划子》的区别，也是沈从文着重呈现的。他写尽了一个善良朴素的普通农民的自然心态，写尽了一个"牵烟划子"丈夫的甜与苦、悲辛与无奈。

你可能会说，那种带有批判色彩的湘西小说难道就一定不如沈从文书写人性的小说吗？问题并不这简单，即便是沈从文，他对湘西现实的态度也不是人性书写可以概括的，他对社会现实，对书写社会现实的作品也有着很复杂的看法。

比如这位刘祖春，他是怎么开始小说创作的呢？全靠沈从文一手提携。刘祖春的文学阅读与文学认知全部来自沈从文寄回家乡的那些小说，后来刘祖春顺利地从湘西到北京学习，考上北大，也是得到了沈从文的资助与指引。包括这篇小说《牵烟划子》，正是沈从文帮刘祖春发表在《大公报》上的。不仅如此，1936年，赵家璧编辑了《二十人所选短篇佳作集》，这本书有点像文艺年鉴，请了20位当时文坛的知名作家，如郁达夫、茅盾、叶圣陶、丁玲、萧乾、沈从文等，由他们选出1935年11月30日到1936年11月30日这一整年里从报刊上读到的最好的短篇小说，沈从文就推荐了刘祖春的这篇带有现实批判色彩的《辇烟划子》。

所以当我们说沈从文的湘西小说"好就好在他对人性的细腻体察和熨帖书写"的时候,是有一个前提的,那就是沈从文从来不是一个忽视现实的田园牧歌作家。沈从文之所以能把人性揣摩得如此入情入理,恰恰因为这些人性书写的背后带有强烈的现实关怀,这才让小说对人情、人性的把握不至于沦为空泛,也才更有力量。

— 1930共读 —

土城

我读《丈夫》最大的问题是，回乡后，今后的日子怎么过？丈夫和老七回家之后的事，比丈夫在这一晚面对的事情要更加复杂。当初是因为贫困而送老七来船上的，现在贫困依旧，那么将来会不会再送老七到船上呢？在尊严感和饥饿感之间，该如何选择呢？在持久的煎熬中，丈夫是否依然有带年轻美丽的妻子回乡时的决心？穷困潦倒的时候，丈夫会不会埋怨老七？会不会轻视老七的身体？会不会厌恶老七在城里熏陶过的神气？在生存面前，尊严显得弱不禁风。在未来，我不知道谁能抚慰丈夫，谁能抚慰老七。我所担心的是，老七的麻烦或许刚刚开始。

张宇帆

或许变得更糟，已经见识城市的妻子还能安分回乡吗？他们会饿死吗？丈夫会重新把妻子送回城市做"生意"吗？这一切都是未知。但在现代社会进程中，乡村还未找到出路时，丈夫没有选择接受这种现代逻辑，而是夫妇双双回乡，回到那自然而充满力量的土壤，我想这也许是沈从文做的最大努力了。

梅子酒

有人说，回不回取决于生命尊严与生存压力孰轻孰重，我想可以在"生命尊严"前面加上个定语"丈夫的"。荤烟划子上的女人为生存和欲望呻吟喘息，以海市蜃楼般的"尊严感"自我催眠，直到某天被丈夫的"自尊感"一棒打醒。但她们也许意识不到，她们的喜怒哀乐、人生意义不过取决于丈夫如何"审视过往"和"面对现实"。或许根本谈不到未来，正如波伏娃所说："女人只是一个女仆，她受到的尊重与她所提供的活儿成正比，如果她消失了，便毫无遗憾地更换她。"

杨早

妻子就这么弱势吗？丈夫就真的那么强势可以主宰一切吗？夫权是政权与族权赋予的，我怀疑上述"顺理成章"的推断。

《水》

1931

左翼作家交出的高分考试卷

1931年,对凭借《莎菲女士的日记》一举成名的女作家丁玲来说,是相当难挨的一年。1月17日,丁玲的爱人同志胡也频在上海被捕。2月7日,胡也频、殷夫、柔石、冯铿、李伟森等24人被枪杀于上海龙华警备司令部。这就是现代史上著名的"左联五烈士"事件。鲁迅有一篇很著名的文章《为了忘却的记念》讲述此事。

4月,丁玲将不满一周岁的儿子送回湖南,交给母亲抚养。她只在家待了三天,就回到上海,并向党组织提出要去江西苏区工作。当时党中央负责人张闻天会见了丁玲,要求她留在上海,创办左联机关刊物《北斗》。

身为主编的丁玲,为《北斗》的创刊号贡献了什么作品呢?从1931年9月到11月,《北斗》前三期连载了她的中篇小说《水》。

《水》虽然不是丁玲最好的作品,但在当时获得了左翼阵营的空前好评,称丁玲的这部作品是"从描写小资产阶级到反映工农的一个新的起点,为革命文学带来了新的内容"。评论家阿英甚至说《水》是"左翼文艺运动一九三一年的最优秀的成果",冯雪峰称丁玲以这部小说为标志,从一个"半新"的进步知识分子作家,转变成"我们所需要的新的作家"。

《水》不仅是丁玲创作的分水岭,同时也成了左翼文学的分水岭。在此之前,大部分左翼作家仍然遵循五四运动以来的启蒙叙事,即"知识分子启蒙大众"。进入1930年代之后,党对左翼作家的要求发生了变化,希望他们去描写"大众的自我解放"。《水》就是这种转向的产物。它是丁玲代表左翼作家交出的一份高分试卷。

为什么这么说?要理解这一点,需要先知道《水》描写的1931年大水灾是怎么回事,水灾对中国与共产党分别意味着什么。

1931年,中国的几条主要河流长江、珠江、黄河、淮河都发生了特大洪水。被灾国土面积达四分之三,共有16省之多,受灾范围南到珠江流域,北至长城关外,东起江苏北部,西至四川盆地,全国受灾人口超过5000万人,死亡人数超过40万。这次水灾被普遍认为是20世纪致死人数最多的自然灾害。

丁玲的家乡湖南常德是灾区,死亡人数超过11万人。此时老母和幼子都在常德,丁玲必须关注灾情。而且从党组织到左联上下,此时都发出了书写水灾的动员令,把1931年水灾看作"最值得作家们抓住的主要的题材"。

水灾是自然灾害,但如何应对自然灾害,考验的是政府的治理能力。针对此次水灾,中共中央机关报《红旗周报》指出,帝国主义和国民党才是灾荒制造者,所谓"赈灾活动"不过是对灾民的欺骗,认为"只有推翻帝国主义国民党的统治,建立苏维埃政权,这一灾荒问题才能得到根本的解决"。

丁玲正是秉承上级的指示,并借助对常德地区的熟悉,写出

《水》这样一篇矛头直指"虚假赈灾"的小说。

《水》分为四节。第一节写水灾阴影下乡民的躁动不安,重点是老外婆的一段呓语:

> 我不晓得怪谁才好,死了的老伴是结实的,儿子是结实的,我们都没有懒过,天老爷真不公平,日子不得完,饥饿也不得完,我是不要紧,算隔死不远,可是一代又一代,还不是一样。从前年纪轻的时候,还只望有那末一天,世界会翻一个身,也轮到我们穷人身上来。到老了才知道那是些傻想头,一辈子忠厚,一辈子傻。到明儿,我死了,世界还不知怎么呢?一定更苦,更苦……

老外婆的抱怨不只是针对"天老爷",还包括不能翻身的"世界",这就为灾后的爆发埋下了伏笔。还有这段:

> 我晓得,有钱的人不会怕水,这些东西欺侮我们这些善良的人。我在张家做丫头的时候也涨过水,那年不知有几多叫花子,全是逃荒的人,哼,那才不关财主们的事,少爷们照旧跑到魁星阁去吃酒,说是好景致呢;老爷在那年发了更大的财,谷价涨了六七倍,他还不卖,眼看野外的尸身一天一天多起来……唉,讲起来都不信,有钱人的心像不是肉做的,天老爷的眼睛,我敬了一辈子神,连看我们一下也没有,神只养在有钱的人家吧……

第二节写的是"救堤",这一节充满动感,"飞速的伸着长脚的水,在夜晚看不清颜色,成了不见底的黑色巨流,响着雷样的吼声,凶猛的冲了来。失去了理智,发狂的人群,吼着要把这宇宙也震碎的绝叫,从几十里,四方八面的火光中,成潮的涌到这铜锣捶得最紧最急的堤边来"。这样的描写,没有经历过水灾的人很难写出来,这也是丁玲才华的显露。

  最后,堤还是没能护住,"猛然一下,像霹雳似的,土堤被冲溃了几十丈,水便像天上倾倒下来的卷来,几百个人,连叫一声也来不及便被卷走了。还有几千人在水的四周无歇止的锐声的叫。水更无情的朝着这些有人的地方,有畜的地方,有房屋的地方,带着死亡涌去。于是,慢慢的,声音消灭下来,水占领了这大片的原野,埋在那下面的,是无数的农人的辛勤和农人自己,还有他们的家属"。

  这一节,是《水》里写得最好的章节,不仅仅是写作技巧,我们从中还能看到作者的忧心和辛酸,屈原"长太息以掩涕兮,哀民生之多艰"的情怀,在丁玲这位楚地后人的笔下再现了。

  第三节写的是灾民商议逃往何处,有位做了二十年长工的汉子提议去"长岭岗"。因为那里"有三条街,一百多家铺子","有县里派来的镇长,有分局长,有兵警,有学堂",他想的是"打开他们的仓,够我们一渡口的人吃几年呢"。这正是张闻天在《红旗周报》上文章中提出的十六条灾民斗争口号,包括"不纳租""不纳税""吃大户去",都在《水》里灾民的口中一一变成了他们的主张。

  然而,长岭岗的应对是"街两头站了许多刚从县城里调来的荷枪的兵士,还有一些镇上团防临时加的团丁"。先到的灾民也只能领到一碗薄粥,后来的人除了等来一些苞谷粉,就只有空头的安慰——"镇长亲身上县里替你们请米粮去了""县里、省里都在募捐,说还要募到京里去,外国人那里也要募捐"。灾民暂时平静了下去,但当镇长空手从县里回来时,灾民的鼓噪就压不住了。政府组织送走了不到百分之一的灾民,大批的饥民还在原地等死。

到了第四节,走投无路的灾民终于在大胆者的鼓动下选择了反抗。在大胆者的说辞中,先是回顾了穷人苦难史:"鼓起眼睛看去,凡是看得见的地方,再走再看去,只要有田的地方,只要有土地,就全有我们在。告诉你,就全有我们胼手胝足,挨冻受饿的在。"这样的话仍然带着文艺腔,不像是大字不识的农民说得出来的。但是叙述的重点还是"只要是谷子,都是我们的血汗换来的,我们只要我们自己的东西,那是我们自己的呀"!

于是,故事走向了必然的结局:"这队人,这队饥饿的奴隶,男人走在前面,女人也跟着跑,咆哮着,比水还凶猛的,朝镇上扑过去。"

这就是小说《水》,它忠实地表达了党组织希望传递的信息,有灾民自发抗争的正面描写,有对灾荒问题制造者的追问,还有政府枪杀灾民的描写。因此我们不难理解,为什么《水》会得到左翼文艺界的重点推崇了。"莎菲女士"丁玲能写出这样贴近底层、符合中央决议精神的作品,确实是左翼文艺运动的大收获。

当然,从党组织的角度来看,《水》也不是完美的。冯雪峰曾经指出过《水》的三大缺点:一是篇幅短小,不能全面展现此重大事件;二是没能写出土地革命的影响,灾民是自发抗争,"党的领导"在小说中缺席了;三是虽然写了灾民的觉悟,却缺乏更具革命意义的发展。冯雪峰的这几点批评,都来自中共中央《关于全国灾荒与我们的策略的决议》。因此，在走向大众革命为主体的文学写作道路上，丁玲和她的同志们，还有很长的路要走。

另外，后来也有研究者指出，"按照《水》的描写，在重兵戒备之下，仅极少数先到的灾民有幸在粥厂领'一碗薄粥'，只有1%的灾民得到异地安置。这些细节在1931年的大水灾中都可对号入座。但总体来看，作为国民政府的赈济措施绝非'虚伪'所能定义。据灾后统计，'国水委'募集中外人士捐款750余万元，经用款项及赈品总计7000万元，仅急赈一项即达1700余万元，受赈区域即达269县，受赈人口500万"。因为主题的预设，这些赈灾的成就不会在《水》里得到展现。

在《水》的描写中，地方士绅的角色几乎是缺席的，镇长完全是政府的代言人。而事实上，在1931年大救灾中，各地的"义赈会"起的作用甚至远远超过了政府力量。汪曾祺的父亲就曾腰里拴了铁链，到一个被大水围困的孤村去送由华洋义赈会发的面饼——这个义赈会之所以叫"华洋"，是因为它的捐款来自中国民间（修复高邮大堤花费了36万多元，发放面粉2000吨），而修复大堤、发放面粉的监管者，是美国传教士何伯葵。

因此，《水》确实是分水岭。它的区隔意义在于，此前丁玲等启蒙作家的创作是自发的，而此后，左翼作家的创作被纳入了宣传轨道。

# 知识分子为什么会向左转

写《莎菲女士的日记》时的丁玲是北漂，1927年的沈从文也是北漂。丁玲和沈从文是湖南老乡，不过他俩在北京的相识相交是因为另一个北漂——胡也频。沈从文和胡也频是因为发表文章而成为朋友的。胡也频当时在《京报》当副刊编辑，和丁玲是恋人，后来成了夫妻。《莎菲女士的日记》里那个哭哭啼啼的苇弟身上就有几分胡也频的影子。几年之后，丁玲的这位迷弟为了革命慷慨赴死，而她自己也一步步向革命靠拢，走出"莎菲女士"的个人情欲与苦闷，写出了《水》这样的作品。

丁玲能够写出《水》这样的小说，既是个人命运的抉择，也是时代大潮的裹挟。

什么时代大潮呢？首先是"到上海去"，当上漂。

先说回那三个北漂青年。1928年，沈从文、丁玲、胡也频相继离开北京，来到上海。沈从文先行一步，1927年底就出发了。他去上海，是追随文学出版机构和刊物而南下的。比如《小说月报》换了编辑，开始登载他的作品，而《小说月报》就在上海，他原本就

倚仗的北新书局、新月书店、《现代评论》周刊也都去了上海。用他自己的话说，即便"不能生活得比北京从容些，至少在上海也当比在北方活得有意思些"。上海是商业大都会，文化市场繁荣，他写文章谋生的机会多，生活的氛围、舆论的生态也会比北京更有活力。北方在北洋政府的权力笼罩下，舆论的空间日渐收紧，可供知识分子盘桓与进取的余地也越来越少。从鲁迅1926年离开北京，1927年也去了上海就能看得出来，知识分子在用脚投票。1927年南方尽管也有清党之后的白色恐怖，但上海还留有一丝辗转的空间——洋人的租界势力。鲁迅后期有几本杂文集，都以"且介亭"命名，就是自嘲写在半租界。

1928年，丁玲和胡也频也去了上海，两个年轻人没有意识到自己已经被卷进了这股争当上漂的潮流之中。丁玲去上海，一是受不了北京沉闷的空气，眼见南方大革命与反革命的激荡，有人志得意满，有人流血牺牲，然而无论什么样的消息，到了北京都只成了文人们的谈资。

另外，吸引丁玲去上海的还有一个人，这个人叫冯雪峰，是个诗人，也是共产党员。他的出现将影响丁玲一生的走向。

1957年，在对丁玲的批判会上，老作家夏衍爆料，丁玲在上海时候与冯雪峰有了不正当的男女关系。其实丁玲对冯雪峰的爱慕早在她还是"莎菲女士"时就产生了。这让胡也频很痛苦，丁玲的热情也让冯雪峰很犹豫，最终，冯雪峰以革命为由，离开北京奔赴上海。不久，1928年春，丁玲、胡也频也去了上海。

于是，丁玲、胡也频、沈从文又在上海聚齐了，沈从文给胡也频支了个招儿，暂时解决了冯雪峰的问题，丁玲与胡也频又如新婚燕尔一般。三个人在上海办了个刊物,叫《红黑》,听起来很有血与火的革命意味,但其实最初只是一句湖南方言——红黑要吃饭的。红黑就是"横竖、反正"的意思,既是他们未解决温饱而办刊物的真实写照,也是带着一股初生牛犊的横劲儿。现在回看这本杂志,沈从文还是写着他的神秘纯美的湘西故事,但胡也频、丁玲在上海接触了大都市的阶级现状,读到更多的革命书籍,创作上则更偏向社会现实,染上左翼的批判气息了。尤其是出身贫寒的胡也频,对马克思主义的理论书籍更感同身受,思想转变很大。原本小迷弟一般、爱动情绪的胡也频,后来真的走上了革命道路。

《红黑》杂志后来撑不下去,不仅没赚上钱,还欠了债,三人在大上海的创业就此告吹,各奔前程。沈从文受徐志摩推荐,去了中国公学教书,后来爱上了学生张兆和,在胡适的撮合下喜结连理。胡也频则去了济南当中学老师,在讲台上向学生宣传马克思主义,讲解唯物史观,大谈普罗文学,很受学生欢迎。不过他很快受到山东政府通缉,于是胡也频和丁玲又回到了上海。这次回上海,他们加入了左联,胡也频更是被推举为左联代表,参加了秘密召开的全国苏维埃区域代表大会。

如果说1920年代初受新文化运动感召当上了北漂的年轻人,此时"到上海去"更接近革命风暴的中心,有了向左转的可能,那么随着左联的成立,左翼革命者开始有组织地争取"文化领导权",文化场域针锋相对的势头,使码字的知识分子不得不站队选边:要么革命,要么反革命。如果只求单纯写作,不参与革命,但也不反对革命,不行吗?在左翼作家看来,还真不行。

鲁迅专门写过文章《论"第三种人"》,冯雪峰也写了一篇《关于'第三种文学'的倾向与理论》,都在批评带有自由主义文艺倾向的作家试图让文学脱离政治和阶级,试图写超离革命斗争的纯文学作品。

丁玲从《莎菲女士的日记》到《水》,最重要的转变在于要从"五四"那种自上而下的表现知识分子启蒙大众、批判国民性的写法,转变为着眼大众自己的力量,呈现大众自我觉醒、走向革命的过程。在《水》之前,还有几部小说转型过程中的试验品,其中一部《田家冲》虽然也试图写农村,写劳苦大众,但唤起大众革命的知识分子的角色总难以摆脱启蒙者的姿态,而知识分子与民众的关系也带着隔膜。直到《水》,知识分子不见了,在洪水泛滥中,民众完成了自救、受难、觉醒与反抗。冯雪峰很赞赏丁玲向左转的努力,他说:

> 《田家冲》和《水》之间,是一段宝贵斗争过程,是一段明明在社会的斗争和文艺理论上的斗争的激烈尖锐之下,在自己的对于革命的更深一层的理解之下,作者真正严厉地实行着自己清算的过程。

按冯雪峰的看法,丁玲在大潮里的转向算是基本成功了,对革命的理解,也可以从小说《水》里看出进步。但这自我清算彻底吗?莎菲女士放弃自我,融入集体的革命洪流,她能够找到自己的位置吗?小说《水》中乡村民众觉醒背后那股未经批判的蒙昧,似乎也为丁玲此后遭遇的困境埋下了伏笔。

—1931共读—

梅子酒

在短短两个月内，要完成一篇转型之作，最简单直接的方式就是照搬已经成熟的文学创作模式。彼时丁玲已被任命为"左联"机关刊物的主编，但她没有选择讨巧的方式，还是以她湘妹子特有的倔强决绝，坚持着自己的路子。虽然是群像式描写，但她对灾难来临时乡亲之间同舟共济、不离不弃的人性之光，对民众勇于抗争、坚韧不屈的生命意识的刻画，令人动容，她用大量细腻的、抒情的笔触描摹洪水来临前人们的微妙心理，以洪水后旷野的满目疮痍与月光下稻田墙垣的平静，烘托人心深处的汹涌澎湃。无一处不彰显着基于生本位、人本位的思考和对个体觉醒、自我启蒙的关注。

邱小石

@梅子酒 读完想到的是丁玲的人生，我想到的是家乡的水灾。

邱小石

我的家在县城五里外的柿子岭，沱江边丘陵的山头上。洪水来的时候，我们都坐在山包包上，非常兴奋地看着翻腾的黄色巨流，裹挟着从上游卷来的东西——茅草、袋子、柜子、门框、床、活猪……甚至还有一间房屋的屋顶，上面还站着一个人，他眼巴巴看着岸上的我们，迅速漂向了远处，大家都在惊呼。

土城

四川如此，湖南也一样。我印象最深的是1998年长江特大洪水，那会儿学会了一个词"管涌"。对我这个成长在洞庭湖边上的人来说，《水》客观地反映出了灾难中人的自救和求生现实。面对灾难，人最原始的反应是什么，小说里表现得特别突出："都只有一个意念，都要活，都要逃脱死。"人在洪灾肆虐时，求生欲望被调动起来，如果生硬地升华，会脱离现实。

《人生哲学的一课》
《上海的狐步舞》

1932

# 知识青年在都市找不到工作

1932年的小说代表作是一个年轻人的作品,而且还是他的处女作——《人生哲学的一课》,作者是艾芜,发表在1932年12月出版的《文学月报》。特别说一下,《文学月报》是左翼作家联盟的刊物,艾芜又是左联成员,所以,这篇小说,没有稿费。

这篇发表在1932年冬天的小说,讲的却是1925年秋天的故事,为什么中间拉这么长呢?这关系着作家艾芜的人生故事——知识青年为什么在都市找不到工作?

先说艾芜的传奇人生。他出生在1904年,比沈从文小两岁,跟丁玲同岁,另外还有一大批作家——他们这批00后都有共同的经历——在童年时代碰上辛亥革命,到了少年时代又赶上五四运动。他们在成长期,受到了新文化的剧烈冲击与影响。他们大都是冲出相对闭塞的家乡之后,在大都市走上文坛的。

但艾芜的经历跟其他人又不太一样。他的生命里有几个关键年。第一个年份是1925年,在此之前,艾芜的成长还算平顺,在四川新繁的乡间长大,可以说是品学兼优。但到了1925年,一方

面家道中落,艾芜的母亲病故了;另一方面成长为五四青年的艾芜,不满意家里给他包办的婚姻,不肯娶一个富有但是不识字的女人。于是他决定出走。

同样是离家出走,艾芜走的方向也跟别人不一样。沈从文、丁玲、萧红去的是北京、上海,而艾芜则是想去南洋群岛当作家——这个奇怪的想法也不知道怎么来的。

1925年暑假,艾芜从成都出发,先坐船到乐山,然后从乐山开始步行,一路向南,从夏天走到秋天,一步步走到了昆明。后来艾芜辗转到了缅甸,其间又发生了许多传奇故事。他甚至曾经代表马共的缅甸支部,到吉隆坡去参加马来亚共产党大会。

1931年,艾芜到了上海,这是他生命中第二个重要的年份。他在那里遇见了四川第一师范的同学沙汀。沙汀一听说艾芜有这么传奇的经历,就鼓励他搞文艺创作。沙汀自己也跃跃欲试想登上文坛。但是两位青年商量了半天,对到底应该怎样搞文艺创作不太有把握。他们觉得当时一些作品不真实,也不愿意将写作功利化,可是又不知道自己应该走哪条路。于是,两位文学青年在1931年11月给鲁迅写信,请教怎么搞文艺创作。鲁迅很认真地回信,建议他们"现在能写什么就写什么,不必趋时",不必硬去写"革命文学""选材要严,开掘要深"并且夸艾芜的小说"写得朴实"。

经过鲁迅指点,又过了一年,1932年底,艾芜才发表了这篇《人生哲学的一课》。

《人生哲学的一课》写的是艾芜初到昆明时的窘境。一个21岁的学生,大学还没有毕业,翻山越岭走了一个多月山路,身上除了几件换洗衣服和几本书,连一文钱都没有。他到了一个陌生的都市,要怎样去谋生?这就是人生给他上的一课。

现在的电视真人秀经常有一些"都市生存考验",跟艾芜的经历有点像,但一百年前的真实故事,比电视节目要残酷太多。

首先主人公要解决肚子饿的问题,但搜遍全身,只有一双没怎么穿过的昭通草鞋可卖。他竭力装作老练,跟黄包车夫们说是"新从昭通带来一挑,这是样子",跟现在我们去批发市场买衣服,口里总是念着"我是拿货的"一样。谁知道黄包车夫更老练,硬生生把价格砍到一半——二百文,只够买十个烧饼。主人公明显是饿惨了,立刻去买了两个烧饼。接下来就是精彩的吃饼时间:

> 头一个饼,连我也不明白是怎样哽完了的。第二个,我得慢些嚼。咬了一口,从饼心里溢出来的热香,也已嗅着。越吃越好吃,完了,还渴想要,觉得有点不对。像悭吝老头子警告放浪儿子那样的心情,竟也有了。

有了元气之后,主人公开始找工作。没人介绍,文字工作是轮不着他的。只有拉黄包车似乎是有力气就成,乡下小伙骆驼祥子不也是通过这条路开始他的北京梦的吗?

没想到,在昆明,连拉黄包车也要铺保。这给了主人公一个巨大的打击,他的梦想破灭了:

> 本来我在成都想读书而没法继续进学堂的时候,就计划在中国的大都市漂泊,最好能找着每天还有剩余时间来读书的工作的,如今不但全成了泡影,而且连变牛变马的工作也找不

着,但这并不使我丧失了毅力,不过处世须要奋斗的意义,如今却深切地烙在我每一条记忆的神经线上了。

主人公又依照报纸上的广告(这大概是有知识的好处,能通过报纸获得信息),去一家机器厂应聘学徒,走了好几里路才找到厂子,却发现不但也需要铺保,还要三十两银子的保证金!这次找工作又失败了。

这位青年并不迂腐,他编造了一个铺保,去职业介绍所,声称"写字挂账,这我会的。给人家跑街挑水扫地,也都愿意。老实说,先生,我不论什么事都可以做"。结果人家要他去当厨子,他也硬着头皮答应了,没办法,肚子饿。

只是卡在了一件事情上,请厨子的罗家公馆,老爷、大太太、大少爷、大少奶奶,晚上都要烧鸦片烟,烧到半夜两三点钟,还要厨子起来做点心消夜。这个要求,像骆驼背上的最后一根稻草,终于把主人公压垮了,他借机愤然辞谢。自然,也没有其他工作了。

所谓屋漏偏逢连夜雨,主人公交不出旅馆的房租,连穿的旧布鞋都被同屋的人偷走了。然而他并不恨那个贼,因为头天晚上也听那人叹着气说"家乡活不下了,才来到省城的,哪知道省城还是活不下去呢"。同为天涯沦落人,主人公的怒火便发向天天逼他交房租的旅店老板头上。经过一番不息的吵闹,老板赔了一双半新的漂亮鞋子,但同时也威胁今夜不结账就将主人公赶出去。

故事的结尾,主人公拖着短了一寸的漂亮鞋子,走在仍然陌生的都市街头,盘算着今夜去哪里找一块能遮蔽风雨的地方,同时他也没有失去信念,依然想着:"就是这个社会不容我立足的时候,我也要钢铁一般顽强地生存!"

《人生哲学的一课》将乡下青年初闯城市的困境写得淋漓尽致。1920年代,是中国的都市现代化起步的阶段,大批乡下人涌进城市,每年又有大量学生毕业,"毕业即失业"是那时流传的说法。而每年上海投黄浦江自杀的青年人数也让人明白为什么"改造社会"乃至"革命"的口号,会那样深入人心。

民国的"流浪小说"并非自艾芜始,此前也有蒋光慈的《少年漂泊者》。但是从来没有人像艾芜那样,将底层知识青年的困境描写得如此细致、如此动人。因此这篇小说的发表激动了很多读者的内心。

1985年,艾芜作为团长,率领作家代表团访问香港,认识了香港作家林真。林真告诉艾芜:"你的短篇小说《人生哲学的一课》对我影响很大。我第一次读你的小说,只有十五六岁,那时刚刚死了父亲,辍了学,擦皮鞋维生,你的小说曾像隆冬的火堆一样烘暖我。"(吴红采访《香港归来话文学》)

艾芜这篇没有稿费的小说,在1932年打动无数有着同样境遇的年轻人的心弦。艾芜也从此引起了文坛的注意,在文学史上,他被称为"最早以西南边疆和异国下层悲惨生活为写作素材的中国现代作家"。

魔都是一种"新感觉"?

1930年代初,思想进步的知识分子有一股"到上海去"的潮流。那上海到底什么样呢?想读懂这个时代文化人眼中的上海,有两部小说不能错过:一是《上海的狐步舞》,它描绘了摩登上海的面孔;二是《子夜》,它勾画出了资本上海与革命上海的图景。

摩登上海是什么样的呢?"上海,造在地狱上的天堂。"这话来自穆时英的《上海的狐步舞》。小说以这句话开篇,以这句话结尾。

对今天的读者来说,穆时英不算很有名,但他在文学史里很独特,也很重要。穆时英的一生特别传奇,20岁就写出了《上海的狐步舞》。此前,他还写过无产阶级普罗文学,最有名的一篇是《南北极》,这篇小说经过施蛰存的推荐,发表在《小说月报》上,被左翼评论者认为是1931年文坛的重要收获。

当时的人也很难给穆时英定性,他到底替哪个阶级代言。穆时英其实也被裹进关于"第三种人"的论争里,在左翼看来,穆时英是那种想超脱"革命与反革命",想当"逍遥自在的书生"的"第三种人"。瞿秋白说穆时英这种作家是"红萝卜",就是"外面的皮是红的，里面的肉是白的……表面做你的朋友，实际是你的敌人，这种敌人自然更加危险"。

瞿秋白眼光还是很敏锐的。其实穆时英写的普罗文学，更像是为了迎合市场。小说里那股仇富的凶狠劲儿，背后有他自己家庭由盛转衰而遭人冷眼的痛苦记忆，所以还带有泄愤的味道，并不是真左翼。穆时英其实是迷恋都市繁华的公子兼才子型作家，据说他是在舞厅、酒吧、咖啡馆里写小说。用小说里的话说，穆时英"脱离了爵士乐，狐步舞，混合酒，春季的流行色，八汽缸的跑车，埃及烟"就成了没有灵魂的人。

与话语粗俗、渲染阶级对立的普罗文学描述的都市比起来，那个迷离、绚烂、跳动、声色、残酷的都市更让他内心爱恨交织。穆时英非常清楚，这样的都市绝不仅仅是压迫与反抗压迫、革命与反革命这样的"南北极"可以呈现出来的。如果说早期的穆时英笔下的上海，地狱与天堂仅仅是贫富阶级的对立，那么转变后的穆时英再写上海，则呈现出了它的五光十色，上海这个"建在地狱上的天堂"，意味着一种"新感觉"。

这种新感觉首先是都市新空间里上演的新景观，它们共同构成了一种奇观的刺激。民国上海地位很独特，从政治格局来看，这里主要由华界、公共租界和法租界三大块组成。1927年，国民政府在上海设立特别市，管理华界，而公共租界和法租界有独立辖权，中国人也可以在租界居住生活，于是租界里又形成了华洋杂处的局面。

上海在1930年代成了全国的金融中心，大量涌入的外资刺激了工厂实业，工厂实业又吸引了大批劳工，大批劳工又为革命储备了力量。据统计,1931年的上海无论是租界还是华界,本地人连四分之一都不到,绝大多数都是外来人口和流动人口。

有钱、管理宽松、人又杂,这会催生什么样的社会生态:革命志士、红男绿女、资本大鳄、江湖黑帮、华洋权贵、底层百姓,各色人等在其间各行其道却又隐隐交织。受西方都市生活方式影响而产生的许多新的文化娱乐产业,带来了新的都市空间和都市景观,比如酒吧、舞厅、跑马场、电影院、百货大楼、咖啡馆、演剧院以及繁盛的街道,等等。不同于其他作家把都市空间作为背景而着力书写都市人的故事,在穆时英的小说中,都市空间、都市景观才是主角,人往往只是都市奇观的一部分。

《上海的狐步舞》写得最精彩的,是穆时英最熟悉的舞厅。在遍布舞厅的不夜城上海,不会跳舞,确实也会被人认为是老土的表现。

随便哪本讲老上海掌故的书都会把上海的知名舞厅和交际花的故事添油加醋地渲染一番,但如何用文学表现舞场里的景观,让人读了就能感受到摩登上海的腔调,这就是功夫了,看看穆时英是怎么写舞场的:

> 蔚蓝的黄昏笼罩着全场,一只Saxophone正伸长了脖子,张着大嘴,呜呜地冲着他们嚷,当中那片光滑的地板上,飘动的裙子,飘动的袍角,精致的鞋跟,鞋跟,鞋跟,鞋跟,鞋跟。蓬松的头发和男子的脸。男子衬衫的白领和女子的笑脸。伸着的胳膊,翡翠坠子拖到肩上,整齐的圆桌子的队伍,椅子却是零乱的。暗角上站着白衣侍者。酒味,香水味,英腿蛋

的气味,烟味……独身者坐在角隅里拿黑咖啡刺激着自家儿的神经。

从舞厅的灯光、音乐氛围,到舞场里人们的服饰、舞姿、面容以及这个空间里的气味,穆时英都做了描绘。但这些描写不是细致写真,而是朦胧的印象派风格,捕捉的是对舞场气质的感觉——颜色、声音、夸张的外形、多样的气味,共同营造出一种摩登情调。舞池里狐步舞的飘逸,舞步的节奏、律动,还有舞池内舞者的密集,都通过这些典型意象的拼接被描摹出来了。这种手法有点像电影蒙太奇的镜头剪辑。

穆时英的写法并不是原创,而是受到日本新感觉派的启发。不过这在当时已经很让读者耳目一新了。此前的小说多数还是写实为主,特别是1920年代的小说,乡土文学和郁达夫式的自叙传小说是主流,这种带有现代派味道的先锋写法写都市,在当时的文坛十分新鲜。经穆时英这么一写,都市的现代性就和文学的现代派合拍了。虽然很多人看不懂,但觉得很带劲,这种调调儿迅速成了大报小报甚至广告的模仿对象。

当然,也不是所有人都喜欢这种风格。除了政治上有左翼的批评,在纯文学上,沈从文也提出了不同观点。

沈从文批评穆时英以玩赏的态度写小说,所以下笔轻浮做作,缺少对人生的真诚,那些发明出的新句式、新腔调、新境界,偶尔一两篇有味道,但多数作品就像博览会上的临时牌楼、照相馆的幕布、冥器店的纸人纸马,一眼望去热闹华美,但仔细一看,全是假的,写得越铺张,就越显得空洞、轻浮。

面对这些批评,穆时英本人并不十分在意。他的人生观、价值观很像他的小说风格。他有一句很有名的话:

> 人生是急行列车,而人并不是舒适地坐在车上眺望风景的假期旅客,却是被强迫着去跟在车后,拼命地追赶列车的职业旅行者。以一个有机的人和一座无机的蒸汽机关车竞走,总有一天会跑得精疲力尽而颓然倒毙在路上的吧!

这看起来像不像张爱玲?

其实应该反过来说。张爱玲正是读着穆时英的小说成长起来的。20世纪30年代穆时英的青涩尝试,到了40年代,在张爱玲手里结出了诱人的禁果。

—1932共读—

张宇帆

《人生哲学的一课》这题目乍一看,妥妥地是碗心灵鸡汤啊。虽然故事发生在1925年,但文中"我"的经历却让我不断想起当下,一个个小镇青年,或为金钱,或为理想,背上行囊,离家踏上大都市闯荡,成为"北漂""上漂""广漂"。多少人,那满身志气,在不断的挫败下褪去;炯炯的双眸,在生活的奔波中逐渐暗淡。听了那么多道理,却依然过不好这一生啊。

张宇帆

所以啊,人生哲学是思考不出来的,得经历……嘿,这句话我也是听人说的,觉得……嗯,有道理。

陈童

@张宇帆　苦不苦,想想上海狐步舞,一对比,漂着就更心酸了。

陈童

《上海的狐步舞》是真正的城市文学,城市的五光十色和物欲横流都铺在文本里,让人眼花缭乱。霓虹灯下是被光普照的有钱人的天堂,灯光所照之处都是幸福的人,金钱甚至可以抹掉伦理。

陈童

而在夜总会的玻璃门之外,有另一个世界。建筑工人被大木柱压断了脊梁,死尸被默默地搬走了。长头发不刮胡子的作家被老妇人以帮忙看信为由骗回家,请求让儿媳妇陪他一夜,给几个钱。他施恩一般占有了儿媳妇的身体。《上海的狐步舞》读起来让人混乱,抓不到要领,正像城市的过度热闹和喧嚣一样。

杨早

有意思的是,"某漂"往往能看见两个极端:最繁华的都市与最底层的生活。居家的人,做稳了生活奴隶的人,似乎是活在另一个世界中。大城市,果然都是折叠款。

《子夜》

1933

 霸道总裁的欲望游戏

1933年出版的《子夜》是太有名的一部小说,甚至因为《子夜》,1933年被称为"子夜年"。

这部小说为什么有名?按文学史传统的说法,因为《子夜》第一次正面表现了上海这座中国最现代化的都市的方方面面。而茅盾的创作意图,就是要"大规模地描写中国的社会现象",让"1930年动荡的中国得以全面的表现"。《子夜》通过描述商战、工人运动,以及都市男女的分分合合,最后要揭示一条道理:"中国没有走向资本主义发展的道路,中国在帝国主义的压迫下是更加殖民地化了。"

事实上,《子夜》能够轰动一时,畅销不衰,可不仅仅是因为它实现了上述创作理念。我们在审视历史上的这些文学消费现象的时候,往往要有这样的意识:卖得好的,受一般读者欢迎的作品,它一定代言了大众读者的某种基本欲望。

《子夜》如此畅销,很重要的一点,是描写了"霸道总裁的欲望游戏"。从这个意义上讲,《子夜》可以说是霸道总裁文的鼻祖。

在茅盾为《子夜》最初拟的提纲里,专门列了一块叫作"恋爱

关系"。书中两大霸道总裁——买办资产阶级代表人物赵伯韬和民族资产阶级代表人物吴荪甫,他们的感情历程是怎样的呢?

先来看赵伯韬。"赵伯韬先与刘玉英有染,继在交易所第二次获利后,忽又与交际花徐曼丽有染(还注明,是徐勾引赵),因此极触刘玉英之怒,玉英力谋以激烈手段对付。"这是一个三角。

然后再来看看吴荪甫。"吴荪甫先与家中女仆有染(就是后来的王妈),又在外与一电影明星有染。"这又是一个三角。最后,两个三角纠缠到一起了,"后交易所最后胜利之时(其实他并无多大钱赚进,因为亏空亦甚大也)。徐交际花,就是徐曼丽,忽又弃赵而与吴恋,二人同往牯岭(庐山的牯岭)"。

而《子夜》最后一章的提纲特别好玩。"最后一章,在亢奋中仍有没落的心情,顾资产阶级之两派于握手言和之后,终觉心情无聊赖,乃互交易其情人而纵淫。"如果按照茅盾最初的提纲写出来,《子夜》可能就变成小黄文了,很可能当时就被查禁,到现在也只能出删节本。

当然《子夜》后来没有写成那样,不过小说里有一个引人关注的细节——吴荪甫在商战失败后,兽性大发,强奸了他家的保姆王妈。

为这一细节叫好的人里,有一位身份很特别的人。他叫吴宓。吴宓是陈寅恪的好朋友,曾任清华大学国学研究门的主任。他是一位学问家,也是一位保守主义者,而且一贯对新文学不太感冒。

但是吴宓居然为《子夜》写了一篇评论,刊发在《大公报·文学副刊》上。吴宓特别赞赏《子夜》的写作技巧,尤其点名说:"当荪甫为工潮所逼焦灼失常之时,天色晦冥,独居一室,来捕捉偶然入室送燕窝粥之王妈,为性的发泄,此等方法表现暴躁,可云妙绝。"

茅盾后来说,"不料吴宓看书真也细心,竟能领会此非闲笔",说明茅盾对这个细节是非常得意的。他也很得意于吴宓作为一个局外人,居然能看出他这一笔的用心之处。

不过茅盾也没贪功,他在回忆录里承认,吴荪甫在暴躁之下逮着王妈强奸这个细节,来自瞿秋白。瞿秋白对他说,大资本家当走投无路时,总想要破坏点什么,乃至于兽性发作,所以茅盾写了这个情节。

我们来看看这个情节是怎么写的:

> 这一下里,暴躁重复占领了吴荪甫的全心灵!不但是单纯的暴躁,他又恨自己,他又迁怒着一切眼所见耳所闻的!他疯狂地在书房里绕着圈子,眼睛全红了,咬着牙齿;他只想找什么人来泄一下气!他想破坏什么东西!他在工厂方面,在益中公司方面,所碰到的一切不如意,这时候全化为一个单纯的野蛮的冲动,想破坏什么东西!
>
> 他像一只正待攫噬的猛兽似的坐在写字桌前的轮转椅里,眼光霍霍地四射;他在那里找寻一个最快意的破坏对象,最能使他的狂暴和恶意得到满足发泄的对象!
>
> 王妈捧着燕窝粥进来,吴荪甫也没觉得。但当王妈把那一碗燕窝粥放在他面前的时候,他的赤热的眼光突然落在王妈的手上了。这是一只又白又肥的手,指节上有小小的涡儿。包围着吴荪甫全身的那股狂暴的破坏的火焰突然升到了白热化。他

那一对像要滴出血来的眼睛霍地抬起来,钉住了王妈的脸。眼前这王妈已经不复是王妈,而是一件东西!可以破坏的东西!可以最快意地破坏一下的东西!

他陡的站起来了,直向他的破坏对象扑去。王妈似乎一怔,但立即了解似的媚笑着,轻盈地往后退走;同时她那俊俏的眼睛中亦露出几分疑惧和扭捏,可是转瞬间,她已经退到墙角,背靠着墙了;接着是那指节上起涡儿的肥白的手掌按着了墙上的电灯开关,房里那盏大电灯就灭了,只剩书桌上那台灯映出一圈黄色的光晕,接着连这台灯也灭了,书房里一片乌黑,只有远处的灯光把树影投射在窗纱上。

到那电灯再亮的时候,吴荪甫独自躺在沙发上,皱着眉头发楞。不可名状的狂躁是没有了,然而不知道干了些什么的自疑自问又占据在他心头。

为什么吴荪甫强奸王妈会变成《子夜》里一个很重要的细节?这个细节里凸显的是大众对资本家的想象与理解。用"暴力+性"的力量去破坏一件东西,跟商战里的那种焦灼、那种暴躁,是相呼应的。这个细节受欢迎,也能说明从中国有了资本家以来,大众是怎么想象霸道总裁的。

瞿秋白虽然贡献了这个细节,但他在评论《子夜》的时候,还批评了茅盾对资本家的态度。瞿秋白说:"读到《子夜》的人都在对吴荪甫表同情,而对那些帝国主义、军阀混战、共党、罢工等破坏吴荪甫企业者,却都会引起憎恨……观作者尽量描写工人痛苦和罢工的勇敢,也许作者的意识不是那样,但在读者印象里却不同了。"

为什么吴荪甫这样的霸道总裁,在读者的想象中会惹人同情?因为在中国传统文化里,就有这种"同情失意英雄"的情结。

比如中国人一直很同情项羽。项羽是暴君,又常有妇人之仁,还英雄气短、儿女情长,也没什么忍耐力,不然也不会不肯渡江,愤而自刎。这么一个失败的英雄,从司马迁《史记》、宋朝的李清照,一直到后世的京剧《霸王别姬》,都对项羽寄予着深切的同情。这里面的民族心理,其实是非常值得玩味的。

依照这条线索,去思考一下中国历史,也会很有意思。

不是海派的海派
怎么写上海

海派,顾名思义,写上海是这一文学传统的首要特征。自清末《海上花列传》起,到民国初年的"鸳鸯蝴蝶派",再到1930年代的"新感觉派"以及1940年代张爱玲的文学创作,构成了海派的文学传统。但是,请注意,不是写上海的就叫海派,海派除了受上海文化熏染,还和文学写作的观念,以及对现实,对市场、商业的态度有关系。比如《子夜》,虽然也写上海,但就不算是海派。

或者这么说可能更准确:今天的学者把海派概念放宽了,试图把所有写上海的小说都拉进海派里去,连《子夜》也成了另一种海派。

茅盾的《子夜》虽然不是海派文学,却能够激发海派书写上海的另一面。在畸形繁华的现代都市环境中,作家对欲望、声色、物质、空虚的关注,对人在都市中的迷醉与沉沦、激情与疲惫的书写,对市场、资本的自然迎合,使得海派对上海这座城市的塑造成为中国文学史中的奇葩。

海派的好处是作品通俗,受市民欢迎,后来在融合了西方现代派写法以后,海派对都市景观以及都市男女的精神困境往往抓得特别准。尤其是从新感觉派到张爱玲,成熟的海派作品日益涌现,在原本的通俗畅销风格中加入了先锋格调,令人耳目一新。

但另一方面,海派往往格局不大,缺乏剖析社会的眼光,所以他们写的上海,总觉得只抓住了都市中的人和景观,至多涉及洋场文化,但没有写出背后的社会现实:资本博弈、华洋斗法、劳资矛盾、城乡互动。

可能海派就是不想写大格局?其实并不是,穆时英《上海的狐步舞》就很典型。这部小说还有一个更磅礴的野心,就是想将上海不同阶层、不同身份背景的人的故事穿插在一起,构成一幅宏大的1931年的上海图景。然而这一构想在当时没能实现,只写出了宏大的1931年大上海故事的一个切面,"一个片段"。

穆时英想写但当时没写出来的,茅盾写出来了。茅盾的这本小说,光听名字就颇具传奇色彩——*The Twilight: A Romance of China in 1930*。讲的也是上海滩的故事,然而那位来自双桥镇的男主角尝试一统上海滩的手段,不是斧头,也不是扑克牌,靠的是工厂实业和金融资本。他要应付的,除了依傍洋人的买办大鳄,还有罢工的工人、暴动的农民、愚蠢的队友以及一群吸血虫般依附自己的都市男女……当然,一如所有试图在上海滩冒险一搏的英雄,这位野心勃勃的、心怀三民主义壮志的主角最终以彻底的失败收场。

这部小说就是以社会剖析技巧闻名的现代文学经典《子夜》,而小说中的这位民族资本家英雄,就是主人公吴荪甫。

虽然整部小说的写法带有浪漫主义小说的故事模式——英雄走入困境并奋起反击,最终失败——很容易让读者对深陷种种窘境的吴荪甫感到同情,但按茅盾的本意,这书当然不是替吴荪甫说好话的。写这部小说是为了回应1930年代关于当时中国社会性质以及未来方向的争论。

茅盾在瞿秋白影响下,给出了一个答案:中国未来的希望不可能落在资产阶级主导的革命之路上,民族资本家最终会输给洋人且沦为买办。所以《子夜》不仅聚焦了民族资本家和外资买办在金融市场的斗法,而且展现了上海工人的生活与反抗,隐伏着上海周边农村革命暴动的声浪,刻画了资本家的朋友圈以及家庭内部的骄奢、堕落与苦闷。吴荪甫可以说是上海各阶层人际网络的中心联结点,由吴荪甫勾连起的这张1930年社会关系大网中,有大约80个人物被描写出来,这些人物有各自的生活阶层与轨迹,命运与抉择,他们交织在一起,使上海的社会生活面貌得到了淋漓尽致的展现。

《子夜》在当时有多厉害?瞿秋白写文章把《子夜》称作"第一部写实主义的成功的长篇小说";更有学者考证,瞿秋白这篇赞美文章是与鲁迅合写的,这背后是两位左翼大佬的认可。相应地,国民政府吓得勒令出版社删节修改,去掉讽刺国民党和描写工人运动的那几章,怕影响太大。

茅盾不只有社会剖析的现实主义功夫,早在写《子夜》这部小说的10年前,1921年茅盾主编并改革《小说月报》时,就对西方现代派非常着迷。他在杂志上介绍了大量的象征主义、未来主义、立体主义的文艺思想,所以用起现代派手法眉飞色舞地写都市,与穆时英比起来丝毫不逊色。《子夜》的这段上海剪影就非常经典:

汽车发疯似的向前飞跑。吴老太爷向前看。天哪！几百个亮着灯光的窗洞像几百只怪眼睛，高耸碧霄的摩天建筑，排山倒海般地扑到吴老太爷眼前，忽地又没有了；光秃秃的平地拔立的路灯杆，无穷无尽地，一杆接一杆地，向吴老太爷脸前打来，忽地又没有了；长蛇阵似的一串黑怪物，头上都有一对大眼睛放射出叫人目眩的强光，哦——哦——地吼着，闪电似的冲将过来，准对着吴老太爷坐的小箱子冲将过来！近了！近了！吴老太爷闭了眼睛，全身都抖了。他觉得他的头颅仿佛是在颈脖子上旋转；他眼前是红的，黄的，绿的，黑的，发光的，立方体的，圆锥形的，——混杂的一团，在那里跳，在那里转；他耳朵里灌满了轰，轰，轰！轧，轧，轧！哦，哦，哦！猛烈嘈杂的声浪会叫人心跳出腔子似的。

这样劲道十足的现代派描写让人天旋地转、目不暇接，完全不同于厚重沉稳的现实主义或者茅盾惯用的冷冰冰的自然主义笔法。那个保守顽固的乡土士绅吴老太爷，便具有象征意味地在《子夜》一开场就被现代大都市的 Light Heat Power 吓死了。

海派没有的，茅盾有，海派有的，茅盾也有。你猜海派大佬读完《子夜》会是什么反应？

穆时英读完《子夜》的发言很有趣："有勇气读《子夜》的，却不妨把浪费在《子夜》上的时间来读一读这本《八月的乡村》——至少比《子夜》写的高明些。"

《八月的乡村》是萧军的小说，写得怎么样另说，但那股酸溜溜的贬损，确实能看出穆时英心里的不服气。不仅心里不服气，穆时英还行动了。

在茅盾的《子夜》连载之后,穆时英也开始着手完成他在《上海狐步舞》中没有完成的大计划——《中国一九三一》。这部小说不仅大量借鉴茅盾的思路,开始注重写实,而且把我们前几讲提到的丁玲的《水》的写法也吸收了进来;不仅尝试写1931年上海金融的华洋斗法,而且试图对农村大水灾和农民暴动做现实主义的描摹。

穆时英这部小说真的是接续《上海的狐步舞》的构架讲述的,而小说里与《子夜》吴荪甫形象相似的中国民族资本家,叫作刘有德。对,就是在《上海的狐步舞》里被儿子戴了绿帽子还得上赶着给钞票的冤大头刘有德。

— 1933共读 —

土城

不知是有意还是无意，茅盾向我们亮出了吴荪甫这个阶级代表身上的阴险："'一定要他们不得不愿！'吴荪甫断然说，脸上浮起了狞笑了。"《子夜》写到第五章，茅盾首次对吴荪甫用了一个真正意义上的贬义词。而"一定要他们不得不愿"也像极了《教父》中那句名言"make him an offer he can't refuse"。

土城

之前，吴荪甫也露出过专横粗暴、冷酷无情的一面，但这种描述并不负面。因为这种个性也常用来表现正面的铁腕人物，衬托他们的"可爱""可敬"。比如"亮剑"英雄李云龙、大宅门里的七爷白景琦，或者二月河的康熙大帝。但"狞笑"，吴荪甫嗜利的本性就暴露了。《子夜》被认为是左翼文学的代表作，而吴荪甫的角色，相对应的正是民族资产阶级代表。

朴微

可能也算是用来暴露阶级本性，吴荪甫对王妈的强奸是十分有意思的情节。他身边不乏如云的美女，竟会在极端压抑狂躁的状态下对一个下人"指节上的小涡儿"产生兴趣，继而爆发兽欲。这种发泄或许是人类共有的冲动，人处于压抑之中时渴望冲破现状——吴荪甫对性对象的选择恰恰也是对自己日常所处阶层的反叛和冲破。

杨早

@朴微　你这个反叛和冲破的说法有点奇怪。其实，性权力都是向下的，与其说这是一种反叛，我还是认同瞿秋白说的"破坏点什么"，吴荪甫破坏的是雇佣关系的商业伦理，而这种破坏，又在某种程度上被社会默许，无须承担后果的。可以对比下《雷雨》中的周朴园与侍萍。

—1933共读—

陈童
这些资本家平日里贪财好色,一个无限服从个人欲望和享受的人去为公共利益代言,无论如何都没有说服力。

陈童
在当代某些商业大佬对"996"运动的回应中,个人的使命感、成就感和幸福感也成为新的大旗,但没有福利保障的个人神话并不能打动听众的心。理想主义倒塌的年代,连革命都如此文明。真的勇士,敢于顶着被丢鸡蛋的风险讲时代价值。

《边城》

1934

 致理想主义的哀歌

很多人都说沈从文的《边城》是田园牧歌，于是，这便成了《边城》的标签。我反而觉得，《边城》不是田园牧歌，它是一曲关于乡土社会的理想主义的哀歌。

沈从文在湘西长大，20岁到北京，后来又去了上海、青岛、昆明。从离开湘西开始，沈从文一直生活在挣扎中。他对遥远的乡土热爱尚存，却不得不生活在都市中，都市给了他很多东西——名声、地位、爱情、婚姻，同时也让他的心分裂成两半。

很多人不理解这一点，比如钱锺书在他的小说《猫》里写了一个人物叫曹世昌，是以沈从文为原型的。钱锺书讽刺曹世昌：这个人只敢写自传性小说，不敢写自传，因为他短短的生命是容纳不下这么多的传奇经历的。

事实上，沈从文的经历的确传奇，而他记忆中的乡土也足够博大与复杂。他在湘西的时候主要是当兵，走南闯北，看过无数的杀人与被杀。当沈从文离开乡土，在文化中心北京写《边城》时，他的内心充满着纠结，同时也充满了向往。他说，"在都市当中这不

调和的生命,就让我永远跟幸福分手了",因为乡土"使我灵魂安宁,可是我的身体却被都市揪着,不能挣扎。坐在房间里,我的耳朵里永远响的是拉船人声音,狗叫声,牛角声音"。

沈从文内心一直在怀念乡土,但是他并不是把乡土写成无比美好的纯净之地。他怀念的,是那个有着古老生活规范的乡土。

在传统的乡土社会中,自上而下的控制力并不强,"皇权不下县"。沈从文主要写的,恰恰就是县城以下的小镇和乡下。在那里,人实际上是依靠着本能和多年来形成的古老规范在生活。正是这种古老的生活规范,代表着沈从文由衷赞美的乡土。

《边城》这篇小说的故事其实很简单,一个老船工和他的孙女翠翠相依为命,镇上船总的大儿子和二儿子都看上了翠翠。翠翠喜欢的是老二。由于一系列隔膜与误会,老大在外面不幸遇难,老二也因为各种微妙的心理因素,远离了家乡。最后老船工病故,翠翠独自在渡口等他的恋人,结尾是"这个人也许永远不回来了,也许明天回来"。

这个故事里并不是没有残酷的因素,乡土社会同样有贫富,有阶级,有人心的险恶与猜疑。比如船总家的老二喜欢翠翠,可是另外有财主家求亲,愿意陪嫁一座碾坊,那这位老二是选一座碾坊,还是选一条渡船?这就是很明显的贫富差距与物质诱惑。

沈从文并非笼统地歌颂乡土,他尊崇的是源自乡土的人性中的热情、勇敢和诚实。沈从文在另一篇文章中说:"所有值得称为高贵的性格,如那热情、勇敢与诚实,早已经完全消失殆尽。"

我们在读《边城》的时候,应该时时注意,哪些是真实的乡土书写,哪些是沈从文自己对乡土的热爱与怀念的投射?有一个细节:《边城》的主角,为什么是小姑娘跟爷爷单独住在一起?

小说一开始就说得很清楚:"女孩子的母亲,老船夫的独生女,十五年前同一个茶峒军人,很秘密的背着忠厚爸爸发生了暧昧关系。有了小孩子后,这屯戍军士便想约了她一同向下游逃去。但从逃走的行为上看来,一个违悖了军人的责任,一个却必得离开孤独的父亲。经过一番考虑后,军人见她无远走的勇气,自己也不便毁去做军人的名誉,就心想:一同去生既无法聚首,一同去死当无人可以阻拦,首先服了毒。"而女的"待到腹中小孩生下后,却在溪边吃了许多冷水死去了"。

这是驻军兵士与当地少女殉情的故事。在沈从文的军旅生涯中,这种故事不能说一定没有遇到过,但是看《从文自传》或《湘行散记》,驻军和百姓之间的关系大多数时候并没有这么亲和。沈从文曾经有一次穿着军衣走到城墙上,碰到一群穿花衣的女子,她们立即互相提醒:"有兵有兵!"害怕得想回头逃掉。

沈从文后来说:"我那时总十分害羞……心里却对于身上的灰布军衣有些抱歉。我以为我是读书人,不应当被别人厌恶,但是我有什么办法使不认识我的人也给我一分应有的尊敬?"事实上,沈从文离开湘西,就是因为那里的主流文化已经不把人当人看,军队去清乡的时候,动辄杀戮成百上千。这让沈从文感到生命的无意义。

然而,当沈从文离开湘西再回望乡土时,他需要做一道选择题:审美还是审丑?扬善还是扬恶?沈从文有意略去了那些惨痛残酷的记忆,而歌颂热情、勇敢、忠实等高贵品质。因为沈从文觉得,乡土中人性的恶,远不及都市的张扬与虚伪,而乡土社会曾有的高贵品质,倒是都市特别缺乏的。

比如《边城》开头写老船工的细节。因为这个渡口是公家所有，所以过渡的人不必出钱。有人心中不安，抓了一把钱掷到船板上，老船工必定将钱一一拾起来，依然塞到那人手心里去，而且俨然吵架时候的认真神情，说："我有了口粮，三斗米，七百钱，够了。谁要这个！"但还是有人非要给钱，老船工为了心安，便托人到茶峒用这些钱买了茶叶和草烟，将上等草烟分成一扎一扎，不管是谁，都慷慨地赠送。茶叶则在六月份放到大缸里去，用开水泡好，给过路人解渴。

这个细节告诉我们，在乡土社会里，无论老船工还是路人，都不贪婪，都懂得感恩与公平的道理。然而，乡土社会的淳朴与明理，并不能挽救翠翠的爱情。虽然有着女儿私情身亡的切肤之痛，老船工仍然坚持择婿不以物质为标准，而是听凭翠翠拣选自己喜欢的人。可是老船工的这片好心与热肠，导致的结局却是老大惨死，老二远走，翠翠孤独地留守渡口。古老的规范在时代的磨碾中，终究是雨打风吹去。不管是翠翠的妈妈，还是翠翠自己，其实都是被社会的某些规则碾碎的。沈从文不是在怀念旧时代，他怀念的是那些还没有被时代碾碎的高贵人性。这就是为什么我不同意《边城》是田园牧歌，它实际上是理想主义者为乡土社会写的一曲哀歌。作者认为好的、高贵的，但同时也是脆弱的。

这也是《边城》问世八十多年，始终能让许多读者阅读与热爱的最重要的因素。我们的生活中，我们的成长中，其实也充满这种脆弱的高贵。我们知道有些东西是好的，有些东西是值得我们尊敬和向往的，但为了它们，常常在现实中碰得头破血流。理想主义的可贵在这里，理想主义的艰难也在这里。

这部高考名著曾经被封杀?

与众多动辄几十万字的现当代名著相比,《边城》实在单薄。然而这样薄薄的小册子,却分量十足。1999年6月,香港《亚洲周刊》集合了全球最前沿的华语文学作家及研究者,从500部著作中评选"20世纪中文小说一百强"。《边城》排名第二,仅次于《呐喊》。时至今日,《边城》的影响力已经下沉到中学,成为高考必读名著。这意味着《边城》不仅被认为具有极高的文学价值,而阅读《边城》更成为基础教育阶段的必修课。

但其实在很长一段时间里,沈从文与《边城》是不被认可,甚至被驱逐出文坛与图书市场的。《边城》和沈从文的历史沉浮,比《边城》故事还精彩。

我们从沈从文的"桃红色"帽子说起。

1948年,郭沫若在那篇著名的《斥反动文艺》中,颇具文学性地将"不利于解放战争"的"反动"作家分为"红黄蓝白黑"五种颜色,而沈从文被归为"桃红色"。郭沫若说,沈从文这类作家是写文字上的"裸体画"及"春宫图",而抗战时候沈从文"反对作家从政"的言论,解放战争时期对国共内战冷眼旁观甚而将其视为"民族自杀悲剧"的姿态更是被认为大逆不道。这些来自左翼文学领袖的严厉批判给沈从文造成了极大的压力。1950年代,开明书店直接通知沈从文,称他所著的书都已经过时,所有的已经印刷和还未印刷的书稿、印版,出版社全部烧毁了。这一连串的打击让沈从文一度精神崩溃,企图自杀。

而沈从文在台湾又被视为亲共分子,同样禁售他的书籍。沈从文就这样被双方共同封杀多年。著名学者王德威最初读到沈从文是在台湾大学对面的盗版小书摊上,他在回忆中称是被"来自三山五岳"的神通广大的书贩子偷偷推荐了《边城》。

其实,大陆的文学史从未忘记沈从文。1950年代初成书,如今被目为中国现代文学开山之作的王瑶《中国新文学史稿》,其中就不乏对沈从文的文字驾驭能力的褒扬以及政治立场犹疑的批评。比起此后的几部文学史将沈从文划归"没落资产阶级文学流派"的批判,王瑶的批评算是客观了,但由于他的开创性影响深远,以致后来的文学史都延续甚至夸大了对沈从文的批判性介绍。文学史著作对沈从文的"念念不忘"实在令他痛苦不堪,他甚至一度抱怨还不如干脆把自己从文学史中抹去,只留下"文物研究者沈从文"来得干净。到了1980年代,沈从文的作品再次得到越来越多的认可时,他仍然对五六十年代文学史对他的评价耿耿于怀:

> 我总算活过来了,即或心甘情愿的在极端困难寂寞中过了三十年,但在学校吃现代文学饭的教师,还依旧放不过我,得到一些新的文化官的鼓励和支持,还在新编的教材中,用四十

年前老腔调，甚至于还采用荣任国民党立法委员苏雪林的意见（这些教师似乎还很少知道苏的身份），加重批评我为"反动落后"，胡扯一阵交卷了事。至于某大师特赐的"粉红色作家"佳称自然更深入人心。尽管这位大人生前即以"巧佞"见称。因为事实上，我的所有作品已烧去三十年，当前四十五岁左右的文学教师，其实已很少有机会读过我五种以上作品的。

随着时代的变化，文学研究及社会审美思潮都悄然发生着改变。三年后，朱光潜发表了后来被时代印证了的著名文章《关于沈从文同志的文学成就历史将会重新评价》。

其实，自沈从文进入文坛始，对他的评价就褒贬各异。如果仔细读《边城》的题记，就不难发现沈从文在题记中隐含着一群论辩对象，他们对《边城》的态度并不友好：

> 照目前风气说来，文学理论家，批评家，及大多数读者，对于这种作品是极容易引起不愉快的感情的。前者表示"不落伍"，告给人中国不需要这类作品，后者"太担心落伍"，目前也不愿意读这类作品。这自然是真事。"落伍"是什么？一个有点理性的人，也许就永远无法明白，但多数人谁不害怕"落伍"？我有句话想说："我这本书不是为这种多数人而写的。"

《边城》究竟是否真实反映了湘西的社会生活，在当时以及后来都争议不断。有趣的是，无论褒贬，"不真实"都被当作一个重要的现象。批评者自然抓住不真实做文章——没能反映社会生活的残酷,迷恋虚空的人性美,思想停留在"牧歌"的情调中不做深刻的社会反思,这种文艺观念很"落伍"。而赞扬者则认为这种"不真实"恰恰是沈从文诗意的表现,如刘西渭所说,他对于美的感受叫他不忍心分析,因为他怕揭露人性的丑恶。

其实无论褒贬,都未切中沈从文的用心所在,他在《从文小说习作选·代序》中不无遗憾地感慨:

你们能欣赏我故事的清新,照例那故事背后蕴藏的热情却忽略了;你们能欣赏我文字的朴实,照例那作品背后隐伏的悲痛也忽略了。

1980年代,沈从文的作品重新获得关注,学界的研究程度之深、用心之细腻远超以往,对以《边城》为代表的"湘西"世界的分析,涌现了如凌宇、赵园这样的大家,美国汉学家金介甫为了更好地理解沈从文,专门到湘西实地走访。正是这一代学人的剖析探索,使得沈从文最为看重的"故事背后蕴藏的热情"以及"作品背后隐伏的悲痛"冲破表面的朴实与美好,被充分地展露在人们眼前。而那个被沈从文抱怨的文学史家王瑶的弟子钱理群、温儒敏、吴福辉在新时期合力编写的大学现代文学史教材《中国现代文学三十年》,不仅修正了老师的诸多见解,更将沈从文与"鲁郭茅"一样列为专章评述,也可说是平了沈从文晚年的愤愤。

— 1934 共读 —

绿茶

沈从文能写出《边城》《湘行散记》,以下几个因素大致都具备:(1)经历过漂泊的人应该都有共鸣,可安身的房子和有着落的感情是对漂泊生活最好的抚慰。达子营二十八号院这个安全的港湾应该是最佳证明,可惜我们今天已寻不到这处旧居。(2)儿子龙朱和虎雏的出生,更添家庭生活的温馨和美满,也激发创作的源泉。(3)文坛声望日隆并主持多种文学副刊,更让曾经很自卑的"乡下人"沈从文有了足够的自信,并爆发了超强创作力。(4)在经历了十年漂泊而稳定下来之后,早年的湘西经历和阅读积累使沈从文的内心不由流露出对乡土的诸多感触,《边城》《湘行散记》就是这种情感回归的见证,也是他最得心应手的文学表现。

 尹伊

@绿茶 谈到了彼时达子营二十八号院的热闹与甜蜜,那是沈从文生命中前所未有的安定和幸福。不过,那段达子营树荫下创作时光的另一面,用作家自己的话说,却是"心中充满悲伤"。

 尹伊

《边城》于1934年元旦开始在《国闻周报》上连载,但连载四期就中断了。这期间,因母亲病危,沈从文回湘西探亲,直到三月才回到北京。现实中回乡的沈从文也切实看到并经历了家乡的变化。他看到了城门口清党杀戮留下的暗黑血迹,自己也被怀疑身份而被儿时好友相当拘谨地"接待"(《滕回生堂的今昔》),也终于因为被怀疑是"危险人物",沈从文在母亲过完生日后,便匆匆踏上了回京的路途。途中耗费半月余,回京不久,便听闻母亲去世的消息。《边城》便是在这样一趟旅程的结束后,回京续写而成的。

 杨早

正像前面讨论《潘先生在难中》时所说,个人的悲喜与时代的哀乐,往往并不同步,这也带来了作者情绪的复杂与作品与现实之间的歧路。文学作品的魅力大概也在此处:悲欣交集,无以言表。

《断魂枪》

1935

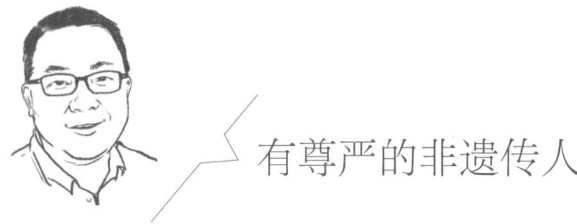

有尊严的非遗传人

《断魂枪》是老舍将一部长篇小说的题材压缩成的一部短篇，因此特别精练，我觉得这是中国现代文学史上最好的短篇小说之一。《断魂枪》用一个简短的故事，一个特别典型的人物，讲透了一个道理，或者说一种感觉。

当自己心爱的传统文化衰落的时候，一个人应该怎么选择？好小说永远不会直接给答案，而是提出问题，启发读者去思考。

《断魂枪》一开始就把整个小说的大格局铺出来了。它的前三段是这样的：

> 沙子龙的镖局已改成客栈。
>
> 东方的大梦没法子不醒了。炮声压下去马来与印度野林中的虎啸。半醒的人们，揉着眼，祷告着祖先与神灵；不大会儿，失去了国土、自由与主权。门外立着不同面色的人，枪口还热着。他们的长矛毒弩，花蛇斑彩的厚盾，都有什么用呢；连祖先与祖先所信的神明全不灵了啊！龙旗的中国也不再神

秘,有了火车呀,穿坟过墓破坏着风水。枣红色多穗的镖旗,绿鲨皮鞘的钢刀,响着串铃的口马,江湖上的智慧与黑话,义气与声名,连沙子龙,他的武艺、事业,都梦似的变成昨夜的。今天是火车、快枪,通商与恐怖。听说,有人还要杀下皇帝的头呢!

这是走镖已没有饭吃,而国术还没被革命党与教育家提倡起来的时候。

《断魂枪》整篇小说除了沙子龙的故事,就只有开篇这三个自然段的背景描写,但是特别筋道。

第一,它一下子把面对传统文化式微的那种屈辱感、虚无感渲染了出来,而且是站在整个东方民族的高度来讨论"东方的大梦的破灭"。我们知道,整部世界近代史,可以简化为西方欺负东方,或者说西方教育东方的过程,也就是毛泽东问过的那句话:"为什么老师总是打学生呢?"不过,反过来说,可能正是因为老师打了学生,老师才成了老师,毕竟天下没有白教的学生。

可是学生要向老师学,自己又会失掉一些本有的东西。成语"邯郸学步",又叫作"寿陵失步",说的是一个寿陵人因为觉得邯郸人走路好看,想学邯郸人走路,结果不但没学会邯郸人的走路方式,反而把自己原来怎么走路都忘掉了。学习别人的先进经验,很容易陷入这样尴尬的境地。转型的阵痛肯定要承受,但承受了阵痛,转型能不能成功,什么时候成功?不知道。所以在转型期,所有人的内心都很彷徨,很虚无,很难受。

但是,不同的人,仍然会有不同的选择。

《断魂枪》这篇小说的主题是国术，就是武术，只不过正因为它被废弃了，需要被保护，才叫"国术"。就像所谓"国学"，有人说应该叫"国将不国之学"，因为要断绝了，所以才会在前面放个"国"字加以保护，就像某些非物质文化遗产。生活中的煎饼馃子、麻辣烫、烤羊肉串，生意好得很，就算再流传一千年，大概也评不上非物质文化遗产。

《断魂枪》讲述的年代，武术已经没用了，但还没有被提升到"国术"的高度。所以这是武术的最低谷时期。这种时候，最能看出从业者的真实反应。

跟很多人想象中不一样，武术从来不是一个非功利的行当。古人有句话"穷文富武"。穷，学文没关系，因为科举制度的设计就是为了降低学习的门槛，只要一个人能买得起四书五经，就能够去考科举，就有可能走上仕途，"朝为田舍郎，暮登天子堂"讲的就是这种情况。但是学武不行，学武得请师傅，得购买刀枪剑戟斧钺钩叉，得有练武的场地，还得吃肉，保障营养。所有练武的人，家里都得有点钱，学武的投资比学文大多了。

那投资通过什么回报呢？在古代，如果有战争，那么"学成文武艺，货与帝王家"，你上战场去，像青面兽杨志说的，"一刀一枪拼个功名"。如果没有战争，基本上只有两条出路，要不就是去当别人老师，开武馆，要不就是开镖行走镖。

这两个职业相比，肯定是镖行比武馆更挣钱，当然风险也更大。其实开镖行，也不是真的刀头舔血。大家都明白，江湖上行走，七分靠面子，三分靠武艺，面子大比什么都重要。你要是看过《十二金钱镖》这些早期的武侠小说，就能体会到这一点。后来新派武侠小说里的江湖,实际上是被改造过的想象的江湖,那些大侠,一天到晚纯粹痴迷武学,或是行侠仗义,不需要考虑挣钱吃饭。而在实际情况中,江湖很残酷,如果没有挣钱养家的法子,什么都说不上。

因此,在武术的实用性丧失之后,出现了两条道路。一条道路是像沙子龙的弟子那样去卖艺,去走会,把武术变成表演性、娱乐性的项目。另一条是像沙子龙那样,有真本事,却彻底放弃了武术:断魂枪"不传",谁来求都不传。

可以这么理解沙子龙的想法:一套好的枪法要用在战场上,要在野店荒林显威风,不能用在卖艺的场面,或者好勇斗狠的时候,那就失去了这套枪法的意义,是对这种技艺的侮辱。

一个东西没了现实中的用途,并不等于真的没用,它可以成为一种被保护的存在,就是我们现在说的非物质文化遗产。但是文化遗产不应该成为用来招摇撞骗,或者专给人瞧热闹的勾当。

这就是沙子龙和他弟子们的根本区别。来求艺的那位孙老者,自己有本事,而且对武学特别痴迷。但是即使如此,沙子龙也不传,因为他没法肯定孙老者会不会再往下传,这套独门枪法会不会被后人用来走会、卖艺。所以沙子龙宁愿让这条枪和这套枪法,跟自己一块儿进棺材。这种决绝本身,体现了对断魂枪法的尊重。

最近几年,大家经常提"匠人精神"。什么叫"匠人精神"?匠人精神是做一样物事,一丝不苟,但匠人精神,同时也要求一个尊重技艺的环境。因为真正的匠人,绝对不会因为环境改变就变得马马虎虎,吊儿郎当,也不会不择环境、不择手段地去乞求别人的关注与热爱。老舍在《断魂枪》里,就特别展示了沙子龙这样一个有尊严的非物质文化遗产传承人的态度。而这种态度，是王三胜和王三胜的观众不能理解的。所以王三胜这班人后来反过来贬低沙子龙，说沙子龙胆小，连句硬话都不敢说。慢慢地，"神枪沙子龙"，就被人们遗忘了。

《断魂枪》这篇小说结构特别完整，里面的意味也特别深长。我们现在也有很多非物质文化遗产，细想想能接触到的"非遗传人"，是不是有不少王三胜那样的人？嘴里说不是为了钱，我是闲的，没事儿跟大家练两手，但其实背后就是想要钱。没人给钱，他还说"没人懂"。

这个时代到处都是王三胜，沙子龙有没有？特别缺，不然为什么上海一个喜欢读书的流浪汉都会被捧为大师呢？被捧成大师后，他反而要不成饭了。这真是特别反讽的一种现实。当下的这条新闻，好像就是在印证老舍的《断魂枪》。这也证明，好的作品有着长久的生命力。

传武不能打,
都赖老舍不让传?

老舍的《断魂枪》很短,但是特别精彩,特别经典。这篇小说除了对旧江湖、旧行当、旧武艺的刻画让人印象深刻,更发深思的是,老舍借小说主人公沙子龙提出了一个重要的问题:再好的武艺或者文化,如果跟不上时代了,到底要不要传承下去?

这个问题在今天看来简直不需要思考,传统文化怎么能不传呢?断魂枪的传与不传,都不由沙子龙说了算,也不由老舍说了算。那由谁说了算呢?

沙子龙和老舍到底喜欢不喜欢这套落伍于时代的武艺与文化呢?我们从小说的描写里能够看出来。

《断魂枪》对中国传统武艺的描写非常精彩,无论是查拳,还是五虎断魂枪,一招一式都有模有样,虎虎有生气。比如对孙老者和王三胜比武的描述,真的太精彩了:

> 老头子的黑眼珠更深更小了,像两个香火头,随着面前的枪尖儿转,王三胜忽然觉得不舒服,那俩黑眼珠似乎要把枪尖

吸进去!四处已围得风雨不透,大家都觉出老头子确是有威。为躲那对眼睛,王三胜耍了个枪花。老头子的黄胡子一动:"请!"王三胜一扣枪,向前躬步,枪尖奔了老头子的喉头去,枪缨打了一个红旋。老人的身子忽然活展了,将身微偏,让过枪尖,前把一挂,后把撩王三胜的手。拍,拍,两响,王三胜的枪撒了手。场外叫了好。王三胜连脸带胸口全紫了,抄起枪来;一个花子,连枪带人滚了过来,枪尖奔了老人的中部。老头子的眼亮得发着黑光;腿轻轻一屈,下把掩裆,上把打着刚要抽回的枪杆;拍,枪又落在地上。

练家子比画,如果实力悬殊,其实不用搭手,拿眼一盯,对方就心里发虚。王三胜看见孙老者就觉得不舒服,实际就是功力弱了,自己的气势罩不住对方,躲着对方眼睛走,所以不用动手,上来先就输了。再往后动手比画就只是打给看热闹的围观者和读者们过瘾了。一看老舍这就是内行的写法。

不仅武艺描写精彩,老舍对传统行当以及江湖门派之间的较艺、谋生等门道,也讲得有滋有味。老舍怎么知道这么多武艺门道和江湖规矩呢?他有不少武师朋友,而且自己还练查拳、六合拳、太极拳,一杆大枪耍得也是虎虎生风。教他拳术的师傅中,最有名的是马永奎,是一代查拳宗师杨鸿修的弟子。老舍无论是在北京还是在山东,不管走哪儿,只要落了脚,家里必有枪棒,在北京、山东的老舍故居都能看到。

不过,老舍自己练得不亦乐乎,得了正统传承,怎么小说里把武术写得那么惨,沙子龙都不爱传了?

其实，老舍对这套武艺，对这套旧有的文化爱之弥坚，也恨之弥深，从一个新派知识分子角度来说，老舍甚至希望它断掉。

读完小说，我们会发现沙子龙对他这套枪法传还是不传的纠结，显然不是一个武师会纠结的问题，它是一个现代知识分子纠结的问题。所以老拳师沙子龙的内心住着一个现代知识分子。不过，老舍又跟其他的新派知识分子不太一样。比如鲁迅对传统那套东西特别淡漠，没有就没有了，对武术更是没有好感，所以写了一篇小说《肥皂》，里面武术练得特别油腻，不传就不传了。可是老舍对那套传统的东西其实非常留恋，所以沙子龙这个形象就特别具有悲剧感：沙子龙身处这样的时代关口，西方的洋枪洋炮来了，火车汽车也来了，而他为之付出毕生心血的镖师行业和一身的武艺，在新时代可能根本没有用处了。那到底要不要接着传？传吧，可能没用了，不传吧，又确实是好玩意儿。但思来想去，沙子龙作为这套技艺的掌握者，还是决定不传，把这套枪法扼杀掉。这也是老舍自己内心纠结的外显。

其实武术并非不传，而是大传特传。很多人忽略了小说里的这句话：

> 这是走镖已没有饭吃，而国术还没被革命党与教育家提倡起来的时候。

什么是被革命党与教育家提倡起来的时候？就是民国武术的高光时刻，社会上掀起了一大波国术风潮。王家卫导演的作品《一代宗师》的编剧是传统武术以及民国武术史行家徐皓峰。电影里提到李存义,提到民国五虎下江南,北拳南传,提到国术馆,这些都是阅读《断魂枪》的大背景。简单说,民国初年武术就被提倡起来了,北有中华武士会,南有精武体育会,到了1920年代又有中央国术馆。

这股风潮大致在三个方面泛起了波澜。一个是学校教育,国术进学校,作为与西方体育相区别的民族体育,可以强身健体。形意门有个高手韩慕侠,他当时就在南开大学教拳,最有名的学生叫周恩来。

第二个是在军队有影响,军阀们热心提倡国术,最直接的原因是可以提升军队的战斗力。虽然是热兵器时代了,但有国术傍身,也能整治出一支奇兵。比如保定的曹锟有"苗刀营""铁杆矛营",江苏的孙传芳有"武术营",湖南的何键有"技术大队",当然最有名的是西北军"大刀队"。

第三个是在艺术观赏上。精武体育会编排了很多以拳术为基础的舞蹈表演、滑稽表演,鲁迅曾讽刺过其中一种"武松脱铐拳"。1934年,郁达夫受汪静之邀请去青岛避暑,专门观赏了青岛国术馆栾秀云女士的国术表演,而且还写了一首诗赞颂:

堂堂国士盈朝野,
不及栾家一女郎。
舞到剑飞人隐处,
月明满地滚清霜。

这位栾女士是当时国术圈的红人。1935年,就是老舍写《断魂枪》的这一年,山东国术馆在济南举办国术大赛,栾女士成了整个比赛的中心人物,被《民国日报》特刊报道。在报道中描绘栾女士"酱紫色的棉绸旗袍,紧贴着健美的身体","栾女士今年才十八岁,她的身体已发育得完全成熟的样子"。这也引起了对栾女士的国术是不是花拳绣腿的争论。这在当时惹得满城风雨,《民国日报》《华北新闻》《大公报》《上海时报》都迅速跟进报道,同在济南一直关注国术的老舍,这样的闹剧想必不会不知道。

那老舍对国术什么态度呢?无论是小说、杂文还是书信,1935年的老舍经常对国术、国医、国学这些以国族主义为目的被国家提倡起来的传统文化大加揶揄。

所以你也可以体会老舍在《断魂枪》中是如何纠结了:在被革命党、教育家们把武术武艺变成国术之前,无论出于怎样的考虑,老舍都想让它"不传不传"。

然而回到开篇我们的一句话结论,断魂枪以及断魂枪所代表的那套旧有文化,它们的传与不传,都不由沙子龙说了算,也不由老舍说了算。这些古老的技艺与文化被历史的浪潮裹挟着变化,身在其中的沙子龙与老舍也都身不由己。

1947年,老舍用英文完成了一部剧本《五虎断魂枪》(The Spear That Demolishes Five Tigers at Once),剧中人物设计和故事情节基本脱胎于1935年的《断魂枪》,但立意完全不同。《断魂枪》的不传,到了《五虎断魂枪》却传了。将《五虎断魂枪》与《断魂枪》对读很有意思,里面藏着经历了抗战之后老舍对国术这类国字头技艺的态度变化。

— 1935共读 —

梅子酒

故事的主线是孙老者找"神枪沙"领教枪法、拜师学艺。任凭"大伙计"王三胜再怎么激将,任凭孙老者展现的功夫再如何了得,沙子龙不过客客气气一句"要是三胜得罪了你,不用理他,年纪还轻",再是几句"功夫早搁下了,已经放了肉……早忘干净了!早忘干净了!告诉你,在我这儿住几天,咱们各处逛逛,临走,多少送点盘缠",再逼,那就是"说真的吧:那条枪和那套枪都跟我入棺材,一齐入棺材"。

孟岳

所以沙子龙为什么既不应战,也不传艺?

梅子酒

镖局有句行规:"三分保平安",即"带三分笑,让三分理,饮三分酒",讲究的是"礼法"和"尺度"。沙子龙沿用老派礼数接应孙老者的挑战和求教,只是对方并不懂江湖中人看重的法度,步步紧逼,口口声声来"领教枪法""我不逛,也用不着钱,我来学艺",甚至当着沙子龙的面耍起了功夫,功利好胜之心溢于言表。倘若与这样的人比武,倘若"五虎断魂枪"被这样的人学了去,难以想象平静的江湖会再掀起怎样的风波。

土城

这让我想起了卡夫卡。他死前决定烧掉一切作品。但他自己没有执行,选择把这个任务交给朋友布罗德。他明明知道布罗德是他文字的狂热爱好者,极有可能背叛他的遗嘱。事实也是如此。布罗德没有遵从卡夫卡的要求。卡夫卡死后,他出版了几乎所有卡夫卡的文字,包括私人信件和日记。

— 1935共读 —

土城

很多读者极其遗憾,沙子龙为什么不选择把那趟枪传给孙老者,把结局交给孙老者去决定?就像卡夫卡把结局交给自己的朋友去决定一样。沙子龙心里的决绝,远超过卡夫卡。沙子龙留恋过去,怀念过去,但并不颓废,并不觉得过去有多好。他把自创的断魂枪带进棺材里去,想走得干干净净,彻彻底底,不给任何人违背他意愿的机会。

土城

"自杀是唯一严肃的哲学问题。"自杀,在那一刻发生时,旁人绝不可抱着嘲讽、鄙夷、妄断。个人面对时代变迁,不去积极欢迎,不见得就是保守、顽固、懦弱、守旧,也可以是对自我价值的坚守,是对时代改造自我的抵抗。这是老舍先生很了不起的地方,小说里,他没有拿把道德的尺子对沙子龙做批判,而是给了人物决定自身的权力。

《理水》
《骆驼祥子》

1936

一篇小说形式的杂文

《理水》是鲁迅晚年小说集《故事新编》中的一篇。自从1927年去了上海之后,鲁迅就基本不再写小说了。鲁迅最后十年唯一的小说集,就是《故事新编》,里面都是用神话、传说加上史实改写成的小说。

不写小说,鲁迅在干啥?这十年,他基本上都在写杂文。所以《故事新编》里在上海写成的小说,与其说是小说,不如说是小说形式的杂文。

当然,这些"杂文小说"托赖鲁迅强大的文学与历史能力,比起一般现代小说来,还更像小说,但是这改变不了这些小说本身是杂文的性质。所以《理水》是一部用小说形式写成的杂文。

用小说写杂文最大的好处是小说的涵盖面会很广。一般的杂文,针对一件事情,一个人,或者一个观点做批评或者讽刺。但是小说可以抽象一点,可以借古人古事来影射一种现象,或者概括一种精神。鲁迅在1922年介绍日本作家芥川龙之介的《罗生门》时曾经说过,这篇小说好就好在"取材古代的事实,注进新的生命去,便与现代人生出干系来"。鲁迅《故事新编》的创作目标应该也是这样。他自己称之为"信口开河"与"油滑",也就是不对历史负责,用意只在针砭现实。

这样做当然也有坏处。知道小说里这些描写的背后故事的人,看着会觉得很可乐,或者很可恨,但是后世的读者,如果不了解这些背景,就会觉得有些莫名其妙。

《理水》就是这样一篇小说。这部作品有人说是一部科幻小说,我其实不太能理解,《理水》到底"科"在什么地方,"幻"在什么所在?在我看来,《理水》中每一段话都有其现实的针对意义。

读完《理水》以后,可能我们印象最深的,并不是那些肥头大耳、到处视察的官员,他们到一个地方,并不急于倾听民意,所谓考察只是到处游玩,玩累了还要休息。这些描写,实际上是官僚的常态。

那印象最深的到底是什么?是小说里描写的所谓文化山上的文化人与普通民众的对立。对于这种对立,作者也有鲜明的是非判别,那就是文化人不知民间疾苦,主张文化至上,研究的都是无用,甚至荒谬的学问。这种描写跟当下社会其实也有相似,很多人喜欢把专家说成"砖家",把教授称为"叫兽"。不能说这么做没有依据,但肯定是将极端案例放大,变成了给一个群体贴标签。

在"五四"时期,无论是鲁迅,还是《理水》中以鸟头先生影射的顾颉刚,都属于启蒙知识分子,都致力于启蒙民众。鲁迅是《新青年》最重要的作者之一,而顾颉刚正是中学生版《新青年》——《新潮》的创社成员与主要编辑。

但是到了1930年代,知识分子本身内部出现了巨大的分歧,大致分为左翼与自由派。闹得严重的时候，因为立场不一致，宋庆龄与蔡元培等人创立的民权保障同盟将新文化运动主将之一胡适开除出盟。在左翼内部，同样也分出不同的立场不同的主张。要不要武装保卫苏联？是在城市发动革命还是农村包围城市？是努力启蒙提高大众的文化水平，还是创作大众喜闻乐见的作品？这些争论在1930年代纷纷涌现，中间又夹杂着宗派之见和个人恩怨，更让文化生态混乱不堪。

曾经有一本《鲁迅传》形容这十年的鲁迅为"横站的士兵"。他得横着站，一边防卫敌人，一边防卫同志。这个"同志"定义很广泛，既包括左翼的革命同志，也包括当年曾经在同一启蒙战线的知识分子。

所以《理水》的主要批判对象不是国民政府或者腐朽的官僚集团，而是针对与民众日益对立的文化人。这种"日益对立"，也是源于鲁迅当时的认知与情绪。

《理水》里充满着鲁迅对这种"学者文化"的批评与讽刺，讽刺对象包括潘光旦的遗传学、顾颉刚的古史辨，等等。因为是用小说写杂文，鲁迅并不是用一种认真的学术态度在谈论问题，而是把这些学界的观点漫画化了。也就是说用意气之争、立场之争，代替了对学问本身的探究，这种杂文化笔法，其实也有待商榷。

包括《理水》中讽刺的"文化是一国的命脉"的说法：

"不过第一要紧的是赶快派一批大木筏去，把学者们接上高原来。"第三位大员说，"一面派人去通知奇肱国，使他们知道我们的尊崇文化，接济也只要每月送到这边来就好。学者们有一个公呈在这里,说的倒也很有意思,他们以为文化是一国的命脉,学者是文化的灵魂,只要文化存在,华夏也就存在,别的一切,倒还在其次……"

这话有没有错呢?针对现实中类似的新闻,鲁迅写过一首诗。1932年,东北沦陷,华北岌岌可危,当局准备撤出北平。北平的大量文物被分批运往南京等地。而1933年1月28日,国民政府教育部电令北平各大学:"据各报载榆关告紧之际,北平各大学中颇有逃考及提前放假等情……查大学生为国民中坚分子,讵容妄自惊扰,败坏校规;学校当局迄无呈报,迹近宽纵,亦属非是。"

鲁迅对此十分愤怒,认为国民政府当局"只重文物不重人"于是写下七律《吊大学生》:

阔人已骑文化去,
此地空余文化城。
文化一去不复返,
古城千载冷清清。
专车队队前门站,
晦气重重大学生。
日薄榆关何处抗,
烟花场上没人惊。

以今日之眼光视之,鲁迅的愤怒可以理解,然而,拉开距离之后再考察历史,国民政府当时的安排也不能说没有道理。故宫文物的南运,后来被誉为文物保护史上的奇迹,也起到了把中国的文化学术保存,甚至发扬光大的作用。学者要求优先保存文化无可厚非,但归谬到"别的一切,倒还在其次",便未免有诛心之嫌。杂文往往过甚其词,彼时或让读者爽快不已,却未必经得起推敲与检验。以小说写杂文,其病亦在于此。

到了抗战期间,类似的观点碰撞还在继续,比如西南联大的学生要不要集体从军?作家是不是可以写"与抗战无关"的作品?其中是非曲直,并不好一言以断之。

所以,鲁迅的《理水》就像丁玲的《水》,也是一个象征。它向那个时代抛出了一个重要问题:一个知识分子身处这种国家危难的关头,他学术研究的权利、他保存文化的主张,还能不能得到别人的尊重?或者说,学者有没有权利保持与现实无关的姿态?

鲁迅的《理水》对这种权利与主张,是持讽刺与批判态度的。其实作为个人态度的讽刺与批判,问题不大,但是如果这种态度上升到国家与社会的层面,会不会构成对个人的压迫呢?这是《理水》带给我们的一些思考。

劳工不神圣，
只想凭本事体面地活着

《骆驼祥子》大家再熟悉不过了，那么我就避开故事和人物，从小说里面的一个核心行业人力车说起。劳工不神圣，人力车夫只想凭本事体面地活着。

从"五四"到1930年代，人力车夫题材一直非常流行。在《骆驼祥子》之前，胡适、沈尹默、刘半农、叶圣陶、顾颉刚、鲁迅、徐志摩等人都写过关于人力车夫的作品，有些是新诗，有些是小说，所以人力车夫在当时是一个非常重要的话题。

"五四"的知识分子一般怎么写人力车夫呢？他们往往着重表达对人力车夫的人文关怀，对底层生活不幸的同情，或者是发现他们身上的一些闪光点，然后自我反思，进而受到洗礼——在这些知识分子看来，底层劳工身上才真正体现着人性本真的美好。连鲁迅也不能免俗。他的小说《一件小事》的叙事者是个知识分子，坐人力车回家的路上碰倒了一个老太太，叙事者怕惹麻烦想赶紧走，车夫却主动上前搀扶，叙事者由此反思知识分子表面光鲜，有文化、阶层高，但光鲜的皮袍下面裹着一个渺小的灵魂，应该向人力车夫学习。

这里面当然包含了"五四"以后兴起的"劳工神圣"的观念。"劳工神圣"本来指的是工人阶级,但是在中国的语境里它泛指一切底层的劳动大众,也包括人力车夫。

到1930年代普罗文学兴起的时候,人力车夫又成了受压迫阶级的代表。谁的视角最能看清和讲明白底层的生活呢?谁最能代表底层呢?当然是人力车夫了。比如,底层人讲述底层生活的小说《南北极》的主人公小狮子,就是一个在街头飞跑,见惯了阶级压迫的上海人力车夫。

不过在现实生活中,人力车夫的状况可能更为复杂:既不是启蒙知识者希望看到的道德标杆、劳工神圣,也不是左翼知识分子笔下的受压迫受侮辱等待反抗的无产者。

人力车夫的来源众多,因为这个行业的准入门槛低,不需要有技术,也不需要知识,只要有些体力,愿意吃苦。最方便的是连本钱都几乎不需要:想拉车,到车行去租一辆车,按月交车份儿就可以了。所以当时的车夫从业者除了像祥子一样的城市外来农民,还有城市下层的贫民、破产的小商人、失业的仆人,以及小摊贩、商店雇员、退伍士兵、警察,还有落魄的政客或者前清的秀才和举人。甚至有的旗人妇女,在实在走投无路又不得不养家糊口的情况下,也会假扮男装,在黄昏以后出去拉车,补贴家用。

同时,这行流动性也很强。像祥子似的把拉车作为一生的志业,甚至能够在别人称赞他体格好、身体棒硬的时候感到当车夫荣耀的人非常少。有些人是临时救急,只要稍微能缓口气了,就去从事别的行业;有些人初到北京,脚跟未稳,先干两天,然后再看看有没有其他更有技术含量、有发展的事可以做。

流动性大,从业人员背景杂乱,行业内部又缺乏培训与管理,这样直接导致的结果之一是人力车夫行业的素养和职业环境都不太好:酗酒赌钱的,抽鸦片的,还有嫖娼偷窃的。郁达夫在《薄奠》里讲过一个现象,洋车夫强索昂价是常有的事儿,把客人拉到荒郊野地,强行要求多付一点车钱。

所以这个事情就很有意思了:一方面,在劳工神圣观念之下,知识分子会有意美化这个行业群体,但是另一方面,现实里这个行业群体又极其复杂,甚至负面的情况很多。这导致年轻学生受到知识分子感召,希望通过关注底层群体帮他们摆脱困境,向他们宣传革命,还出现过人力车夫来争购《学生日刊》的情况,并且真的鼓动起来了一些罢工和暴动。但是当罢工和暴动被镇压的时候,有些车夫被捕了,有些车夫还被没收了糊口的工具人力车。有学者专门研究了车夫向学生索赔的现象,这些车夫认为是学生鼓动了革命暴动,但是事件过后学生照样读书,而车夫却悲惨无着,所以学生得赔,得负责任。

初到北京城的祥子不用谁来负责,他怀有对未来的美好幻想:一辆车一辆车地买,最终开上车厂子,成为刘四爷一样的人物,而且他自信能够实现。为什么祥子在小说开始的时候可以这么自信?可能是因为他强壮的身体,因为他的勤恳,因为他头脑简单的幼稚病,但我想强调的是:这也因为1920年代的人力车行业确实还能挣到些钱。不是说不辛苦,而是辛苦之后有可能获得相应的收益。

事实上人力车夫最初不仅真能挣到钱,而且地位也不算低下。民国的人力车是从日本引进的,所以也叫东洋车。人力车在日本刚出现的时候不是见不得人的行业,也不是左翼眼中受压迫的苦难代名词。相反,它是近代化的象征。

明治时代以前,马是武士阶层专用的,市民出行用一种类似轿子的需要人力来抬的交通工具"驾笼"。而半人力半机械的人力车的出现,使出行方式不再有阶层、性别的不平等,被认为是"可载王侯、可搭贱夫"老幼咸宜,男女无差别的"平等时代"的代表。而最初的那批人力车夫也是比较体面的,有着较为丰厚的收入,在当时的人们看起来甚至很有职业的美感。

日本人对人力车态度的转变,是明治维新之后留学欧美的日本青年带来的。他们回国看到这种由人力拉动的交通工具,越看越觉得落后野蛮,拉车的车夫干着本该马牛牺畜干的活儿,而且出卖体力以服务乘车的老爷,这在接受了启蒙思想、心中怀有平等观念的年轻人看来是接受不了的。再加上自行车、马车、公交电车、铁路等交通的发展,人力车就逐渐被淘汰了。所以有"明治时期人力车,大正时期自行车,昭和时期的达特桑"的说法。达特桑(DATSUN)就是日本1930年代的一款小汽车的名字。

人力车在中国的故事几乎是日本的翻版,只不过中间有着时差。当日本已经跨越人力车时代、自行车时代,进入达特桑时代的时候,中国乡下的年轻人才刚刚把未来体面生活的希望寄托在人力车上。知识分子才开始带着启蒙主义的眼光,带着左翼革命的眼光,去观察他们、书写他们、改造他们。

而老舍的《骆驼祥子》,包括他后来写的一些跟人力车夫相关的小说,在这样的潮流里显得更为成熟而独特。在小说里,他怀着对民国社会环境的批判,怀着对祥子个人主义奋斗的犹疑,怀着对城市丑恶吞没乡村美好人性的叹惋。但比同时期其他人的作品更成熟的地方还在于，老舍的《骆驼祥子》能够深入这个群体，真正把群体里复杂的东西呈现出来。那个不断向上着的追求体面的小伙子的形象，是让人难以忘怀的：他一次次做梦，一次次受着打击，直到压垮他的最后一根稻草出现——小福子的惨死，他才真正放弃了他的一切奋斗与反抗，向生活、向社会、向这座城市缴械投降。这不是一个神圣的劳工，也不是满身写着旧社会罪证的无产者，而是一个只想凭本事体面地活着的年轻人。

— 1936 共读 —

尹伊

《博物志》里说"奇肱国,其民善机巧,以杀百禽,能为飞车从风远行",鲁迅就是将中国神话元素,与疑古史学、遗传学混搭在一起,构成一种奇异的科幻感——大禹所在的上古时代却拥有着近代机械意味的飞车和科学知识话语。这种将原始神话与未来知识、技术打通的写法,有点科幻小说里神话朋克(Mythpunk)的风味。

李子

@尹伊 读出了科幻味,我倒是读出了亲子教育味。这是讲儿子,也就是讲二代的故事,各种二代。

李子

这个世界发了大水患,人民食不果腹、衣不蔽体。鲧大人治水不利,流放而死。他的儿子阿禹,又投入到治水的任务之中,完成了从阿禹到禹爷的升级路径。而这条道路中,你可以看到大禹周遭的一切:从乡民下民,到学者乡绅,再到官员大员,从家中禹太太,到朝堂舜爷,还有未出场的鲧大人、奇肱国——他们都在一张图中围绕着大禹,侵扰着大禹,见证着大禹。这个众生相中,孩子们是如何生活的?

杨早

感觉社会周遭和父辈们都在表演啊。

李子

故事中有三个隐形的"儿子",只在父辈的言辞中存在。原文讲得隐晦,但你细品品,很有意味。

李子

一个是尧爷的太子:"莫像丹朱的不听话,只喜欢游荡,旱地上要撑船,在家里又捣乱,弄得过不了日子"——高贵的父亲生出不听话的儿子,是继承不了家业的。

—1936共读—

李子

第二个是禹爷的世子:"生了阿启,也不当他儿子看"——父亲热心于做事,根本顾不上儿子的教养。

李子

第三个是下民的儿子:"我们是什么都弄惯了的,吃得来的。只有些小畜生还要嚷,人心在坏下去哩,妈的,我们就揍他。"——父亲们自觉地帮统治者压服那些不服气的年轻人,保证天下太平。

杨早

韦小宝总把"尧舜禹汤"说成"鸟生鱼汤"。"鸟生鱼"是很有意思的说法,倒是说出后人对上古禅让制的向往:世袭制的好处是权力交接明晰,坏处是无法保证传继的是贤能。尧的儿子不行,舜和禹的父亲都不行。为人父母子女者,心都要放平一些。

《大波》
《大小阮》

1937

 战争与历史的循环

1937年，中国迎来了现代史上最大的劫难：日本侵华战争爆发。俗话说"国家不幸诗家幸"，但是1937这一年，文坛特别寂寞，估计作家们不是被吓坏了，就是忙着支持抗战了。在1937年之前，局势已经很紧张，整个中国都笼罩在战争的阴影之下。这种情况下，文学的创作与出版，都显得很不景气。

如果我们研究现代史里战争跟文学的关系，会发现很有意思。比如一·二八淞沪抗战（一场局部战争）之后，上海迎来了创办文艺杂志的一个高潮，但是在全面战争开始的时候，诗人们的嗓子都是喑哑的，出版家的动作都是迟缓的。所以在1937年，我们没法看到太多的作品，尤其跟时局有关系的作品。

但是有一部作品很值得一提，那就是李劼人的《大波》。战争阴影对身在四川成都的李劼人影响没有华北人与华东人那么大。不过，战争对《大波》的出版与销售，影响并不小。李劼人1937年上半年写成了《大波》，于1937年7月由上海中华书局出版，这正好在卢沟桥事变之后，抗战全面爆发的当口。

关于《大波》,有这么一个小故事,特别有意思。

1937年10月26日至30日,国民党军第八十八师五二四团第一营的全体官兵掩护大部队撤退后,为保住闸北的最后一块阵地,奉命进入四行仓库,与日军血战四天四夜,击退敌人多次进攻,威震敌胆,名满中外,被誉为"八百壮士"。这一场保卫战,重振了上海乃至全中国的抗日士气。电影《八佰》讲的就是这件事。

在这场保卫战的一个月前,9月14日,第八十八师指挥部移往四行仓库。部队有一位随军记者曹聚仁——他是当时很出名的记者和文人。曹聚仁在晚饭后,突然接到了师长孙元良的指示,请他晚上回家时,去一趟棋盘街的中华书局,帮忙买一本新出的《大波》下卷。

曹聚仁当时根本不知道《大波》,也没听说过李劼人。他还纳闷:下卷?这书啥时候出过上卷、中卷?他当时也不知道为什么孙元良这么急着看这部新出版的小说。当时战事一触即发,师长怎么还有这份儿闲心呢?回家路上,曹聚仁买了书,自己也买了一本。回到家之后,他翻开一看就停不下来。曹聚仁回忆:"发现这是一部写辛亥革命、以成都为背景的历史小说,写得真是生动,够味儿。"

第二天上午,曹聚仁回第八十八师指挥部前,专程绕路又把《大波》上中两卷买下来,在指挥部废寝忘食地看完,几乎连作为随军记者每天必发的战地新闻电讯都忘了!孙元良也是如此,整晚都在看《大波》。第三天,曹聚仁又到中华书局去,把李劼人写的《死水微澜》和《暴风雨前》这两部《大波》的前传也买下来,也赶着看完。这就是四行仓库保卫战之前的一个战地小插曲。

到底《大波》为什么有这么大的魔力,让前线的指挥官和随军记者都着迷上瘾呢？

《大波》写的是辛亥革命前后的成都社会，被称为"成都版《清明上河图》"，李劼人也赢得了"中国的左拉"的称号。在最近出版的关于成都历史的著作里，美国学者司昆仑这样评价李劼人：

> 与巴金小说形成鲜明对比的是李劼人的作品，李劼人也出版了一部以20世纪早期的成都为背景的小说三部曲。然而无论是在中国还是在国外，他的小说的名气都比"激流三部曲"小得多，这很大程度上是因为他的作品缺少巴金小说中的情感冲击。而李劼人实际上是一个优秀得多的社会历史学者。通过揭示人物怎样囿于社会关系以及他们的选择如何受限于习俗和律法，李劼人对于早期成都生活的描摹更加真实，对于小说中不同角色的行为逻辑也（解释得）更为合理。

《大波》让曹聚仁、孙元良等历史亲历者和司昆仑等历史学者备感兴趣的地方，可能在于《大波》让我们看到了历史的循环。

在《大波》描写的1911年辛亥成都保路运动之前，清朝政府已经对各省失去了大部分的控制力。为什么"铁路国有"这个政策提出来以后，会在四川引起这么大的反响？背后最大的问题，是中央与地方的利益冲突，在这个阶段，整个中国范围内的离心力在加强。

这就是为什么辛亥革命首先表现为十四省独立，而在民国建立之后还是不断有"联省自治"的呼声。辛亥革命的整个过程都在力图推翻清朝统治，同时克服这种离心力。在这个过程当中，起了最大作用的是立宪党人,而运动爆发后,推动革命不断发展的是学生、会党和商人。这是一种全新的改朝换代的方式,不像以前的农民起义与军阀混战,而是通过社会中层的结合再推动上层的方式来改变整个社会——这是辛亥革命最终能够完成的一个重要的因素。

讲回头,1937年抗战开始,对中国意味着什么?不光是20世纪中国最大的一次劫难来临,还有一点也非常重要,那就是战争让人心凝聚,战争让很多半独立的地方民众认识到我们同属中国,同样是中国人。也就是说,到了1937年,中日战争让本来充满了离心力的中国开始了整合的进程。在此之前,包括国民军北伐,张学良东北易帜,其实已经在推动这样的整合。

所以《大波》在1937年的出版,有着很强的象征意味,我们必须注意到它的时代背景。《大波》确实受到了战争的影响。整个中国在那个时候都没有精力,也没有心绪再关注文艺,所以《大波》在当时的流传度大打折扣。直到1950年李劼人重写《大波》,才让更多人知道这部作品,但是已经过了一部小说的最佳阅读期,不能不说是一个巨大的遗憾。

另外,1937年出版的《大波》跟1950年李劼人重写的《大波》,是不一样的。现代小说的版本受政治环境和作家心态的影响,前后差异可能非常大,在阅读的时候需要注意。

为什么今天格外需要沈从文

沈从文并不是在每个时代都被追捧。他曾被看作过时的人物，后来又被奉为大师。那我们这个时代还需要沈从文这样的作家吗？需要，因为他自由的品格与独立的文学精神。他的小说《大小阮》就展现了沈从文看待革命的独特视角。

《大小阮》的故事背景是大革命时代。轰轰烈烈的大革命对沈从文有着不小的影响。革命者在当时显然是受迫害的一方，也是道义的一方，但沈从文对大革命的感受与言说，和郭沫若、茅盾、蒋光慈都不同。他看待革命总是怀揣着热肠却带着一双冷眼。沈从文笔下的大革命，也满是历史教科书上看不到的历史细节与侧影。

大革命在湖南湖北都有很深的影响，连沈从文老家的小县城都起了变化。沈从文在一篇文章里回忆：

> 到了民国十六年，革命军北伐攻下武汉后，两湖方面党的势力无处不被浸入。小县小城无不建立了党的组织，当地小学教员照例十分积极成为党的中坚分子。烧木偶，除迷信，领导

小学生开会游行,对本地土豪劣绅刻薄商人主张严加惩罚,打庙里菩萨破除迷信,便是小县城党部重要工作。

但是清党运动一起,这些狂热地参与革命的人物,一个个又被剥了衣服砍头。

沈从文的朋友也有不少参与的。上面这段文字的题目叫作《一个爱惜鼻子的朋友》,这位爱惜鼻子的朋友热血地参与了大革命。北伐军攻克武汉的时候,他写信给在北京靠写文章谋生的沈从文,劝沈从文别在北京写小说了,到武汉去看看他们革命的成果。这位爱惜鼻子的朋友写这封信的时候气势如虹,沈从文收信的时候却是战战兢兢,毕竟北京还是北洋政府统治,公寓的宪警查了好几次,他险些因这封信被送进监狱。当然他们俩都料想不到的是,大革命的热浪退得那么快,不久后,南京和武汉的国民政府分裂,蒋介石发起清党,沈从文在武汉的好朋友顾千里、张采真遇难,这位爱惜鼻子的朋友也断了音信。

小说《大小阮》里主人公小阮身上,就有这位爱惜鼻子的朋友的影子。

"大小阮",顾名思义,这篇小说主要就写这两个人:大阮和小阮。他俩是叔侄,年龄相仿,但性情趣味各异,有着不同的生活理想,以及由不同的生活理想而引发的不同人生走向。大阮是个出身地主家庭的公子哥,家里花钱送他和小阮到城里念书,大阮和小阮都参加了学校的社团。大阮参加的是君子社,是培养绅士做派的,为以后进入主流社会做准备,天天学着衣着精致,行为体面,上下圆融。他一路往上走,后来读北大,成了风月小报上花边文学的知名作家。他在那个昏暗压抑的时代算不上作恶,最多是挪用了小阮的革命经费,他也不希求什么政治的变化,而是投身其中,投社会所好。他娶了个南京政府三等要人的女儿,最终凭着自己地主、作家、三等要人女婿的身份,回到母校做了训育主任。在所谓的主流社会里混得有滋有味,岁月静好。

小阮是个革命者,但这个革命者的形象不是高大全的,而是还原了一个毛躁冲动的青年。小阮上学时就不安生,参加的社团叫棒棒团,寻衅打架是他们主要的工作。这些学生不特在本校打架,且常常出校代表本校打架。

这些年轻人为什么搞革命呢?在《大小阮》里有这么一段,沈从文略带调侃地把它归结到性压抑上,他说:

> 五四运动过了几年,风气也略转了一点,这学校因为不开放女禁,且更为多数人拥护了。关于这一点看来似乎无多大关系的事情,无形中倒造就了一些年青人此后的命运。因为年青人在身心刚发育到对女人特别感觉行动惊奇和肉体诱惑时,在学校无机会实证这种需要。欲望被压抑扭曲,神经质的青年群中,就很出了几个作家,多血质的青年群中,就很出了几个革命者。

沈从文说性压抑的青年里神经质的成了作家,显然是在调侃自己,而小阮则是多血质的,性压抑成就了革命者。小说的开篇写他翻墙回学校还手枪,别人从学校翻墙出去玩乐,他则翻墙出去搞革命。革命大潮里他血脉偾张,处事比谁都激进,"嘲笑保守,轻视妥协""计划打倒这个,清除那个"。革命得势的时候他颇为自得,给父亲写信,给大阮写信,大谈革命的成就,但转瞬间革命大势倾倒,与小阮一起的几百个革命青年被报复性地用机关枪集中射杀。小阮侥幸逃脱,后来虽几经辗转,最终还是葬送了年轻的性命。

大革命浪潮的起落,在沈从文笔下,没有郭沫若、蒋光慈、茅盾那么有带入感,那么立场坚定,那么满怀激情。他以一个旁观者的眼睛,冷静地写出了革命与反革命的荒诞、血腥与难测。如果说左翼叙事往往把革命写得像戏剧一样焦点明晰、高潮迭起,那么沈从文写革命,则更像是日常生活的插曲,它离奇,它吊诡,它耀眼,它盲目,它来得快,去得也快。

也正是这份旁观的冷静,让后来的文学批评者感到难以把握《大小阮》。在很长一段时间的文学叙事中,左翼以及后来的社会主义文学观念、无产阶级文学观念成了唯一的标尺,在这种氛围下成长起来的批评家们习惯了革命叙事腔。所以评论者对沈从文写的革命者有点儿摸不透:作者到底对这个革命者小阮是什么态度呢?明明觉得沈从文对小阮下笔有温度,但小阮的形象怎么又不那么正面呢?不少人认为大阮和小阮都是谈不上正面或者反面的"中不溜丢人物",他们认为沈从文写小阮的死是为了表现革命浪漫主义的胡闹。这和沈从文的写作初衷相悖,他还得亲自出来解释,用了四个字评价《大小阮》的人物塑造:褒贬分明。其实不仅是对大小阮叔侄俩褒贬分明,而且也是对那个时代褒贬分明。从小说最后一段的反讽就不难看出沈从文的心思。在结尾,大阮在那个社会活得体面而自在,大革命与大屠杀仿佛都与他的生活没有半点关联,而小阮

则在不断的追求社会变革中惨死,沈从文说:

> 这古怪时代,许多人为找寻幸福,都在沉默里倒下,完事了,另外一些活着的人,却照例以为活得很幸福,生儿育女,百事遂心,还是社会中坚,社会少不了他们。尤其是像大阮这种人。

其实沈从文在写《大小阮》的时候,也为文学如何书写时代,文学如何处理与商业的关系同当时的很多人有论争,既迎战商业化的海派,也迎战政治化的左翼。在沈从文看来,一方面要通过文学改变社会,但另一方面文学不应急着追赶时代,应该更具超越性,看到并书写那些更为恒常的社会人心与情感价值。这样的见解在1980年代以来是再寻常不过的文学观念,但在1930年代,左翼退回文化领域争夺文化领导权的时代,显然是很不讨好的。书写革命的左翼可以说是那个时代为受损害的底层搏杀恶龙的斗士,但只有存在怀着独立与自由精神的知识分子,存在这块可供争论的空间,屠龙斗士才不会蜕变成更凶狠的恶龙。

—1937共读—

白水

对大小阮不大相容的选择,作者几乎抱定了一种温厚,见得他们的合理,也刺了刺他们的病。这使大阮、小阮在文中会很激烈地吵起来,但读故事的人多不会很激动。在动荡中,人身为棋,话未说尽就下完了一生。

尹伊

作者那种冷眼旁观的叙事笔调,对大小阮仿佛都不投入更多的感情。虽然沈从文自己还是更倾向于小阮,但我想他的命意是用冷言冷语讲述那个充满动荡与不确定,那个悲欢无常的乱世。

孟岳

这篇小说总让人想起老舍的《黑白李》。两部小说的人物类型相近,黑白李是兄弟俩,大小阮是年龄近乎兄弟的叔侄俩;题材也非常相近,同样是两个人选了不同道路。但《黑白李》中是哥哥支持弟弟革命,并在危急关头慷慨替死,而《大小阮》则是叔叔偷生,侄子赴死。

孟岳

这里有两点值得注意,其一是《大小阮》与《黑白李》都是1930年代的作品,说是不约而同的选择也不为过。这与当时革命形势复杂,政治派别分化,青年群体撕裂有密切的关系。如果说《新青年》的时代里,启蒙者还可以满怀自信地携手"敬告青年",为青年指明方向,那么到了1930年代,当年的启蒙者自己都分道扬镳,甚至营垒分明,更不要说受"五四"洗礼而成长起来的青年了。

尹伊

@孟岳 我知道第二点你可能要说沈从文和老舍自己在面对青年革命者的时候,态度也很复杂,往往都带着审慎的眼光:热血、激情、口号、暴动在他们笔下都不是天然正确的。不过他们对迫害革命、摧残青年、投机背叛的厌恶却是一致的。

—1937共读—

孟岳

是的,而且从这两部小说来看,他们都在思考青年不同人生抉择背后的原因。个人性格的差异固然是很重要的因素,但传统家族伦理中人们对兄长身份的要求,也会迫使身为兄长的年轻人不得不老成持重,处事中庸保守,而小弟往往可以一生放荡不羁爱自由。两位作家并没有将叙事聚焦于青年革命故事,而是凸显了社会氛围或伦理环境。这使得小说呈现出了一种颠倒:人物成了时代的背景,而时代才是故事的主角。

 朴微

大小阮,作者或许都瞧不起,又或许无所谓瞧不起。人是来这个世界上散发欲望热力的,而热力的方向显得不那么重要,"他很幸福,这就够了"。每个人都是在为各自想象中的幸福死皮赖脸,一个很极端的想法便产生了:人和人之间没有什么高尚与低俗之分,只不过是个性让我们选择通过哪条道路实现幸福。从这个角度看,我们有什么理由判断、干涉别人的道路呢?

《华威先生》

1938

战争让权力重新洗牌

《华威先生》是张天翼1938年写作的小说,最初发表于茅盾在香港主编的《文艺阵地》的创刊号上。

《华威先生》的发表,引起了极大的反响,因为它塑造了一个典型的抗战文化官僚华威先生。这位华威先生口口声声:"我恨不得取消晚上睡觉的制度。我还希望一天不止二十四小时。抗战工作实在太多了!"他确实也非常忙,一天要参加好些会议,华威先生自己这么说:

工人抗战工作协会的指导部今天开常会。通俗文艺研究会的会议也是今天。伤兵工作团也要去的,等一下。你们知道我的时间不够支配:只容许我在这里讨论十分钟。

而华威先生每到一个会议,必讲话,讲话必强调两点:一是某某工作很重要,必须加紧地做,不要懈怠;第二点最重要,大家一定要"认清一个领导中心",这个领导中心,当然就是他自己所在所负责的组织"文化界抗敌总会常务理事会"。

当然,华威先生不会真的忙到没时间吃饭,恰恰相反,每天"不是别人请他吃饭,就是他请人吃饭",吃饭也是工作嘛,哪怕喝醉酒,也是工作需要。

华威先生就这样不断地在各种会议当中穿梭。他不放过任何一个会议,任何一个组织。然而有一次,妇女界组织了一个战时保婴会,主旨是保障战争时期婴儿的安全与福利。这个战时保婴会,居然没有找华威先生!华威先生怒不可遏,他立即找到负责人,要求进入委员会,对方稍一犹豫,华威先生立即发出了他的威胁:

> 问题是在这一点:你们委员是不是能够真正领导这工作?你能不能够对我担保——你们会内没有汉奸,没有不良份子?你能不能担保——你们以后工作不至于错误,不至于怠工?你能不能担保,你能不能?你能够担保的话,那我要请你写个书面的东西,给我们文抗会常务理事会。以后万一——如果你们的工作出了毛病,那你就要负责……如果我刚才说的那些你们办不到那不是就成了非法团体了么?

于是,华威先生如愿以偿地当上了委员,"在委员会开会的时候,华威先生挟着皮包去坐这么五分钟,发表了一两点意见就跨上了包车"。

因为张天翼讽刺得特别尖刻,描画得非常到位,《华威先生》这篇小说发表以后,反响很大。很多人写信给刊物:对!我们身边就有这样的人,就有这样的华威先生。

但是同时也出现了批评的意见,说《华威先生》反映了抗战的黑暗面,不利于团结,不利于抗战。尤其是1938年11月,日本的官方杂志《改造》翻译刊载了《华威先生》,而且编者在按语里攻击了中国后方的抗战工作(现在有研究表明,此说法是无根据的误传)。日方这样的举动,也引发了很多人对《华威先生》的重新评价,质疑这篇小说是不是在"灭自己的威风,长别人的志气",认为无论如何,颂扬光明都应该比暴露黑暗更重要——这也是一直以来宣传工作常常碰到的一个悖论,有人要求宣传要以歌颂光明为主,暴露黑暗的东西能少就少;但也有很多人认为,如果不把这种黑暗、这种脓疮暴露出来,我们的工作怎么能够纠正错误,继续前进呢?张天翼自己也辩解,华威先生只是生长在我们民族身上的小疮,如果一个人病入膏肓,根本不会注意这样的小疮,能把华威先生这样的人揭露出来,"说明我们民族之健康,说明我们之进步"。

这就是抗战初期的小说《华威先生》引发的一场争论。这篇小说确实精彩,不到五千字,却能特别精练特别到位地刻画出一名抗战时不办实事的官僚的嘴脸,丁聪先生后来还为这篇小说配了漫画,可称珠联璧合。

本着"通过小说读懂现代中国"的初心,我想提的是另一个问题:《华威先生》反映出了1938年,抗战刚刚开始的非常重要的一个问题。1938年,大部分中国人都还没有从酷烈的战争、逃难、流亡中挣脱出来,日常生活的迷梦还没完全惊醒,这时,张天翼,一个新兴的小说家,已经敏锐地感觉到了中国社会的变化:战争让权力重新洗牌。

《华威先生》这样的小说不会出现在1937年之前,那个时候中国的权力结构大体是稳固的。再过几年,华威先生也不会出现,因为那个时候中国的抗战权力体系基本上已经稳定下来了。

要出现华威先生这样的人物,最有可能的时间,就是1938年抗战刚刚全面展开的时段。战争作为突发事件,把原有的权力结构完全打碎了,新的权力面临着重新塑造和分配的过程。这个时候很多人都会跳出来,希望分得一杯羹。华威先生正是这群人的代表和缩影。

进一步看,华威先生通过什么来攫取或抢夺权力呢?开会。华威先生特别热衷于开会,每时每刻都想开会,而且他开的会非常多,非常广泛全面,各种各样的组织,各种各样的会,他都要出席,而且要挂名,要发表意见。在权力重组的过程中,存在感就意味着权力的份额。

用开会来体现权力,是从什么时候开始的?大清帝国的官僚,靠开会来争夺与行使权力吗?不可能。会议的出现,跟现代政党的组织密不可分。开会,是统一思想、分配权力、内部斗争,以及调整各种资源的重要形态。

抗战的初期,会议的形态也还不成熟。比如1938年3月27日上午,汉口总商会召开了"中华全国文艺界抗敌协会成立大会","会开到一半,就转移到了一个饭馆,叫普海春,是一边吃饭一边继续开。这中间警报响了,会议继续到了下午4点钟警报解除时为止"。

你看这场成立大会,开到一半,就跑去吃饭去了,当然是不够严谨的。在当时,很多会议都是这样边吃边开,或是比较随便地找个地方讨论。但是随着组织越来越严密,尤其是需要应对战争的时候,当局必须要提高效率,而且要统一思想。开会就变得越来越重要了。

所以我们看《华威先生》这部讽刺小说的经典之作,不光是要看到它讽刺的这个形象,而且要看到一种政治形势在发生着变化,这种变化是被战争催生出来的,同时也是政党政治成熟的标志之一。

要歌颂还是要讽刺

1937年,抗战全面爆发。张天翼的这篇《华威先生》,由于讽刺了抗战官僚,曾引起不小的争论:抗战期间,到底要歌颂还是要讽刺?

抗战期间,歌颂是政治,讽刺也是政治。

说起张天翼,大家可能更熟悉他的儿童文学作品,比如《大林和小林》《宝葫芦的秘密》《金鸭帝国》等。但真正令人叫绝的是他的讽刺小说,《华威先生》就是这路讽刺小说的代表。

小说塑造了华威先生。他是个什么人呢?首先他是个抗战官僚,而且是个忙得不得了的抗战官僚,一天到晚有开不完的大会小会,他声称忙得连睡觉的时间都没有了。他开一天的会,赶好几个场子,但每次发言就两句话,而且进门就抢着说,说完就走人。如果会场里有年轻人真想找他解决一些问题,他会支吾过去,说会后可以单独找他,但会后你可就别想找着他了。

这么一位开会迷到处刷存在感,却不用心办事。不仅不用心办事,连开会也差别对待。华威先生的第二个特点就是势利眼且欺软怕硬。比如在不同级别、不同主题、不同影响力的会议上，他开会的状态就不一样，哪怕都说那两句词儿，那也完全不同。比如进了难民救济会的会场，"他眼睛并不对着谁，只看着天花板"，这样就算跟大家打过招呼了。到了工人抗战工作协会，他很粗暴地拍着手打断主席的发言，要求自己先发言，说完好先走。然而到了文化界抗敌总会则完全换了一副面孔：

> 这回他脸上堆上了笑容，并且对每一个人点头。
> "对不住得很，对不住得很：迟到了三刻钟。"
> 主席对他微笑一下他还笑着伸了伸舌头，好像闯了祸怕挨骂似的。他四面瞧瞧形势，就拣在一个小胡子的旁边坐下来。
> 他带着很机密很严重的脸色——小声儿问那个小胡子：
> "昨晚你喝醉了没有？"
> "还好，不过头有点子晕。你呢？"
> "我啊——我不该喝了那三杯猛酒，"他严肃地说，"尤其是汾酒，我不能猛喝。刘主任硬要我干掉——嗨，一回家就睡倒了。密司黄说要跟刘主任去算账呢：要质问他为什么要把我灌醉。你看！"
> 一谈了这些，他赶紧打开皮包，拿出一张纸条——写几个字递给了主席。

华威先生颇有些外强中干。比如有个日本问题座谈会没有请他，他大发雷霆之后还被呛了回来，他不仅说不出什么，甚至有些感到惶恐：

"好啊,你们秘密行动!"他瞪着眼。"你老实告诉我——这个座谈会到底是什么背景,你老实告诉我!"

对方似乎也动了火:

"什么背景呢,都是中华民族! 部务会议议决的,怎么是秘密行动呢。……华先生又不到会去,开会也不终席,来找又找不到……我们总不能把部里的工作停顿起来。"

"混蛋!"他咬着牙,嘴唇在颤抖着。"你们小心! 你们,哼,你们! 你们! ……"他倒到了沙发上,嘴巴痛苦地抽得歪着。"妈的! 这个这个——你们青年! ……"

五分钟之后他抬起头来,害怕地四面看一看,那两个客人已经走了。他叹一口长气,对我说:

"唉,你看你看! 现在的青年怎么办,现在的青年!"

读到这儿,隐约看见鲁迅《阿Q正传》的影子,斗不过王胡,还摸不得小尼姑吗?

张天翼确实可以说师从鲁迅,在他写作成长的过程中多次与鲁迅通信,而且在1936年获得了鲁迅的当面指点,甚至鲁迅去世时成为抬棺的青年之一。

鲁迅虽然不太喜欢张天翼小说的油滑笔调,但对他的讽刺赞赏有加,学者夏志清甚至认为张天翼的讽刺才能高过了鲁迅。《华威先生》的讽刺性确实不止于对华威开会迷的挖苦,他还写出了华威先生这类人汹涌的权力欲与怯懦虚伪的内心,与鲁迅的国民性批判一脉相承。

《华威先生》引发的争论一直没有停歇。《华威先生》最初发表在香港，可见茅盾选用这篇稿子的时候，潜在期望其影响力不限于国统区。当这篇小说引起争论的时候，茅盾很快写了一篇支持文章《论加强批评工作》。他说得很直白："抗战的现实是光明与黑暗交错"，要通过暴露和讽刺那些"新的人民欺骗者，新的'抗战官'，新的'发国难财'的主战派，新的'卖狗皮膏药'的宣传家"来敦促国民党积极抗战。

紧接着，对《华威先生》更大规模的力挺有计划地在偏左翼的刊物上铺开了。《文艺阵地》《抗战文艺》《读书月报》《七月》《新蜀报·副刊》《文学月报》《大公报》《新华日报》等，他们的基本观点可以用吴组缃的文章标题来概括："一味颂扬是不够的。"甚至有人认为应该发扬鲁迅的精神，对待黑暗势力要用"猛烈的焰火扫射"。

于是一大批暴露问题的作品相继面世，张天翼的《华威先生》和后来的两篇讽刺作品《谭九先生的工作》《新生》合为《速写三篇》，是抗战文艺讽刺作品的名作。而诗歌、小说、戏剧领域也出现了大量这类作品，比如茅盾的《腐蚀》、老舍的《惨雾》。

更有意思的是，据日本学者岩佐昌暲考证，到现在也没有在《改造》上发现译载张天翼的小说，更不要说"日本人还专门加了按语来拿这个嘲弄中国抗战者"的传闻了。不过《华威先生》确实被翻译到日本了，刊载在改造社创办的杂志《文艺》1938年12月号上。翻译这篇小说的是鲁迅的日本朋友增田涉，而那个传说中侮辱和嘲笑中国的按语，实际是增田涉写的后记，不过后记中并没有任何嘲笑的成分，只是向日本读者介绍中国抗战文艺中除了浮夸做作的歌颂作品，还有一些富有洞见的锐利之作，言辞恳切。增田涉说：

> 张天翼一派的作家们主张：把事件描写成勇敢、正义的当然是好，但是更应该带着真正的憎恶暴露他们社会里内在的丑恶。与其只在"口头上"去勇敢、正义，不如正视现实。因为文艺是应该永远抱有批评性质的东西。不管怎么说，张天翼能把战败后中国内部的丑恶如此大胆地写出来，是需要认真的勇气的。姑且不说作品作为艺术其优劣如何。

不过，这则材料发现时距离《华威先生》引起的暴露与讽刺争论已有70多年了，日本人是不是真的利用了张天翼的小说早已没人关心了。重点是，经此一役，作家赢得了批评的权利。

— 1938共读 —

孟岳

我总觉得华威先生就在我们身边啊。

陈童

@孟岳 你别说,我最近一直心惊自己可不会是"华威先生"吧!官僚主义不只存在于政府系统中,也存在于个人的生活中,根子就是虚伪和虚荣。"抗战"时的表现是华威先生,到了今天可能就是我们自己。大家每天看完B站刷抖音,看完抖音刷微博,刷完微博看看朋友圈,总有几个冠冕堂皇的理由来掩盖浪费生命的事实。为了不当华威先生,我们都该多问问自己,忙得有用吗?

张宇帆

有时候忙碌是一件好事,它代表你是被需要的,是一种"充实的忙碌"。而为了显示自己的重要,为了争夺权势,实则思想空乏,不办实事,制造出的即是一种"假象忙碌"。这同样会带来一种"充实"的满足感,让人沉溺此间。同样,也是一层纱,让周边人经常误以为是同战线的人。华威先生很讨厌也很卑鄙的一点就在于,他表面上热心抗战,平易谦逊。他让"我"称其为"威弟""阿威",不要加上"先生";他说他不怕吃苦,"在抗战时期大家都应当苦一点";他不肯当主席,还推举别人当主席;离会时总是"腰板微微地一弯",请求原谅⋯⋯你又能指出他哪里不对呢?即使看穿了他的假面孔,或许也像结尾那两个学生一样,因为没有等到华威先生一起参会而挨骂,虽有不满,却也是对他无可奈何的。真小人不可怕,厉害的都是伪君子。

邱小石

不过我仔细想了想,华威的缺点,也未必是弱点啊。

—1938共读—

邱小石

首先，他工作积极，什么事情都不想缺席，再苦再累也惦记着第二天早上有个会。其次，会场最怕什么？冷场啊，领导让大家发言，大家都不说，多尴尬。有华威在就不会出现这种情况。第三，处处彰显自己的重要，到处指点工作，这种自信在工作中很必要啊。第四，华威很愿意跟老婆分享工作，他的所有意见老婆都知道，明显家庭生活有精神交流，永远戴着结婚戒指，绝对不会有生活作风问题。第五，对社会未来有忧患意识，责任感强烈："你看你看，现在的青年怎么办？"很焦虑。

杨早

如何看一个人，真值得好好琢磨呢！

《八十一梦》
《偷拳》

1939

新闻与小说完美结合

《八十一梦》在民国小说史上是一部特殊的作品。为什么特殊？因为作者很有名，是张恨水。说到张恨水，大家多少会有点误解，觉得他是通俗小说家，尤其是言情小说写得好，比如《啼笑因缘》《金粉世家》《春明外史》等。但实际上，张恨水的正业是报纸记者和编辑——他是非常知名的新闻人。

1939年，张恨水在重庆为《新民报》编副刊，副刊的名字叫《最后关头》——"最后关头"是抗战时期的高频词汇，张恨水后来的一本杂文集也用了这个书名。《八十一梦》就是在这个副刊上连载的。连载时间很长，从1939年的12月1日到1941年的4月25日，虽然标题是《八十一梦》，实际上只写了十四个梦。

《八十一梦》后来结集出版，为之作序的是《新民报》的总经理陈铭德。他夸《八十一梦》是"张恨水先生杰作中的杰作"，因为它"冲破了旧时代旧小说之藩篱，展开了一个新局面。寓意之深远，含蓄之蕴藉，寄情之豪迈，每一个读者，必当和我一样起了共鸣，起了同感"。陈铭德还将张恨水跟杜甫相比，说杜甫进入四川之后，诗作就越来越大气磅礴，张恨水的小说也是如此。

《八十一梦》为什么会得到这么高的评价？这部小说从连载起，就特别受读者欢迎。出版之后更是风行一时，火爆程度可以用数据来说明：《八十一梦》1941年连载完，1942年3月新民报社印刷部排印出版。光是1942年，《八十一梦》在重庆就印了四版，三月、五月、九月、十二月，一共四版，1944年又印了第五版。这本书在上海、南京、延安都有翻印版——也就是说，《八十一梦》在国统区、根据地、沦陷区都是畅销书，这在抗战时期，可以说独一份了。

造成这种盛况的原因，是因为《八十一梦》完美地结合了张恨水的两个职业，小说家和记者这两种身份在《八十一梦》中结合得天衣无缝。《八十一梦》的十四个梦，每一个梦都触及时事，针砭、讽刺当时的热门新闻或是社会现象。这在国难当头时是特别受读者欢迎的一种小说类型。之前张恨水的言情小说也经常涉及时事，比如《春明外史》描写北京政界的逸事，而《金粉世家》写前总理的家事。言情小说涉及时事，尚且受到热烈追捧，《八十一梦》直接讽刺时事，又特别入木三分，当然能让作者读者都痛快，这就是抗战时期的爽文啊。

《八十一梦》的热销流行，也引起了各方面的注意。小说还在连载的时候，新闻检查所认为该小说"不利于抗战"，要求报纸停载，张恨水不愿意停，官方就派了一位当大官的同乡请张恨水吃饭，对他说："到这个时候，你就算是恰到好处了吧。你要是再往下写，那是不是想去贵州息烽一带去休息两年？"当时国民党军统的监狱在贵州息烽，对方威胁之意非常明显。压力之下，张恨水被迫停止连载《八十一梦》。

到了1942年,周恩来有一次见到张恨水,对他说:"同反动派做斗争,可以从正面斗,也可以从侧面斗,我觉得用小说体裁揭露黑暗势力,就是一个好办法,也不会弄到开天窗,恨水先生写的《八十一梦》不是就起了一定的作用吗?"从此,张恨水被外界认为是倾向共产党的进步报人。

到了1951年,通俗文艺出版社把《八十一梦》删节后再版,印了两次,总发行量是5.5万册。1957年8月,上海文化出版社又加印了5万册。再往后,1980年7月,四川人民出版社再次重印删节本,首次开机就是32.5万册。可惜四川人民这个最流行的版本,其实是不全的,只有九个梦,有五个梦被删掉了。

被删的梦,比如《第二十四梦·一场未完的戏》里的一家人,大太太生了两个儿子,姨太太生了一个儿子。姨太太死了,大太太跟她的两个儿子合起伙来欺负庶出的儿子。明明是大房的两个儿子吃喝嫖赌,姨太太的儿子还算勤勤恳恳,但大房母子三人对姨太太的儿子又打又骂,还勾结外人,把庶子送到官府,说他忤逆不孝。

这篇文章实际上是当时张恨水对国民党制造与共产党的摩擦(包括皖南事变等一系列举动)表示不满,这个梦就是隐喻,大太太的儿子指的是国民党,姨太太的儿子指的是共产党。而张恨水的同情,当然是在共产党这边。但是,到了1950年代,张恨水觉得这个梦有些不合时宜便删去了。另外四个梦,大致也是类似的原因。这么一删之后,整本书从约20万字变成只有12万字了。好些论文讨论《八十一梦》都是拿九个梦来讨论,这是很遗憾的事。

《八十一梦》里面,当时最受欢迎的,肯定是那些讽刺性的文笔。比如《天堂之游》写猪八戒当上了南天门的守门人，如何损公肥私，如何收受贿赂，如何走私贩货，等等，这些描写都是针对当时抗战后方的诸多腐败现象，每一句都在讽刺后方官僚公然的贪婪与腐败，当然会让当时的读者有"说到心坎去了"的感觉。

不过现在来看《八十一梦》，我更感兴趣的是小说中写实的社会生活描写。而作为报人的张恨水，也是有意识地把这些社会生活史料写入书中，他甚至跟着时局的变化调整书里的数据。比如1939年连载时，文中提到"现在重庆这个家，每个月是要有四百到五百块钱的开支"，到了1942年单行本出版时，这段就改成了"我现在重庆这个家，每个月是1500块钱到2000块钱开支"。小说里提到的丝袜，从连载版的每双10块，涨到了20块，新鲜的鲫鱼从每斤一块六七毛涨到七八块钱，扑克牌从一副8块钱涨到了80块钱。这么一路跟踪小说叙事的变动，就会发现抗战几年间，后方物价飞涨的程度。这就是张恨水作为新闻记者的敏感性。

《八十一梦》里我个人最欣赏的一篇是《星期日》。因为这个梦能够活画出当时重庆的日常生活。抗战爆发两三年了，局势进入胶着，很多逃难来重庆的人，故乡回不去，留下来也没有奔头，重庆一时半会儿没有沦陷的危险，但短期内也不太可能反攻中原。这样一来，老百姓的日子变得平淡无味，需要自己寻求一点刺激，重庆也就出现了一种畸形的繁荣。电影《一江春水向东流》里有一个说法"前方吃紧，后方紧吃"，情况之严重，以致国民政府要颁布规定，禁止饭桌上出现乳猪这样的奢侈品。老舍当时创作的小说《不成问题的问题》反映的重庆生活，也是一副歌舞升平的模样。这就是抗战后方生活的另外一面。

《星期日》里写一般小公务员的生活,衣食无忧,但极度无聊。主人公有个朋友说:我下个最大的决心,这一个星期日,绝不打牌,但是怎么消遣呢?看电影?都是三年前就看过的影片,而且有一张片子在汉口还温习过一次。听京戏?听内人唱两句,比他们好听。川戏?我的耳朵还没有那种训练。听大鼓书?有些书我都听得能唱了。读书?也没兴趣,而且书价也很贵。怎么办?最后说来说去,还是只能打牌,到处都是朋友在约打牌,三缺一。真是应了现在说成都的一句话:"家家二五八,全城一片麻。"那时的重庆其实也是如此。

《星期日》表现了抗战时后方普遍的精神空虚。后世的我们以为那个时候似乎大家在后方都是激情高昂,每时每刻都想着要抗日,要杀敌,但实际上,在漫长的战争期间,这种普遍空虚的精神状态反而是常态。张恨水准确地抓住了当时的这种心态,把它记录了下来。从物价到心态,这就是《八十一梦》给我们提供的类似社会生活史一样的记录。

比写武侠更羞耻的，是在沦陷区写武侠？

武侠小说《偷拳》是宫白羽的名作，写的是晚清杨氏太极拳的创始人杨陆禅去陈家沟学拳的故事。富农子弟杨陆禅为学陈清平的太极拳不惜自损容貌，装成哑乞丐，在陈家当仆役，终于偷学得太极拳法并拜入太极门。小说结尾，杨陆禅北上京城被招入王府，击败各路拳师，将太极拳发扬光大。这部小说的影响力不小，1980年代有一部电影《神丐》就改编自这部小说，而更有名的1990年代吴京主演的一部武侠电视剧《太极宗师》，主人公杨昱乾的原型就是《偷拳》里的杨陆禅。这么厉害的一部小说，可作者当初写作时并不开心，甚至自称是一种耻辱。为什么会这样？

写实性与社会性是宫白羽武侠小说最大的特点。和当时一般的纯走通俗文学路线的武侠小说作家不一样，他是受"五四"的影响成长起来的，得到过新文化运动主将周氏兄弟，特别是鲁迅的指点，所以内心深处的文艺口味和写作标准都有着刻画社会与人生的意识。在武打场面上，又有技击派武侠小说家郑证因和拳师张玉峰从旁协助，使得宫白羽能够将新文艺刻画人物、描摹社会的方法与拳师技击的手段、江湖的见闻融合于一炉。

甚至当时的小报都误以为宫白羽真的是武林高手："白羽者，中国当代著名武侠小说家也。先生少习武，曾得受异人传授，精通少林、武当各家拳术，尤善轻功，登房越脊，如履平地，大盗燕子李三与先生相比，实小溪与汪洋相见矣！"

然而，"五四"以来的新文学作家，特别是1930年代以后的左翼作家，很反感武侠小说，无论是茅盾还是瞿秋白、郑振铎，他们都对武侠小说存着特别大的偏见，说武侠小说带给读者的观念无非"济贫自有飞仙剑，尔且安心做奴才"。左翼知识分子觉得武侠小说是一种精神鸦片，而且反科学，越读越愚昧，越读越没有反抗意识，把解决社会不公正的希望都寄托在侠客剑仙身上，仅仅是投合了小市民趣味。

宫白羽自己也对武侠小说颇为厌恶，他在沪版《偷拳》的后记中写道："七七事变，华北沦陷，作者困居津门，以白羽之笔名，卖文糊口；写些传奇小说，媚世投俗。"

据冯育楠考证，"七七事变"之前，宫白羽在霸州教书时，自己班上一个学生离家出走，称因看了武侠小说，决心南下峨眉，拜访深山异人，学成盖世武功，仗剑天涯。虽然这位孟姓学生最后被找回来了，但这对宫白羽来说是一个刺激，在阅读分析了当时出版的大量武侠小说之后，在全校的大会上，他发言批判了武侠小说及创作者："我们要大声疾呼'剑侠'救不了危难中之祖国，翻遍中国历史，驱除鞑虏，扶我中华者有一个是剑侠吗？没有！因为他们是虚构出来的，被无聊文人捏造出来的超人，人世上根本不存在！"

然而华北沦陷后,宫白羽却以创作武侠小说为生。他在自传《话柄》的《自序》中说,正在做的事未必是他愿意做的,一切取决于环境:

> 凡是人总要吃饭,而我也是个人。
> …………
> 环境与饭碗联合起来,逼迫我写了些无聊文字。而这些无聊文字竟能出版,竟有了销场,这是近日华北文坛的耻辱,我……可不负责。

所谓"华北文坛的耻辱",一方面来自武侠文体,从新文艺的角度来看,武侠小说无论如何都无法与严肃文学等量齐观。另一方面在于宫白羽写作的动力是为稻粱谋,只能迎合市场。在沦陷区,文坛的主流依然是"五四"新文艺的理论。更令人尴尬的是,为《话柄》题写书名的,正是此时沦陷区文坛领袖周作人。

我们试着感受宫白羽此时的心情。白羽在《话柄》中回忆自己曾受新文化运动感召,学写白话小说,冒昧向偶像周作人写信,结果周作人因肋膜炎在西山碧云寺养病,回信的是同样大名鼎鼎的新文化运动主将鲁迅。后他又登门拜访周氏兄弟,在两位新文化巨匠面前侃侃而谈。而如今,周作人附逆,白羽自己也为了"饭碗",给宣扬"和平建国""日本建立东亚新秩序"的刊物《华文大阪每日》投稿"无聊的文字""而这些无聊文字竟能出版,竟有了销场"。面对这样的"华北文坛的耻辱"与荒诞,宫白羽除了虚无、调侃,还能有怎样的反应呢?他将自传命名为《话柄》,恐怕也是想着将这段经历絮絮叨叨地讲出来，无非授人以柄，徒增笑料尔。

虽然宫白羽反复强调自己的武侠创作不值一提，但他选择太极门杨陆禅的偷拳故事作为小说素材未必没有经过深思熟虑。宫白羽笔下的《偷拳》故事最令读者啧啧称奇的是"忍辱负重"。杨陆禅一路拜师多是以武凌人、欺世盗名或招摇撞骗之辈，他为了能够学得真功夫，吃尽苦头，受尽屈辱，终于遇见太极名师却又碍于对方的门户之见，被拒之门外。杨陆禅宁愿自贬身份，装聋作哑，并在危难时刻挺身而出，这才打动陈清平，学得太极拳。如果把宫白羽的《偷拳》与1923年的"偷拳"故事版本（杨明漪《拳勇见闻录》）做对比，那么宫白羽对杨陆禅忍辱负重、锲而不舍精神的渲染以及相关情节的添枝加叶就更明显了：

> 杨陆禅，广平府人也。初与武禹襄同精长拳，至河南遇陈清平弟子，败焉。旁观者曰：此陈先生之劣弟子耳，君且不敌耶。杨百计求学不得遂。越数年，陈清平门外有哑丐宿，晨起辄为陈洁扫门前地。久之，陈先生觉为丐所为，怜而畜之者三年。一夜，清平方教子弟枪法。乐道间，闻屋上有太息深赞者曰：真好。子弟将枪之，陈先生目止子弟，呼之下，则哑丐也。讶询之，陆禅因历诉求学不得入门，乔装哑丐以效殷勤，祈谅苦衷而终教之。陈使试拳，则升堂矣。后详教之，尽陈之术云。后入肃王府，与董老公同时。杨由河南归，述之武禹襄。武至河南值陈清平病，半身不遂，然亦详细传之。李载堂述之甚详。载堂闻之陈秀峰，秀峰广平人班侯弟子也。明漪曰：陆禅之事迹闻之少，惟肃王曾为之结绒绳网，而使人与杨角，杨

每掷人于网上。其掷之也,以手擎之作旋风舞状。视其人,无百斤力焉。

或许宫白羽也是借杨陆禅的忍辱而终有所成的故事浇胸中块垒。但更尴尬的是,日本人也不买旧文学的账,新文艺的话语并未因日本入侵而在沦陷区沉寂,相反,此时新文艺的声音在沦陷的华北文坛甚至比其他地方更有影响力。《华文大阪每日》当时关心的是乡土文学问题,虽然登载了白羽的《偷拳》,但在此后的稿件征求广告中,特意写明,不再接收旧体章回小说,而《偷拳》登载完毕后,也确实没再刊登章回小说。

白羽曾写对联自嘲"武侠之作终落下乘,章回旧体实羞创作"。在武侠小说重新兴起的今天,这副对联只有谦虚、自嘲的味道,毕竟大多数人皆能体会武侠小说的好处,而非议武侠反倒应者寥寥。然而在宫白羽的时代,从新文化运动到华北沦陷,"武侠之作终落下乘"是人所共识。甚至连作者自己都这么认为。这种纠结的心态,今人恐怕很难体会了。

有趣的是,宫白羽的武侠小说生涯并未就此结束。1950年代,宣传部门找到宫白羽,让他再作冯妇,创作武侠长篇,在香港报纸连载,以武侠小说的方式介绍革命。

1955年8月,以农民起义为主题,讲述李自成故事的武侠小说《绿林豪杰传》开始在香港大公报《小说天地》连载。这是宫白羽最后一部武侠小说。

— 1939共读 —

朴微

"天下事,无论好坏,一切是小人的机会,一切是正人君子的厄运。"无论是战争还是和平,仿佛在哪里都是小人更容易"成功"。《八十一梦》塑造了战时形形色色的小人,尽管作者对他们十分鄙夷,但仍拦不住他们的快乐。

若文

张恨水借梦里的神鬼妖魔,写抗战后方的世情人心。小说用梦话寓言的方式,借新闻记者的眼睛,描述了抗战初期"前方吃紧,后方紧吃"的荒谬现象,揭露了重庆的大小官员和上流社会投机倒把、诨谈消沉、穷奢极欲、裙带关系等问题。小说中能看到《西游记》《镜花缘》《钟馗斩鬼传》以及清末讽刺小说的影子。

朴微

想起之前的一个热点话题:父母该不该教育孩子要善良?当这个问题被当作"辩题"提出时,便已经反映出一些事实了。《理想国》中尖锐地提出"为何不正义的人会比正义的人过得好"的问题——但苏格拉底的回答更像在逻辑上把人扳倒,书中的一些人物包括读这本书的我都没有从心底里被说服。到了现代社会,这个问题又变得更为复杂。想到这里我的脑壳便卡住了。

若文

文学创作往往记录和反映现实问题,人们读起来内心会有共鸣。作者没有探讨问题背后的深度,没有开出药方的能力,更多是义愤与苦笑跃然于眼前。这可能是张恨水虽广受大众欢迎,文学和思想成就却无法望鲁迅项背的一大原因。

杨早

事实上,在当时看来,张恨水那样是"正常"的,鲁迅是"不正常"的,难怪有学者说"新文学"是当年的先锋文学。但公正地说,抗战时期与鲁迅时代又有所不同。抗战时期是一个有"帽子"的时代,某种意义上,所有作家的手脚都是部分被捆住的。

《在其香居茶馆里》
《呼兰河传》

1940

外来政权恶斗地方势力

时间走到了1940年,抗战处于相持阶段,这也是八年全民族抗战中最难挨的一个阶段。这一年出现了一篇短篇小说,沙汀的名作《在其香居茶馆里》。

写作《人生哲学的一课》的艾芜跟沙汀是好朋友,他俩几乎是同时向鲁迅请教、同时登上文坛的。但是沙汀的经历没有艾芜那么传奇。1938年,中华全国文艺界抗敌协会指定包括沙汀在内的几个人,作为成都分会的筹备员。这一年,沙汀去了延安,成为鲁迅艺术学院文学系的代主任。一路走来,沙汀在抗战文艺阵营当中的地位越来越高,1939年沙汀回到四川后,便顺理成章地担当了文艺界的组织工作。

《在其香居茶馆里》的创作动机很有意思。1940年的11月17日,沙汀主持了"文协总会"举行的小说晚会,在这次晚会上,沙汀收到一张纸条,要求作家揭发兵役的弊端。由于这张纸条的触发,沙汀写成了《在其香居茶馆里》,这篇小说也就被列为1940年抗战文艺的重要收获之一。

《在其香居茶馆里》的情节并不复杂。在四川的一个小镇上，有一位土豪叫邢么吵吵——听这外号，就知道这是个咋咋呼呼的人。么吵吵的二儿子因为联保主任方治国告密，被兵役科捉进城了。

抗战时期后方的兵役问题非常严重。电影《抓壮丁》反映的正是这一阶段的现实——《抓壮丁》最初是1938年一帮四川剧人在延安排演的话剧，曾经轰动一时，1963年拍成电影，脍炙人口。

抗战期间，国民政府军队损失了大量青壮兵丁，急需从民间补充。征兵实行"三丁抽一、五丁抽二、独子免征"的义务兵制度，一家有三个儿子，就得有一个去当兵。但因为制度的腐败，有钱有势的人家可以通过各种方式免于兵役，而普通百姓只能"逃"兵役。为了保证兵源，"抓壮丁"成为四川征兵的常态，抓来的壮丁往往被绳捆索绑，甚至钉穿手心串成一串，以防止壮丁逃跑。

《在其香居茶馆里》登场的邢么吵吵，明显是地方上的特权人物，他的二儿子已经缓役达四次之多，但这次居然被兵役科抓走，在么吵吵看来，既是要送他二儿子的命，又打了他的脸，他必须去找当事人理论一番。这个当事人，就是告密的联保主任方治国。

么吵吵跟方治国在茶馆里面一开始是口角，后来扭打了起来，正打得不可开交时，突然从城里打听消息的人回来了，说么吵吵的二儿子已经被放出来了。小说画面就定格在这么一个瞬间，戛然而止。

《在其香居茶馆里》一直以来都被解读为"讽刺了国民党的兵役制度，对地主阶级与政府官员勾结的丑恶嘴脸做了深入的揭露和辛辣的讽刺"。这样的结论固然没错，但是我想说的是，《在其香居茶馆里》反映了抗战以来四川权力结构的变化。

电影《抓壮丁》里，有一句台词："蒋委员长进川，下江人的江山。"下江指的是长江下游，抗战全面爆发，国民政府迁移到四川大后方，重庆成为陪都，整个四川已经成了下江人的天下。

其实这句话背后的意思是，国民政府为代表的国家体制以抗战为契机进入四川，它不可避免地跟四川原有的社会权力结构形成冲撞。在小说里，国家体制的代表就是新县长。

从前的小镇，权力结构是非常明晰的。邢幺吵吵是土豪，他之所以能成为土豪，除了家里有钱，还因为他大哥在县里非常有面子，所以幺吵吵在镇里也是数一数二的人物。

还有一位陈新老爷，是清朝最后一科的秀才，当过十年团总，十年哥老会的头目。他属于非常资深的地方士绅阶层。所以陈新老爷一出来，就形成了"吃讲茶"的场面，这是传统四川社会调理纠纷的主流方式，沙汀这一段描写十分精彩：

> 茶堂里响起一片零乱的呼唤声。有照旧坐在座位上向堂倌叫喊的，有站起来叫喊的，有的一面挥着钞票一面叫喊，但是都把声音提得很高很高，深恐新老爷听不见。
>
> 其间一个茶客，甚至于怒气冲冲地吼道："不准乱收钱啦！嗨！这个龟儿子听到没有？……"
>
> 于是立刻跑去塞一张钞票在堂倌手里。

还有一些人，从前属于地方士绅，比如十年前当过视学的俞视学——视学是基层的教育巡查官员，现在没落了，管不了事，邢么吵吵也就不给他面子。还有张三监爷，监爷就是监生，在清朝也是见县官不跪的秀才级别人物，但现在也没落了，只能投靠新势力——联保主任方治国。方治国本来是有钱无势的"老实人"，阴差阳错地当上了联保主任，很快发现当这个芝麻官很有甜头，有回扣，有黑粮，而且还获得了县长颁赠的匾额，上面写着"尽瘁桑梓"。

联保主任方治国是靠着依附新政权获得权力的阶层，所以他与以陈新老爷、邢大老爷为代表的传统士绅集团之间，有巨大的矛盾。这也是为什么新县长来了之后，为了表功，也为了避祸，方主任毅然出卖了邢么吵吵的二儿子。

邢么吵吵作为传统士绅阶层，当然不肯接受这样的事实。于是他们开始反扑，这个反扑不仅仅发生在镇上，同样也会出现在县城，就像电影《让子弹飞》黄四郎跟新县长之间的那种钩心斗角。而在其香居茶馆里，斗争没有那么高端，邢么吵吵的对手是新县长的代理人，联保主任方治国。

在整部小说里，邢么吵吵步步紧逼，而方治国层层退让。他毕竟还是心虚，因为他破坏了镇上的规矩——"重要人物都是站在一切规矩之外的"，因此连陈新老爷一开始也站在邢家那头。

不过，方治国的姿态虽然软弱，在没有摸透新县长的脾气之前，他也是恐惧的：谁知道新县长是个什么脾气？谁知道违背征兵的命令、县长的指示会不会真的被砍头？因此，处于下风的方治国始终也没有做出实质的让步，包括陈新老爷调解提出的方案（钱由邢么吵吵出，事情要方治国去办），方治国也是不肯。

最后最讽刺的一笔，是当镇上的这些头面人物还在争吵不休的时候,却蓦然听说,县城的上层邢大老爷已经跟新县长达成了合作,邢幺吵吵的二儿子被放出来了,新县长也欣然接受了邢大老爷的宴请。显然,外来的新贵阶层和传统的士绅集团,在试探、博弈与妥协之后,正在形成一个新的权力集团。

《在其香居茶馆中》这篇小说,是对抗战时期后方权力结构的一个隐喻。我们从中可以看到,新的外来权力加入旧的社会当中,会形成怎样的冲突,最终达成新旧势力的妥协与结合。这种本土派跟外来势力的斗争,在近代史上其实是很强的旋律,包括北伐之前,孙中山建立的国民党与本地军阀如陈炯明等人的矛盾冲突,也可以归为这一类。从《在其香居茶馆里》这篇短短的小说里,我们可以看到这种在20世纪反复出现的权力斗争模式。

与时代格格不入怎么办

萧红的《呼兰河传》想必大家很熟悉，有两个片段入选了语文教材：一个是《火烧云》，一个是《祖父的园子》。知名作家往往因教材而被人记住，也因教材而被人误读。回到当年的语境中，《呼兰河传》是什么样的书呢？这部小说是萧红在时代大潮中的格格不入。

《呼兰河传》在现代小说里是很特别的一种，如果不刻意强调它是小说，甚至可以把它当成散文来读。因为它既没有贯穿全书的线索，也没有核心的人物或者故事，整部作品都由一些看似闲散的回忆片段拼接而成。茅盾说它不是一般意义上的小说，但比一般意义上的小说拥有更为"诱人"的东西，"是一篇叙事诗，一幅多彩的风土画，一串凄婉的歌谣"。

这句评价把握住了《呼兰河传》最显而易见的气质，它有着叙事诗一样的语言表达，展现了东北小镇的乡土风情，字里行间还透着几分凄婉。小学语文教材在编选《火烧云》和《祖父的园子》这两篇课文的时候也基本遵循这样的理解思路。比如《火烧云》这篇

选段既精彩地呈现了萧红诗化、散文化的笔法,又将呼兰河当地的风情三两笔勾画了出来:

> 晚饭过后,火烧云上来了。霞光照得小孩子的脸红红的,大白狗变成红的了,红公鸡变成金的了,黑母鸡变成紫檀色的了。喂猪的老头儿在墙根站着,笑盈盈地看着他的两头小白猪变成小金猪了。他刚想说:"你们也变了……"旁边走来个乘凉的人,对他说:"您老人家必要高寿,您老是金胡子了。"

很多小朋友都被萧红童话般的文笔吸引了,但找来原书阅读时却发现,《呼兰河传》没那么简单,里面夹杂着很多灰色甚至黑色的人物和情绪。比如这段话里每一句入选教材时都做了修改,喂猪的老头看着怀里的小金猪原本想说的其实是"他妈的,你们也变了"。这部小说没有核心主角,如果一定说有,那就是呼兰这座小城。萧红写了这座小城的街道、环境、天气、氛围,写了住在这里的人们各异的性情以及他们共同的特征。有几个令人印象深刻的场景和人物,远不是诗意语言和乡土风情所能涵盖的。

小说开篇不久讲到在呼兰当地有个大泥坑,谁都知道它很凶险,车、马、人都容易陷进去,但奇怪的是,这里的人宁可绕路走,甚至宁愿另辟道路,也不愿意把大坑填了,把隐患根除。更奇怪的是,久而久之,大坑反倒成了这里的一个特点,没了它就失了灵气似的。不仅如此,大泥坑还有了妙用:大家在市集上贪便宜买了来路不明的肉,甚至可能是得了猪瘟病死的,但只要有这个大坑在,都安慰自己猪肉卖得便宜绝不是因为发猪瘟,而是这大泥坑里淹死的猪，可以放心大胆地吃。

《呼兰河传》里还有一个成天大咧咧笑呵呵的姑娘，嫁人以后大家都叫她小团圆媳妇。这样淳朴善良的一个女孩子，最终被愚昧的村民以驱鬼祛病为由活活烫死了。萧红这些写法都有鲁迅的影子。

其实，萧红就是被鲁迅发掘推荐的作家。鲁迅在给萧红另一篇小说《生死场》作序的时候这样评价："北方人民的对于生的坚强，对于死的挣扎，却往往已经力透纸背；女性作者的细致的观察和越轨的笔致，又增加了不少明丽和新鲜。"

这句评价特别有意思，一边是左翼视角下对北方民众的坚韧与挣扎的书写力透纸背，另一边是女性作家眼光和笔触的明丽新鲜，鲁迅用"越轨"形容这种溢出左翼话语的笔触。如果萧红此后收敛了女性笔触，放弃启蒙姿态而向左翼的方向继续前进，融入民众，那她会是另一个丁玲。然而，萧红急流勇退，虽然她得到了鲁迅的提携，但在此后短暂的人生里离时代的洪流越来越疏远。在抗战胶着之时，萧红写出了《呼兰河传》这样的作品，完全看不出时代色彩。

这样的文学调性在当时是很不合时宜的。对《呼兰河传》的评论并不友善，左翼也为她的跟不上时代、自动脱队而感到遗憾。即便是上文引用的茅盾的评价，已经算是死者为大，给足面子了。但在褒奖之余，茅盾还是忍不住替萧红惋惜几句，在茅盾看来："一九四〇年前后这样的大时代中，像萧红这样对于人生有理想，对于黑势力作过斗争的人，而会悄然'蛰居'，多少有点不可理解。"茅盾认为萧红这样做，结果就是"被自己的狭小的私生活的圈子所束缚，和广阔的进行着生死搏斗的大天地完全隔绝了"。这种隔绝之后的苦闷与寂寞的心情，茅盾认为完全体现在《呼兰河传》里。

萧红的结局更像是一种象征，在左翼知识分子眼中是完全负面的，是一出知识分子脱离斗争、脱离人民的悲剧。甚至有人号召萧红的悲剧不能再演下去，"新的知识分子，健全的知识分子，都应该是自我改造斗争的，卓越成功的喜剧演员"。

不过，似乎也可以这么理解萧红的选择：她是女性在历史洪流中命运的象征，她拒绝被主流的权威话语驯服，拒绝依附在被宏大主题包裹的男权力量之下。1980年代末，有一本著名的女性主义文学研究著作《浮出历史地表》。作者这样描绘萧红作为女性命运的象征："想象一下肖红临终时的情景，沦陷中的香港，炮火和日本兵践踏下的城市的一所医院，肖红气管切开，口不能言，在她生命的最后几小时中，身旁无一人守护。这难道不是一幅关于在民族的巨大灾难中绝顶孤独、绝对瘖哑的女性命运的终极象喻？"

有趣的是，1940年代的评论者很喜欢把南下的萧红和去了延安的丁玲摆在一起比较，萧红的消瘦苍白与丁玲的粗犷健壮恰成对照。1942年，也就是《呼兰河传》发表的两年后，萧红孤独地去世。丁玲写了著名的回忆文章《风雨中忆萧红》，她当初认识萧红时，已经久在军旅，萧红"苍白的脸，紧闭着的嘴唇，敏捷的举动和神经质的笑声"都让丁玲"唤起很多回忆"。但丁玲显然并不留恋曾经的自己，她觉得现在的自己很愉快，"因为感到体内有东西在冲撞"，这股冲撞着的劲儿让她与少年时代挥手告别。

— 1940 共读 —

张宇帆

茶馆是个很有意思的地方，中国各地都有茶馆，其中尤以四川地区的数量为最甚。对这个地方的人来说，茶馆不仅意味着一种舒适悠闲的生活方式，一种经营方式，还是一个可以解决公共事务的空间。我们看电视剧，尤其是古装片的时候，会发现主人公听到某些重要消息通常都是在茶馆。因为茶馆不设门槛，任何阶层都可以进，来自四面八方的消息舆论在这里产生、传递、发散。可以说，茶馆就是个小社会。《在其香居茶馆里》有意思的地方就在于它里里外外的地域特征，不会四川方言的人读起来始终缺点味道，懂方言可能更加能把握对话字眼之间所暗含的语气含义，窥视人与人之间的"推拿"与民间政治。

杨早

上次去了趟安县和北川（2008年地震后，北川重置新县城，沙汀似乎要从安县作家变成北川作家，至少他的墓现在属于北川），我想，理解沙汀和《在其香居茶馆里》，还有一个元素是"川北山区"，这与李劼人川西坝子的风格又有所不同。

杨早

不过，好的文学作品总是既有地域性，但又能抽离出来（就像《阿Q正传》可以"去绍兴化"）。《在其香居茶馆里》是如此，《呼兰河传》也是如此。看《呼兰河传》，你能够体会到它并不是要把东北奇观化、极端化，生怕你不觉得是满溢着大糙子味儿的地方文本。你读《呼兰河传》不会感到隔膜，但是又会确确实实感到，那是一块东北极边的寒冷土地，上面有欢欣，也有悲哀，更有寂寞。

孟岳

所以这两篇小说可以算是乡土文学吗？

—1940共读—

杨早

@孟岳　是的，我觉得这是好的乡土作家、好的乡土书写，会带给我们的。它不会让我们被隔离到那片乡土之外，隔了一层玻璃似的去欣赏它，或者鄙视它，而是文本会让你共情，会让你在想到自己家乡的时候，把那种乡土属性不自觉地结合起来。就像沈从文写凤凰、汪曾祺写高邮，都能够让不同地方的人感觉到那种乡野的风，那种中国的风土带给心灵的震动。

李子

我读《呼兰河传》被勾起的感受也超越了地域性。《呼兰河传》中沉浸的时空，于萧红自然有不同的意义。于读者如我，又是另一番意味。梦回乡里，那又是被呼兰河文字牵扯出来的、大概也会终归于寂灭的时空。萧红讲起了那邻居女孩的哭喊，讲起了那桥下大白兔的故事。我跟着想起了邻居中学生早早的青坟，以及多年后他母亲的落寞，这种落寞就像榆树的老皮。又想到这样的岁月中，母亲的生病……其实，这不是孩子的故事，这是回忆中的孩子的故事。这些流动的记忆、流动的情绪交织的时空——令人心腹沉浸，恍惚闪入闪出。

《在医院中时》
《我在霞村的时候》

1941

"新与旧"的双重落差

《在医院中时》首次发表是在1941年延安的《谷雨》杂志上，1942年在重庆的《文艺阵地》转载时改名为《在医院中》，后面这个标题肯定更通顺，不过因为讨论的是1941年，所以咱们还是用首发标题《在医院中时》。

《在医院中时》这篇小说是使丁玲后来遭到批判的作品之一，其他作品还包括小说《我在霞村的时候》、杂文《三八节有感》等，这些作品都成了丁玲"反党"的罪状。

从"时代情绪"的角度，应该怎么理解《在医院中时》？我觉得应该先抛开丁玲的个人境遇和写作心态，来看看在她的笔下，1941年作为解放区中心的延安，是什么样的状态？

《在医院中时》的主角是一个叫陆萍的20岁年轻女子。她本来是上海人，年轻时候对文学特别感兴趣，但是陆萍父亲希望她成为一名产科的护士，她就进了产科学校，在那里学了四年。

1937年上海"八·一三事变"之后，陆萍到了伤兵医院去服务，她是一个很好的护士，"像一个母亲一个情人一样"看护伤兵——可以看出,陆萍是一个情感很热烈的文艺青年。一年之后,陆萍历经磨难,辗转到了延安,进了中国人民抗日军政大学。在抗大学习时,陆萍希望自己可以从事政治工作,摆脱产科护士的职业。但是按照组织的要求,陆萍不得不脱离学习,到离延安40里地的一个刚开办的医院去工作。

> 她声辩过,说她的性格不合,她可以从事更重要的或更不重要的。甚至她流泪了。但这些理由不能够动摇那主任的决心,就是不能推翻决议。除了服从没有旁的办法。支部书记也来找她谈话,小组长成天盯着她谈。
>
> 她讨厌那一套。那些理由她全懂,事实是要她割断这一年来她所憧憬的光明前途,又重复回到旧有的生活,她很明白,她决不会成为一个了不起的医生,她不过是一个很普通的产婆,或者有没有都没有什么关系。她是一个富于幻想的人,而且有能耐去打开她生活的局面。

去了以后,陆萍非常失望,这个医院领导相当官僚主义,办事人员和看护都特别懒惰,还热衷于私下传播各种流言蜚语。

让陆萍最难容忍的,是最应该讲究卫生的医院,卫生状况却糟糕得不像话:

> 做勤务工作的看护没有受过教育,什么东西都塞在屋角里。洗衣员几天不来,院子里四处都看得见有用过的棉花和纱布,养育着几个不死的苍蝇。她没办法,只好带上口罩,用毛巾缠着头,

拿一把大扫帚去扫院子。一些病员，老百姓，连看护在内都围着看她。不一会，她们又把院子弄成原来的样子了。

陆萍忍受不了这样的医院，年轻的她不断提出意见。但没有人理会她的意见。大家承认她的意见很好，也不是完全行不通，但是太新奇了，"对于已成为惯例的生活中就太显得不平凡"，所以陆萍成了这所医院里一个小小的怪人。最后，在冬天经历了一场做手术导致煤气中毒事故之后，陆萍对医院基本绝望了，她也接受了有心人的一些劝告，接受了卫生部的调查以证清白，然后离开医院去学习了。《在医院中时》就是这么一个故事。

要怎么理解这个故事呢？当时的延安，"从外面来了一批又一批的女学生"，这些从国统区或沦陷区来的青年到延安都是为了追求新生活，延安在他们心中象征着更自由与更光明的未来。

然而，现实是有落差的。陆萍在上海的时候，喜欢文学，但因为父亲的意愿，她去护理学校读了四年书。陆萍出走延安，实际上是为了走出家庭去争取自由。但陆萍到了延安，发现仍然不能完全按照自己的兴趣去做事，她还是需要服从安排去医院做产科医生。在严密的组织里，尤其在战争时期，是不太容得个人自由选择的。

而陆萍作为一个上海看护学校毕业训练有素的护士或者医生，她心目中的医院应当是现代化的、讲卫生的，是符合规范的。要知道，陆萍在上海的伤兵医院，是像"一个母亲一个情人"那样去照顾伤兵。到了这儿，她也一样，"她替她们要清洁的被袄，暖和的住室，滋补的营养，有次序的生活。她替她们要图画、书报，要有不拘形式的座谈会，和小型的娱乐晚会……听的人都很有兴趣的听她讲述,然而除了笑一笑以外再没什么有用处的东西"。

陆萍的这些要求在现实中碰壁了。延安物质条件艰苦,整体卫生意识较淡薄,这些要求是不太可能得到满足的。后来的批判者说,丁玲是在刻意抹黑延安的医院,但史料证明,当时延安医院确实存在这些弊病,包括我们熟悉的白求恩大夫跟延安医院那些不专业的看护人员之间,也发生过剧烈的冲突。所以陆萍这个形象是有原型的。

而医院中那些难得的专业人士,又唤醒了陆萍很不美好的记忆。产科主任王梭华的太太是一位儿科医生。王太太很专业,但是她"浑身都是教会女人的气味","她总用着白种人看有色人种的眼光来看一切,像一个受惩的仙子下临凡世,又显得慈悲,又显得委屈"。她的丈夫王梭华,有精神,对工作有热情,但他对人也是"一种资产阶级所惯有的虚伪的应付"。这些人物是陆萍在上海非常熟悉的,也正是让她在上海感到"说不出的压抑"的来源。陆萍不喜欢这种人,但在工作上她倒是乐意跟这种人合作,因为他们专业。

所以陆萍的问题,是大批去延安的青年都会碰到的普遍困境:他们对自由与光明的向往与想象遭遇了挫折,对新生活的向往越强烈,感受到的落差就越巨大。

到了小说的最后,陆萍得到了一位瘸腿"智者"的劝告,这位去过苏联的资深革命知识分子告诉陆萍:你没有策略,还太年轻,建议她"不要急,慢慢来",而且指出陆萍应当多接触群众,"眼睛不要老看在那几个人身上,否则你会被消磨下去的!在一种剧烈的自我的斗争环境里是不容易支持下去的"。陆萍听从了他的劝告,接受卫生部的调查后,又回延安学习了。

这个结尾,实际上是丁玲勉为其难地为陆萍找寻的一条出路,是用另外一种离开的方式来解决眼前的矛盾。可是陆萍离开医院之后,会不会像她离开上海一样,仍然会陷入另外的旋涡里呢?

《在医院中时》反映了丁玲作为一个作家的敏感。她感受到了她与周边人群的这种纠结,他们到底在延安得到什么?失去什么?我们从《在医院中时》看到问题,但无力解决,而这篇小说无可替代的地方,就在于它特别准确地反映出了去延安的青年的这种心理状态。

有家医院,专治你的丧

丁玲刚到红区的时候,红区的首都还在保安,后来才迁往延安。我们说丁玲去延安,实际是将延安作为西北红区的代称,而丁玲1936年真正去的是保安。

刚到保安的丁玲热情很高,要求赴前线,所以毛泽东后来称赞她一支笔抵得上"三千毛瑟精兵",将知识分子变为文艺战士。

丁玲之前在上海好好地办着左翼刊物《北斗》,怎么又到红区了?因为革命不是请客吃饭,丁玲很快被国民党特务机关盯上了。1933年,丁玲被绑架。这一失联就是三年,有了胡也频的前车之鉴,丁玲的朋友们,甚至丁玲自己都觉得这次恐怕凶多吉少。鲁迅专门为丁玲写了悼念诗《悼丁君》,沈从文也写了著名的《记丁玲》,他们都以为丁玲已经被杀害了。

丁玲被捕倒也没受太多皮肉之苦,国民党方面希望能够劝说她,起码有文学上的合作,表明与中共划清界限。国民党文艺方面的大家,宣传部长张道藩亲自邀请。结果当然是没有成功。1936年,丁玲趁自由外出的机会,把母亲和孩子送走,只身北上,想尽办法与党组织取得联系,几经辗转,最终获准前往红色首都保安。

丁玲刚到陕北时对未来的一切充满期待,一方面可能是因为路上碰到斯诺,听过他绘声绘色的渲染,另一方面也是丁玲自己的期许。1937年丁玲在延安也真的看到了她梦想的景象,她写过一首诗《七月的延安》,诗中描绘的延安风景,可以说是红色中国的标准像了,健康、干净,没有国民党统治区的各种社会病态景象。

但延安的生活也不是完美的。比如陈学昭1938年到延安之后,在《国讯周报》上连载《延安通讯》的系列报道,以女性敏锐而独特的眼光,捕捉到延安新面貌背后的隐忧,既包括干部与群众的问题、政工干部与技术员的问题,也包括男女平等问题、小农思想和勤私懒公的问题、官僚习气问题,等等。

此外,知识分子在心怀理想进入延安的时候,还会遭遇无法融入基层的苦恼。比如丁玲曾经两次申请奔赴前线,但其实她在前线军队里很尴尬,她想跟战士交流谈心,但战士们总是跟她有隔膜。有时候几个战士在屋里有说有笑,等她一进屋,屋里的人就谁都不笑了。大家不是不尊重丁玲,相反,谁都对她很客气,但丁玲很清楚这种客气只是出于礼貌。

其实原本丁玲并不是想借小说来揭露问题或者锐利批判,而是正相反,想把陆萍作为反面例子。1938年11月,日本轰炸延安,丁玲成天躲防空洞,一蹲就是一天,结果痔疮犯了,痛苦不堪,到距离延安40千米的拐峁医院治疗,认识了小说《在医院中时》主人公陆萍的那位原型人物。她为人热情,也曾在战场上看护过很多伤员,丁玲喜欢她的热情,但认为她不够冷静理性,太冲动,好批评议论,缺少耐心等待、努力融合、理解体谅的态度。本来丁玲打算在小说里批评她,但写着写着,郁积在心里的话却如开闸泄洪一般喷薄而出。开篇对延安糟糕的卫生环境的描写用了很大篇幅,而且反复修改描摹:

> 十二月里的末尾,下过了第一场雪,小河大河都结了冰,风从收获了的山岗上吹来,刮着拦牲口的篷顶上的苇杆,呜呜的叫着,又迈步到沟底下去了。草丛里藏着的野雉,便刷刷的整着翅子,更钻进那些石缝或是土窟洞里去。白天的阳光,照射在那些冰冻了的牛马粪堆上,蒸发出一股难闻的气味。几个无力的苍蝇在那里打旋,可是黄昏很快的就罩下来了,苍茫的,凉幽幽的从远远的山岗上,从刚刚可以看见的天际边,无声的,四面八方的靠近来,乌鹊都打着寒战,狗也夹紧了尾巴。人们便都回到他们的家:那唯一的藏身的窑洞里去了。

不仅如此,人物也越来越偏离设定,不仅没有批评,反倒借人物的眼睛呈现延安周遭人的自私、堕怠及鄙陋。本是被批评对象的陆萍,写出来却不自觉地成了一个努力摆脱周围的僵硬与懒惰、锐意改革的年轻人。直到快结尾了才勉强收束,借那个没腿战士的嘴给满腹牢骚的陆萍指了一条新路。

于是陆萍受到感召,在小说的结尾重新理解了延安的现实,知识分子病被治愈,离开医院,带着热情投入到新的生活中千锤百炼去了。

对延安来说,外来知识分子如何最终转化为战斗力,如何让他们找到自己的位置,如何鉴别出哪些是善意的批评,哪些是颠覆革命的，同样是个问题。

伴随着《在延安文艺座谈会上的讲话》的是文艺界的整风运动。丁玲在1942年的文艺界整风中因为态度良好，主动检讨了包括《在医院中时》作品的错误，并没有受到太严重的冲击。但1943年对历史问题做甄别审查时，又牵连出了她曾经被国民党抓捕又被莫名释放的人生痛点与污点。当时她极为痛苦，在日记中不仅记录了自己哀求信任，还有自己如何迫不得已承认叛变投降。对丁玲的甄别审查最终不了了之，既没有定性为叛变者，也没有澄清从未叛变革命。毛泽东的表扬算是给了丁玲豁免，毛泽东说丁玲在"讲话"之后开始到工农兵之中去了，这显然是肯定了她的转变，很有进步。

不过，1957年之后，被捕的事和《在医院中时》等一系列作品又被翻出来，此时又都成了罪证，一波儿又一波儿批判更是疾风骤雨，丁玲饱受屈辱。

而《在医院中时》带来的批判恐怕也让丁玲心有余悸。这篇小说自1941年发表后，40年间，没有收入丁玲的任何一本集子，直到1981年才被选入人民文学出版社的《丁玲小说选》。

—1941共读—

彭江河

《我在霞村的时候》的主人公贞贞在做情报员之前在村里的名声就不太好，一位大妈的原话是："风风雪雪"，"浪来浪去"，"和夏大宝打得火热"。夏大宝是村底下磨坊里的伙计，和贞贞是同学，是贞贞热烈喜欢的男子。在今天看来，贞贞是一个活泼、热情、主动的女孩子，但在那个时候，她的热情、活泼和主动在村里就会被视为不检点、不安分。外向的性格加上日后被日本兵夺去的贞洁，村里人便产生诸如荡妇羞辱的逻辑。总之，贞贞做的是英雄的事，却只能担荡妇的名。

陈童

如果说男人成长的节点是精神弑父，女人成长的节点也许是精神己戕——杀死自己的肉体价值，重建精神和人格，重新做一个人。在小说里，物质贫乏、但精神空间广阔而自由的延安就成了圣地。在贞贞的想象中，延安是大地方，学校多；什么人都可以学习，她能活在不认识的人面前，忙忙碌碌的，比活在家里，比活在有亲人的地方好些。"人也不一定就只是爹娘的，或自己的。"

尹伊

从霞村到延安，是小说最后贞贞的选择，可以想见，这也定会是身体和精神"休养"结束之后"我"的选择——回到政治部。这样一个显而易见的光明结局，自是将小说中从莎菲到陆萍、"我"、贞贞自始至终贯穿的女性自我精神"休养"的主题，转换成了明确而清晰的"革命中成长"的主题。有意思的是，延安时期，《三八节有感》《在医院中》都曾受到非常严厉的批评，而《我在霞村的时候》则一直被视为写出了革命中的新生力量的正面典型。

. . . . . .

《金鸭帝国》

1942

 # 童话外壳包装的社会发展史

张天翼的小说《金鸭帝国》看上去是童话，其实是一部社会发展史。

后来的研究者在讨论《金鸭帝国》时，一向把它归入儿童文学，因为它在发表的时候，作者就自称这是一部童话。但是《金鸭帝国》又是一部非常不像童话的作品。所以儿童文学研究者就评价说，这是童话的变格，它是"全景式的""史诗式的"宏观结构，是一部"史诗式"的长篇童话，是非常少见的。

事实上，张天翼写《金鸭帝国》只是给了它一个童话的壳。你可以这么理解：它就像现在市面上经常看到的通俗历史读物，想让读者通过一种相对轻松的阅读方式，来接受作者想要表达的微言大义。

张天翼要说的微言大义是什么呢？《金鸭帝国》有一个前篇，叫作《帝国主义的故事》，《金鸭帝国》正是在这个基础上扩充而成。所以张天翼的野心，是想通过童话来讲述一个帝国主义的故事，包括帝国主义是怎么发生，怎么壮大，怎样统治世界的。

先来看看《金鸭帝国》写了些什么。

一开始是《引子》，主要是讲一个国家的一本经书。国家叫余粮国，经书叫《余粮经》，是余粮国的圣经。《余粮经》一共三篇。第一篇《山兔之书》，说世界初生的时候，有一个金鸭上帝，人类都是金鸭上帝的子孙，金鸭上帝教会了他的子孙打猎、捉鱼、采果子。山兔是金鸭上帝的孙女，她对每天的采食只够果腹的情况非常担心，于是求告上帝，上帝便教会了人类使用工具，又把火赐给他们，教他们种稻子，种麦子。这样一来，人类就有了余粮，而且也有了分工，为了纪念这种大发展，他们正式称自己为余粮族。

《余粮经》的第二篇叫作《鸭宠儿之书》。这一篇重新解释了人类的起源，讲的是金鸭上帝生了一个蛋，鸭蛋变成了小鸭子，叫作鸭神。金鸭上帝又拉了一泡屎，这泡屎变成了母鸭子，叫作鸭粪女神。小鸭子和母鸭子结了婚，本来很幸福，但母鸭子教唆小鸭子去偷上帝的火，于是被上帝贬到了凡间，他们的子孙就是人类，又叫余粮族——这是不是很像《圣经·创世纪》？

后来，金鸭上帝又撒了一把小石子，变成了许多石人，上帝要求这些石人做余粮族的仆人，然后上帝又降生了一位鸭宠儿，让他来管理余粮族——这是戏仿女娲造人的传说。这位鸭宠儿，就是君权神授的天子或帝王。大概张天翼想表达的是，人类社会发展史被后世的统治者篡改了，目的是要构建一些人高于另一些人、一些人统治另一些人的合法性。

后来，当穷人向鸭宠儿要求按照《山兔之书》里的规矩公平分配余粮的时候，鸭宠儿让上帝说："山兔的规矩，是从前的规矩……我不许你照山兔的规矩。"而新的规矩是"你可以借钱给他。他应当出利钱给你,他应当到期还清。借钱的时候,他应当有东西抵押给你"——这是资本主义社会的法则,私有财产神圣不可侵犯。所以《鸭宠儿之书》是一本"资本主义之书"。

《余粮经》的第三篇叫《金蛋之书》。金蛋是金鸭上帝的第八十二代孙,也是金鸭帝国的史官。他奉上帝之命,写出了金鸭帝国的历史。

余粮王国对应人类的封建时代。余粮王国等级森严,国王下面有公爵、侯爵、伯爵、子爵、男爵,层层剥削,层层压迫。各诸侯之间互相掠夺兼并。有一个痦男爵,他打破了等级秩序,用暴力打败了海滨公爵,也掌握了任命大祭司的权力。后来,痦男爵的孙子杀掉了国王取而代之,后来又建立了帝国。《金蛋之书》讲述故事的原型,正是19世纪西方在全世界的扩张和殖民,是资本主义向帝国主义的转型。

在《余粮经》之后,才是《金鸭帝国》的正文。一个人叫大粪王,他从底层起家,因为心黑手辣,又无比贪婪,手下集合了格隆咚、保不穿泡等一帮"人才"。大粪王不断利用自己的资本攻击对手,合纵连横,权力越来越大。书里展现得特别明显的,是资本家和贵族之间的实力对比发生了根本性的变化。贵族没落了,他们为了求得资本家的金钱赞助,不得不卑躬屈膝地巴结他们,甚至是把自己的女儿或姑姑嫁给资本家。这些贵族又与资本家联合起来,对内镇压工人运动,对外不停地扩张兼并。

有人说,《金鸭帝国》写的是"日本帝国主义的兴起",因为这小说最终没写完,这一点并不好确认。不过随着情节的推进,金鸭帝国向外侵略用兵是必然。金鸭帝国和邻近的青凤国、大凫岛,也可以解读成近代东亚中、日、朝三国的局势。

总之,从格局上来说,《金鸭帝国》确实不像一部童话,它有太强的隐喻,也有很多写实的细节。比如小说里有一位青年作家小螺,他好不容易发表了两首诗,出版商却只给他两张五角钱的书券,拿到书店买不起任何一本想要的书,还要被各种刁难,想换买文具,只能打六折用,最后什么都买不到。这种情形在民国的出版界很常见,沈从文最早的作品只能换来几角书券,张天翼自己的处女作的稿费也是书券,还被指定只能买某某出版社的书。

所以,宏大的格局,丰富的细节,加上夸张的想象力,这是《金鸭帝国》的长处,也是张天翼作为鬼才作家的优点。而张天翼的缺点,在《金鸭帝国》也展露无遗,比如鲁迅批评过的冗长、油滑,茅盾批评的人物个性不鲜明。

《金鸭帝国》借用童话的外壳,什么肥肥公司、香喷喷公司、大粪王、鸭粪女神,这些名称很像童话用词,但这部小说的内在真的是"帝国主义的故事"。张天翼对这种形式很得意,他很喜欢《金鸭帝国》,认为会"破童话界的纪录",但这个童话不适合儿童阅读也是所有读者的共识。

为什么张天翼要选择童话的形式来写《金鸭帝国》呢?大概是因为他希望在简短的篇幅里写出他心目中帝国主义的本质。这样一来,童话的形式可以提纲挈领,抓住主线。所以《金鸭帝国》是一本关于帝国主义历史的"傻瓜书"。

《金鸭帝国》在1942年开始发表,它的创意来自1930年代。在那个年代,人们对于如何去认知这种世界产生了很大的困惑。用经典马克思主义的说法,就是当资本主义发展到帝国主义的时候,它的很多逻辑和整个运行机制,很难再用此前的常识去理解。

而且帝国主义处于不可控的状态,20世纪爆发的两场世界大战都是这种不可控的产物。虽然"人性的恶"从上古就存在,但是人性的恶如此不受约束的发展,最后演变成夺去了上千万人生命的世界战争,这是20世纪的新产物。

因此20世纪的思想家与作家,总难免试图去解释:为什么会有这样的世界?为什么世界会发生这么多灾难?大家过往的常识无法解释,就像《四世同堂》里大嫂满怀的疑惑:"北平准保没有人得罪日本人,为什么日本人要来打我们呢?"

作为左翼作家的张天翼,用《金鸭帝国》这种童话体,去尝试理解与解释中日战争会爆发的原因。正因为如此,茅盾在评论《金鸭帝国》时,将它列为"九一八以后的反日文学",说明当时的人是懂得这一点的。我们现在来看《金鸭帝国》,也很难把它作为童话来阅读。

谁拥有儿童，谁就拥有未来

《金鸭帝国》是一部未完成的作品，作者张天翼本人很看重它，认为这部长篇童话一旦完成，将给中国儿童文学带来不一样的气象。但从完成度来看，这部小说实在不能算是很成功的作品。剥开作品最表层的写作技艺，我们通过张天翼的这部长篇童话，可以透视中国的儿童问题：如果说"五四"发现了儿童，那么抗战则塑造了儿童。

当我们提"儿童文学"的时候，意味着承认了儿童的地位是独特的。今天大家觉得这是常识，儿童的特点和需要当然与成人不同。但在中国传统教育里，这样的观念并不占主流。周作人说："以前的人对于儿童多不能正当理解，不是将他当作缩小的成人，拿'圣经贤传'尽量的灌下去，便将他看作不完全的小人，说小孩子懂得什么，一笔抹杀，不去理他。近来才知道儿童在生理心理上，虽然和大人有点不同，但他仍是完全的个人，有他自己的内外两面的生活。"

直到新文化运动时期，以周氏兄弟为代表的接受了西方教育思想的知识分子才开始格外地看重儿童的独特性,这在千古以来的中国是少有的。所以,我们也不妨说五四"发现"了儿童。

有人会说传统教育里也是有梯度的,小孩子从蒙学起步,都是符合他们特点的书,怎么说不重视儿童的独特性呢?如果细读那些蒙学书不难发现,依然是成人世界的经史之学、文韵之学的简化版,给孩子看书是为了以后成为符合社会要求的大人。

而在鲁迅、周作人看来,好的儿童文学应该符合儿童心理特点,而且随着儿童成长,能够给予不同阶段的趣味与审美的引导。所以与过去强调知识学习、灌输道德伦常的教育观念不同,"五四"一代人特别看重儿童成长的研究,无论是心理还是生理。相反,道德教化、意识形态宣传、迎合社会需要则不那么重要。周作人说:"在故事里提倡爱国,专为将来设想,不顾现在儿童生活的需要的办法,也不免浪费了儿童的时间,缺损了儿童的生活。"

什么是不浪费儿童时间,不损害儿童生活的呢?他们觉得儿童在学校受到的教育,最重要的是三条,一是顺应儿童本能的兴趣,二是培养并指导那些兴趣,三是唤起以前没有的新兴趣。而相应地,周作人提倡的儿童文学主要是童话、寓言、神话、诗歌、传说。

然而,百年前的教育实践也遇到了和今天相似的尴尬:从来不缺少先进的、富于启发性的理论,但这些理论每每遭遇现实,就变得面目全非了。"儿童的发现"这一命题到了血与火的1930年代,就成了争夺儿童的理论基础。左翼通过童话对儿童进行思想引导。他们也研究儿童心理,考虑儿童不同阶段的阅读特点,写作的目的则是通过童话宣传政治主张,在意识形态斗争领域争取孩子的认同。

"五四"一代不仅大力引介儿童教育理论,翻译创作儿童文艺作品,更将儿童视为未来与希望。无论左右,大家都心知肚明:谁拥有童话,谁就拥有儿童,而谁拥有儿童,谁就拥有未来。

张天翼有一篇著名的童话《大林和小林》,正是这一时期的代表作,影响了几代人。小说写的是一对亲兄弟大林和小林,由于家境贫寒,兄弟俩被不同家庭收养。大林被富翁叭哈收养,好吃懒做,养尊处优,四体不勤,五谷不分。而小林在资本家四四格的工厂里做童工,受尽欺辱,还险些被变成鸡蛋吃掉,最后和小伙伴们奋起反抗,打死了资本家四四格,而大林则死在一个满是财宝的孤岛上。童话里隐含的阶级理论还是很明显的。

到了抗战时期,民族矛盾大于阶级矛盾,如何把儿童调动起来加入抗战洪流之中,如何让儿童明白日本帝国主义为什么要挑起战争,就成了作家们需要优先解决的问题。于是,张天翼着手写出了《金鸭帝国》来宣传抗战,向孩子们揭露日本侵略者的罪恶发家史和挑起战争的原因。

从《金鸭帝国》的原名《帝国主义的故事》就能看出张天翼的创作意图。这部作品1938年开始在《少年先锋》上连载。当时针对儿童的刊物汗牛充栋,沦陷区、国统区、解放区都有,《少年先锋》就是其中之一。从叶圣陶发表在这本刊物上的《少年先锋歌》,就能捕捉到这类刊物希望通过文学艺术塑造怎样的儿童:

> 任时代交给我们的责任这么重,
> 我们有的是石样的肩头火样的胸。

我们不只是家中儿，
不只是学校的学童。
我们是中华民国的少年先锋，
我们是中华民国的少年先锋。

儿童不再只是家庭的儿童、学校的儿童，更是国家的儿童。在强化儿童的国家属性上，不只是文学作品起作用，茅盾还在这份杂志上提倡"孩子剧团"，让儿童以艺术团体演出的方式参与到抗战宣传中。当然，此时的儿童文学已经和"五四"时期提倡的大相径庭了。

有趣的是，1939年元旦，张天翼的《金鸭帝国》被他自己改编成独角戏，在邵阳街头宣传抗战。独角戏是湖南当地流行的表演形式，由一人表演，道具非常简单，在街头用席子或者被单、雨伞之类的围出表演区域，有时候表演"狗打架""杀猪"这类接地气的口技，或者唱地方戏曲、民歌，形式多样。张天翼改编的这出独角戏叫《金鸭帝国的大粪王》，虽然我们今天看不到剧本和演出资料了，但想一想这样的演出环境和表演形式，再配上张天翼狂欢式的讽刺喜剧笔法，想必会博一个满堂彩，吸引不少小朋友来围观吧。

—1942 共读—

绿茶

童话是一种现实的反应。有时候童话很美好很温暖,有时候又很残酷很黑暗。这其实都是作家在现实中汲取的一些创作养分。在现实生活中,也有这样那样的故事,一旦我们把它用童话的形式表达出来,就赋予了它更多传奇的色彩,然而实际上,现实生活可能没有那么跌宕起伏。在文学作品中,要加入很多戏剧性成分。

 邱小石

张天翼的童话尤其如此@绿茶,比如他另外的小说写"大槐国",或许就是童话对现实的镜映——这个社会包罗万象,它尊重劳动,也向往富贵,其中不乏本分守中的小蚂蚁,也有精明入世的大头蚂蚁,还有没什么原则一哄而上的乌合之众——蜂群和蚁群众生相。在这里,你可以听见各种声音,不同的选择导向不同的归宿,而你怎么看、怎么听、怎么做,终究取决于你的内心。这让人不禁想起了庄生梦蝶,想起了陈维崧将之与"槐蚁"相提并论的"蕉鹿"。蕉鹿之梦如世事,终不过是镜中镜、影中影。一切有为法,如梦幻泡影,如露亦如电,应作如是观。

 杨早

从儿童心理来说,张天翼的童话,不好的地方是太多成人理念,像阶级呀,商业呀,社会发展呀,这些不是儿童愿意关心、能够理解的。但比起同样理路的童话作家来说,张天翼有一好处是不避秽俗,屎尿乱飞,人物经常还有些莫名其妙的委屈,这一点在《大林和小林》《秃秃大王》里特别明显。小时候读这些书,正义感没多少,反派人物的好玩倒是远超正派……不管什么时候,有童心的作家都很难得。

. . . . . .

《倾城之恋》
《小二黑结婚》

1943

 国家主义与个人叙事

时光列车来到了1943年,这一年,出现了一部天才型小说,在沦陷区引起了巨大的反响,但是在国统区跟解放区,可以说是默默无闻。这就是张爱玲的《倾城之恋》。

曾经帮助张爱玲走上文坛的老作家柯灵在1980年代曾说:"我扳着指头算来算去,偌大的文坛,哪个阶段都安放不下一个张爱玲。上海沦陷才给了她机会,日本侵略者和汪精卫政权把文学传统一刀切断,只要不反对他们,有点文学艺术粉饰太平,求之不得,给他们什么当然是毫不计较的,天高皇帝远,这就给张爱玲提供了大显身手的舞台……张爱玲的文学生涯,辉煌鼎盛的时期(1943—1945)只有两年,是命中注定的。"(《遥寄张爱玲》)

以张爱玲的文笔,即使《倾城之恋》提前十年发表,同样会受到文坛的瞩目。可是张爱玲以《倾城之恋》为代表的小说,确实大概只有在沦陷区的这几年,才会如此畅通无阻且深入人心。为什么这么说?因为《倾城之恋》代表着一种战争时期的个人叙事,而新文学常见的集体主义、抗战时盛行一时的国家主义,在这种叙事中

是缺席的。

柯灵回忆:"我最初接触张爱玲的作品和她本人,是一个非常严峻的年代。1943年,珍珠港事件已经过去一年多,离第二次世界大战结束和中国抗战胜利还有两年,上海那是日本军事占领下的沦陷区。"战争已经持续了六年,沦陷区有很多人已经麻木了,当然没人能猜到战争在两年后就会结束,大家只是接受了国土沦陷,自己成了亡国奴的现实。这种时候,普通人其实想得更多的,是"自己怎么样在这种状况下生存下去"。在沦陷区的读者看来,这种以个人利益为出发点的思考与书写,跟他们的切身处境更加相依相关。

张爱玲在这个时候出现,就成了这个群体的代言人。看《倾城之恋》的叙事线索,大上海离了婚的小姐白流苏,通过相亲认识了新加坡商人范柳原。他们一起去香港两次,第一次玩了一个多月,两个人建立了一定的感情。第二次去时,情况不一样了。白流苏在上海被逼得无处可走,流言蜚语和家庭压迫,让白流苏不得不屈辱地接受范柳原的邀请,去香港成为他的情人。白流苏此前曾经希望范柳原能跟她结婚,现在看来是不可能了。

范柳原对白流苏当然是有爱情的。但是这种爱情不足以让范柳原娶她——爱情不可能成为婚姻的全部理由,像范柳原这种花花公子,更愿意跟白流苏发生一段萍水相逢的露水姻缘。而香港是一个离内地主流社会有距离的地方,一个更西洋化的地方,一个更不用在乎别人的风评和流言蜚语的地方。范柳原与白流苏只能在香港,而不是上海,完成这样一段露水姻缘。

小说写到这里,本来只是大时代中的一个悲酸的小故事。但是就在白流苏搬进了他们同居的新家正式成为外室,范柳原将离香港

未离香港的时候,战争爆发了。战争让两个人突然有了非常不一样的同生共死的感觉:

> 一个人仿佛有了两个身体,也就蒙了双重危险。一颗子弹打不中她,还许打中他。他若是死了,若是残废了,她的处境更是不堪设想。她若是受了伤,为了怕拖累他,也只有横了心求死。就是死了,也没有孤身一个人死得干净爽利。她料着柳原也是这般想。别的她不知道,在这一刹那,她只有他,他也只有她。

张爱玲对战争是厌恶的。1941年日军入侵香港时,张爱玲正好在香港读书,她经历了沦陷的全程,参加了守城,休战后在大学临时医院做看护。

在晚年的自传小说《小团圆》里,张爱玲这样说明当时的心态:

> 希望投降?希望日本人打进来?
> 这又不是我们的战争。犯得着为英殖民地送命?
> 当然这是遁词,是跟日本人打的都是我们的战争。
> 但是国家主义是二十世纪的一个普遍的宗教。她不信教。

所以当白柳两人的感情碰上整个香港的沦陷,便成就了一段"倾城之恋",白流苏和范柳原彼此只能找到对方作为支撑。

> 在这动荡的世界里,钱财,地产,天长地久的一切,全不可靠了。靠得住的只有她腔子里的这口气,还有睡在她身边的

这个人。她突然爬到柳原身边,隔着他的棉被,拥抱着他。他从被窝里伸出手来握住她的手。他们把彼此看得透明透亮,仅仅是一刹那的彻底的谅解,然而这一刹那够他们在一起和谐地活个十年八年。

之所以是"倾城之恋",不仅标明恋情发生的时刻正值倾城,更在于之前这对男女虽有感情,但彼此的自私与算计让他们很难走到婚姻这一步,因为婚姻本身是对财产和彼此关系的一种约束,不是爱情的必然结果。反而是战争带来的威胁和伤痛,导致两人愿意捆绑在一起,成为相关的命运共同体。

所以《倾城之恋》从另外一个角度表明了战争对命运的影响。白流苏与范柳原,一个是旧时代遗老的女儿,一个是海外归来的华裔商人。他们本身对国家没有深厚的感情,没有深切的认同。范柳原说白流苏是"道地的中国人",更多是指文化层面上的。所以他们不管是谁在统治,要为自己算计的生活并没有什么不一样。战后范白二人往来上海和香港,仍然过着跟从前差不多的生活。

《倾城之恋》的结尾说:

> 香港的陷落成全了她。但是在这不可理喻的世界里,谁知道什么是因,什么是果?谁知道呢,也许就因为要成全她,一个大都市倾覆了。成千上万的人死去,成千上万的人痛苦着,跟着是惊天动地的大改革……流苏并不觉得她在历史上的地位有什么微妙之点。她只是笑盈盈地站起身来,将蚊烟香盘踢到桌子底下去。

这就是当时不少上海民众的心态，他们更关注自己的生活。《倾城之恋》让我们看到在战争阴影下的一种普通人情感的书写。当然这种情感借助爱情的形式呈现，会更容易让读者接受。但即使如此，你也可以想象，如果张爱玲这篇小说出现在抗战后方的重庆，在"抗战无关论"被大肆批判的舆论氛围当中，这样的小说会遭到怎样的命运？

《倾城之恋》出现在1943年的上海，代表了当时很多人的一种情绪，一种对人生的看法，所以不管你喜不喜欢，它都是很重要的时代情绪的组成部分。

只准女儿婚恋自由，不许老妈涂脂抹粉

《小二黑结婚》在1950—1960年代被改编成电影、戏曲等各种形式，红极一时。晚年因演小品而走红的赵丽蓉就曾演过1964年的评剧《小二黑结婚》，她在里面饰演年老色衰依然涂脂抹粉、招蜂引蝶的反面角色三仙姑。然而，《小二黑结婚》这部当年家喻户晓、老少咸宜的喜剧，字里行间却透出引人思考的时代暗影。

《小二黑结婚》的故事特别简单，顾名思义，小说的男主人公叫小二黑，女主人公叫小芹，他们俩两情相悦，但遭到重重阻挠。而小说写的就是他俩怎么冲破阻碍最终结婚的故事。俗话说"宁拆十座庙，不破一桩婚"，男当婚女当嫁，到底是谁在反对呢？

首先是代表传统封建观念的父母。小二黑的父亲叫刘修德，不过在村里提"刘修德"，大家可能反应不过来是谁，要是提"二诸葛"，那大家就明白了。因为他喜欢算命卜卦，干什么都得算一卦，经常闹笑话。小芹的妈妈叫三仙姑，一听就知道这肯定是外号，这个被人们遗忘掉本名的女人，年轻时候喜欢招惹后生，上了岁数仍然借着请神降神的机会招揽闲汉。

这两个不靠谱的父母,自己不靠谱就算了,为什么还干涉儿女的婚事呢?二诸葛不同意小二黑娶小芹,说小芹命里五行属火,小二黑属金,火克金,那可要不得。而三仙姑则心思更多,她希望小芹在自己身边帮自己吸引年轻人,但又担心小芹太招眼,把男人都吸引跑了,于是想找个能给高价彩礼的人家把小芹嫁过去,小二黑她还想留着自己勾搭。

反对者还有代表黑恶势力的村中恶霸。领头的叫金旺,他趁着新政权在村里推行新政策、局势未稳的机会,浑水摸鱼夺下了武委会的大权,让自己媳妇也当上了妇救会主任。这个金旺看中了小芹,结果调戏不成就设计陷害,组织斗争会想要逼小芹就范。

所幸,事情闹到区里,区长秉公执法,不仅没有责罚小二黑和小芹,而且促成了他们的婚姻。到这儿,就算是点了"小二黑结婚"的题目。

《小二黑结婚》这篇小说从故事到人物,从语言到笔法,都特别热闹,像村头唱大戏一样,好人坏人善恶分明,风风火火,跟"五四"以来的新文学作家的小说风格差别很大。赵树理还借用了通俗小说的手法,比如给两个主要配角三仙姑、二诸葛起外号,虽然略有些脸谱化的倾向,但不仅外号起得准确幽默,而且能够让读者一下把握这两个人物的特点。

这样的写法是作家赵树理个人的创作风格与文学理念,他希望通过自己的写作把去书摊上看小唱本的人抢回来,用人们喜欢的通俗形式来传递新思想、新政策,真正影响普通农民。同时,这样的创作形式也契合延安时期文艺创作的导向,通过重新发掘与利用旧有的文艺形式与手法,让文艺创作更贴近工农兵的口味。从后来的传播效果来看,赵树理的这种创作尝试不仅得到了官方认可,被称为"赵树理方向",更得到了广大读者与观众的认可——《小二黑结婚》后来被不断改编,从戏剧到评弹,从评书到电影,观众被这段热闹闹的故事逗得前仰后合的同时,新的婚恋观念也真正影响了最广大的农村地区,不经意间实现了喜闻乐见的启蒙。

但如果我们细读小说,拨开《小二黑结婚》闹剧的烟雾,看到字里行间透出的历史与现实,那么就会发现那个看似大团圆的结局,实际充满悖谬与隐忧。

我们重新打量一下那个可笑的三仙姑。小说把她当作反面角色来处理,而丑化的方法主要有三个。一是写她作为有妇之夫勾引青年,甚至为了小二黑和自己的女儿争风吃醋,没有"妇德",二是写她假装萨满降神,滑稽可笑,三是说她一把年纪了还涂脂抹粉,最狠的话是区长讲的:

> 区长见是个擦着粉的老太婆,才知道是认错人了。交通员道:"认错人了!这就是小芹的娘!"区长又打量了她一眼道:"你就是小芹的娘呀?起来!不要装神做鬼!我什么都清楚!起来!"三仙姑站起来了。区长问:"你今年多大岁数?"三仙姑说:"四十五。"区长说:"你自己看看你打扮得像个人不像?"

于是在区长那句"不像人"的带动下,群众自发发起了对三仙姑的围观与群嘲羞辱,这也是小说的高潮:

> 邻近的女人们都跑来看,挤了半院,唧唧哝哝说:"看看!

四十五了!""看那裤腿!""看那鞋!"三仙姑半辈没有脸红过,偏这会撑不住气了,一道道热汗在脸上流。

三仙姑只听见院里人说:"四十五""穿花鞋",羞得只顾擦汗,再也开不得口。

然而我们别忘了,之前年轻貌美的三仙姑是如何经历婚姻的不幸,有着一个"不多说一句话,只会在地里死受"的丈夫,她借着降神的庇护,在神权与夫权的缝隙里获得性满足。这样淫妇配憨夫的写法,无疑激起农民读者从唱本里听来的潘金莲、武大郎一类民间故事的记忆,喜闻乐见之余还要指指点点、荡妇羞辱一番。

新权力确实给了小芹与小二黑新的可能。如果没有新权力的介入,小芹或许会成为另一个三仙姑,毕竟小说里小芹的成长环境是很不堪的:

> 小芹当两三岁时候,就非常伶俐乖巧,三仙姑的老相好们,这个抱过来说是"我的",那个抱起来说是"我的",后来小芹长到五六岁,知道这不是好话,三仙姑教她说:"谁再这么说,你就说'是你的姑姑'。"说了几回,果然没有人再提了。

而在同样令人匪夷所思的成长环境中,小二黑则难保不是另一个二诸葛:

> 小二黑没有上过学,只是跟着他爹识了几个字。当他六岁时候,他爹就教他识字。识字课本既不是五经四书,也不是

常识国语,而是从天干、地支、五行、八卦、六十四卦名等学起,进一步便学些《百中经》《玉匣记》《增删卜易》《麻衣神相》《奇门遁甲》《阴阳宅》等书。小二黑从小就聪明,像那些算属相、卜六壬课、念大小流年或"甲子乙丑海中金"等口诀,不几天就都弄熟了,二诸葛也常把他引在人前卖弄。

如果没有新权力的介入,他们或许要么按照父母划定的轨迹一路向前,互无交集,要么如他们在现实中的原型人物一样,身死情灭。

如今小二黑和小芹有了新的出路与新的依靠。经过这一番洗礼,他们逃出了传统伦理的束缚。"五四"就开始提倡的自由恋爱的种子,经过20多年的辗转,似乎在中国最基层的年轻人身上开了花。但这股新力量在冲破旧枷锁的同时,也留下了许多腐臭的旧观念——在新力量的裁决下,容得下自由恋爱,却容不下一个中老年妇女涂脂抹粉。

而比容不下更令人不安的,是之后群众性的斗争会、羞辱会。当金旺发动群众开会斗争小二黑和小芹的时候,区长一句"你自己看看你打扮得像个人不像?"引发了羞辱狂潮。赵树理那狂欢式的喜剧场面背后,依稀能看到时代的暗影。

—1943共读—

彭江河

战争促成了范柳原和白流苏的姻缘，这个结局，本来和世世代代话本小说里唱的才子佳人传奇并无二致，但张爱玲还是赋予了他们片刻平凡的真实。停战后，屋子里的用人不知去向，范柳原打水，流苏下厨，他不用再装绅士，她也不用一直端着淑女的姿态。我们都爱绅士淑女的精致，但精致的文明有时候是非常累的，尤其当精致不是出于自然的审美而是需要去匹配某个场合、某个圈子的时候。流苏望着躺在一边的范柳原，感慨着"在这动荡的世界里，钱财、地产、天长地久的一切，全都不可靠了。靠得住的只有她腔子里的这口气，还有睡在她身边的这个人"。钱财、家庭、承诺，任何东西都可能成为我们伪装的保护色，只有"腔子里的这口气"是真实的，只有敢于真实，才能拥抱踏实。

张宇帆

死生之外无大事。当城池坍塌，一切文明被打破，说笑间的戏言变成可见的现实，有些东西才真正开始浮现。但这是爱情吗？这更像是末日降临下的释然与扶持。生存需要摆在首位，少了些算计，多了点真心。但双方都能真正打开自己，理解对方吗？我觉得不见得。只是，当渺小的个体感受到文明消逝的威胁时，还计较这么多干嘛。

孟岳

《倾城之恋》的底色，其实是张爱玲在香港沦陷时期的生活。"香港从来没有这样馋嘴过"，"所有的学校教员，店伙，律师帮办，全都改行做了饼师"。为了一盘价格昂贵的、里面吱咯吱咯满是冰屑的冰激凌，张爱玲和同学可以步行十来里路。那是香港前所未有的寒冬，张爱玲在医院里当看护，看护们对伤痛和死亡早已麻木，在呻吟声和死亡通知里，她们用黄铜锅煮牛奶，用椰子油烘小面包。

《四世同堂》

1944

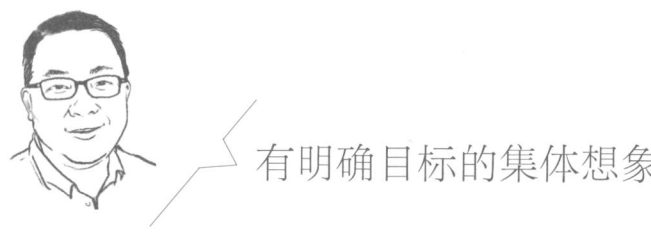 有明确目标的集体想象

老舍的《四世同堂》是想象的产物,而且这种想象,是集体的、有目的的想象。

《四世同堂》当然是名作,而且随着大量的阅读,还有不同的媒体形式,尤其是影视作品的广泛传播,《四世同堂》基本上已经成为抗战沦陷时期北平的标本。

但是,老舍并没有在沦陷的北平待过,他于1937年抛妻别子,前往内地参加抗战。冯玉祥专门写过一首诗夸奖老舍:"老舍先生到武汉,提只提箱赴国难;妻子儿女全不顾,蹈汤赴火为抗战!老舍先生不顾家,提个小箱撑中华;满腔热血有如此,全民团结笔生花!"

老舍的夫人胡絜青和三个儿女到重庆跟老舍会合时,已经是1943年10月了。胡絜青记录老舍开始构思《四世同堂》的场景:"见到了离别了六年的老舍,他是贫病交加,瘦弱不堪,显得很苍老。日本的侵略,国民党的腐败统治使他极为愤恨和焦虑,家人的团聚也没使他高兴起来。我们在重庆北碚安家后,新老朋友纷纷来

看望我们，尤其是家和亲友仍然在北平的一些老朋友，于是迫不及待地向我打听各种情况，当我一次又一次的叙述日本侵略者对沦陷区人民，特别是对北平人民的奴役和蹂躏的时候，老舍总是坐在一旁吸着烟，静静地听着，思考着，就这样使他那心中旧日的北平又增添了沦陷后的创伤和惨状。"

经过一年多时间的构思，老舍在1944年1月开始动笔，写下一部以沦陷的北平为背景的长篇小说。这就是《四世同堂》。

这个时候的老舍，已经不再是一个普通的作家，他是后方抗战文艺的一位负责人，他积极筹备并参加了"中华全国文艺界抗敌协会"（简称"文抗"），而且一开始就被推选为实际负责人。

其实老舍在抗战前没那么重要，没那么众望所归，但是因为这次成立的"文抗"，不是左翼作家联盟，也不是新月社、创造社，而是一次"全面的组织文艺界的大团结"。文艺界各方各派的势力在这面团结的旗帜下，其实有点争执不下，于是人缘好又没有强烈的某方面背景的老舍，就成了担任这个"总负责人"的不二人选。

后来茅盾曾经说："如果没有老舍先生的任劳任怨，这一件大事——抗战的文艺界的大团结，恐怕不能够那样顺利迅速的完成，而且恐怕也不能艰难困苦的支撑到今天。"老舍既然是中华全国文艺界抗敌协会的负责人，那他在抗战期间就要演好这个角色。正如沙汀是文抗成都分会的负责人，他的《在其香居茶馆里》便是接受邀请反映兵役问题的命题作文，"文抗"总负责人老舍当然更需要承担这种命题作文的责任，他在抗战中写了大量通俗文艺作品，利用它们来宣传抗战。老舍曾经说："我的笔必须是炮，也是刺刀，我不管什么是大手笔，什么是小手笔，只要是有实际的功用和效果的,我都肯去学习,去试做。"

因此,老舍听了胡絜青阐述北平沦陷后的状况后,以他对北平的热爱和了解,写一部反映沦陷区北平民众生活的长篇小说,就成了老舍赋予自己的一项义不容辞的使命。其实从1937年到1943年,老舍几乎没有写过小说,更不要说长篇小说了。《四世同堂》就是在这样的背景下产生的。

《四世同堂》一开篇,老舍写道,祁老太爷坚信"咱们北平的灾难过不去三个月!"。日本兵已经进了北平,祁老太爷和孙媳妇韵梅的对话,还在猜日本为什么要侵略中国,表现了对国家大事的完全无知:

> "我就不明白了,日本鬼子要干什么!咱们管保谁也没得罪过他们,大家伙平平安安的过日子,不比拿刀动杖的强?我猜呀,日本鬼子准是天生来的好找别扭,您说是不是?"
>
> 老人想了一会儿才说:"自从我小时候,咱们就受小日本的欺负,我简直想不出道理来!得啦,就盼这一回别把事情闹大了!日本人爱小便宜,说不定这回是看上了卢沟桥。"
>
> "干嘛单看上卢沟桥呢?"小顺儿的妈纳闷。"一座大桥既吃不得,又不能搬走!"
>
> "桥上有狮子呀!这件事要搁着我办,我就把那些狮子送给他们,反正摆在那儿也没什么用!"
>
> "哼,我就不明白他们要那些狮子干吗?"她仍是纳闷。
>
> "要不怎么是小日本儿呢!看什么都爱!"老人很得意自己能这么明白日本人的心理。"庚子年的时候,日本兵进城挨着

有明确目标的集体想象

家儿搜东西,先是要首饰,要表;后来连铜纽扣都拿走!"

"大概是拿铜当作了金子,不开眼的东西!"

虽然孙子瑞全立即纠正了他们的想法,说日本人"要北平,要天津,要华北,要整个的中国"!但这并未让爷爷和大嫂思想上有什么改变。

老舍正是要通过《四世同堂》,描写北平人民的觉醒,描写抗日战争带给中国人的变化:借助这场战争,中国民众坚定了对国家的认同。

1912年中华民国建立之后,整个国家就一直纠缠在地方和中央的对抗当中——北洋时期吴佩孚希望通过武力来统一全国,失败;北伐之后,张学良东北易帜,中国达成了形式上的统一,但仍然内战不断。尤其是大部分中国人在意识上并没有真正认识到:自己属于"中国",而中国又是现代世界各国中的一员。直到日本全面侵华,所有人,尤其是底层民众才有了一个共同的明确的敌人,他们才从内心坚定国家认同,这是老舍在《四世同堂》里面非常凸显和强调的问题。《四世同堂》也因此成为最典型的"抗日文学"。

由于老舍没有亲身经历北平沦陷,《四世同堂》也有它的问题。比如老舍对北平极度熟悉,他对小羊圈胡同各家各户的描写,完全重现了北平一条胡同里面的各种各样的生态。但是写到日军入侵北平带来的改变,因为没有亲身观察,描写就显得比较浮光掠影。

《四世同堂》的重心在于不同的中国人面对日本统治做出的不同选择和回应,但为了凸显"抗日""国家认同"的主题,所谓不同的中国人,其实也是相当类型化的,缺乏更多的复杂性。关于日本人对北平统治的描写也相对简单,初期与后期的政策变化并没有充分地体现出来,这使整部小说缺乏了纵深感。在真实的历史中,日本攻占东亚各国各地区,都有统治政策的变化。最初开展皇民化运动,逼着被占领区的民众说日语、穿日本服饰;到了后期,便利用本地的传统文化来辅助日本的统治,在中国体现为对儒学的强调、对书院的恢复,等等。

《四世同堂》集中描写的是日本占领北平的最初两年,对后来长期在沦陷区生活的民众的变化反映得不够,它的前面两部《惶惑》《偷生》写的是抗战前两年,第三部《饥荒》倒是一下子写了六年。这样一来,显得多少有点头重脚轻。

总的来说,这部小说的作者是有职责的,写作是有目的的,内容是想象的。而这个想象,它不仅是老舍的想象,也代表了当时整个后方对沦陷区民众生活的集体想象。这种想象,被用来表达对敌人的痛恨,对国土的丧失的痛惜,但也会导致一种相对极端的情绪。

后来当北大迁回北平时,新任北大代校长傅斯年把沦陷时期的北大称作"伪北大",任教的老师称作"伪教员",学生称作"伪学生",一概不承认他们的工作与学历,在当时引起了很大的争议——沦陷区人民有没有工作的权利?有没有受教育的权利?这些复杂的面相,在《四世同堂》里是看不到的。

《四世同堂》对沦陷区现实的反射,是经过了多重滤镜的映像。

当沦陷成为日常生活

如果问老舍的代表作品是什么,除了《骆驼祥子》,很多人第一反应是它;如果问京味文学有什么好作品,它也多半高居榜首;而说起抗战文学,这本书自然也是避不开的。这就是《四世同堂》。

学者袁一丹在讨论北平沦陷问题的时候,提出了一个非常有启发性的观察视角,叫"水平轴"。什么意思呢?说起北平沦陷,我们往往采取宏大的国家民族视角,强调的是军队的进退,主权的得失——这是观察坐标系的垂直轴,那么身处沦陷区的人民的日常生活、情绪体验,则构成了一个平视的视角,也就是"水平轴"。沦陷不只是军队撤离、政权溃逃,更是沦陷区人们的日常生活。

分出这两种视角有什么用呢?如果用国家民族的宏大视角来看北平城的沦陷,那么时间是相对明确的,1937年7月29日,宋哲元指挥二十九军被迫撤离是很重要的标志。而从全面抗战的历史叙述来看,1937年7月7日卢沟桥的枪炮声则被确立为毋庸置疑的开端。

在很多人看来,历史的推演行进是按部就班的,在某一个时刻,历史会迎来转折,一下拐向另一条道路,所有人整齐划一地开启了另一种历史意识和日常生活。从抵抗到沦陷,从隐忍到抗争,界限分明,历史被清晰地切成一段一段,仿佛历史教科书上标注的时间一到,历史就转折了。

可是生活不是这样演进的。在水平的生活视角中,历史的流动是散漫的,沦陷的体验对每个人都不同,甚至民众真正意识到沦陷,是在军队撤退、政权败走,日军进城之后的很长一段时间里才慢慢明确起来的感觉。而不是二十九军一撤走,北平老百姓就一下子悲情激愤起来,然后开启沦陷与反抗模式。

《四世同堂》有明显的垂直轴视角。

比如小说开篇,是对祁老太爷、祁家,以及小羊圈胡同的介绍。小羊圈胡同里是个小社会,或者说是整个北平社会的缩影。从社会阶层来看,有失势的官僚家庭冠家,做买卖起家的中产大家族祁家,小门小户的书香门第钱家,还有卖艺的、拉车的、替人窝脖儿的。从人品性情来看,有淳朴保守的,有清高耿直的,有泼辣市侩的,有心机世故的。从目的来看,有一心奔革命的,有四处盼投降的,有本分过日子的。从年龄来看,有老年人,有中年人,有青年人,也有小孩子……这些人被三言两语地点出了各自的身世与特点。如果北平没有沦陷,小羊圈胡同的居民们会一直相安无事。

在介绍完小羊圈胡同之后,变化开始了。书里有一句话,可以看到沦陷前后的界限分明:

> 天很热,而全国的人心都凉了,北平陷落!

北平陷落是如此明确的分水岭,小羊圈胡同里的人们开始向着不同的方向突变。后来有人抗争殉难,有人明珠暗投,有人升官发财,有人隐忍苟安,更有白发人送黑发人。祁家内部隐藏的裂隙也导致了四世同堂稳固的大家庭开始分崩离析,正如尽力维持着四世同堂式体面的古老国度。

对北平城、北平人、北平文化及生活的熟悉与热爱,让老舍在宏大叙事的同时,也用旁逸斜出的笔触让我们看到了北平沦陷的水平轴,即日常生活的视角。

祁老太爷什么也不怕,只怕庆不了八十大寿。他经历了八国联军攻进北京城,经历了清朝皇帝退位,经历了接续不断的内战。动荡没有吓倒他,和平使他高兴。他是个安分守己的公民,要过年,要祭祖,只求消消停停地过着不愁吃穿的日子。即使赶上兵荒马乱,他也自有办法——家里存着够全家吃三个月的粮食与咸菜。

这段对祁老太爷心理的铺叙特别经典,老舍的本意是呈现祁老太爷自扫门前雪的自保心态。这是老舍要批判的国民性问题,由此号召大家参与到抗战中去,这是老舍想要传达的核心意思。

不过,这里还透露出当时北平市民比较普遍的一种心态。近代以来,北平人对动荡和战争并不陌生。所以在沦陷之初,人们的态度是非常复杂的。在北平沦陷前,流言盛行,既有政府宣传的节节胜利的虚假消息,也有民间流传的战事传闻,街面上说什么的都有。在小说里,有经验的李四爷劝大家预备好一块白布,万一非挂不可,到时还能用胭脂涂个红球应对。实际情况也是如此。外国的学校、医院很快挂起了各自的国旗,以防滋扰;民居有的挂旗,有的贴条,表明自己的良实忠厚。街道上起初还严阵以待,垒高沙袋,做出要通过巷战誓死抵抗的样子,后来沙袋越垒越矮,到后来干脆没有了路障和沙袋。甚至警察署等机关都开始挂日本国旗,过一阵不知听说了什么传闻,又收了日本旗,后来又挂出来,反反复复。人们也觉得这稀松平常,毕竟军阀轮番蹂躏过的地方,改旗易帜太容易不过了。况且二十九军本身也不是中央军,它是坚守还是撤退,对北平的很多居民来说,特别是祁老太爷这样有过太多类似经验的老辈人来说,也没有那么激烈的民族主义的感受。

而真正的沦陷感从哪儿来呢?其实有一个逐渐意识明确的过程。

1937年8月8日,北平沦陷,并没有老舍描述的炎热天气和冰冷的人心。俞平伯在当日的日记里写道:"立秋,阴,时有微雨……是日午间日军自广安、永定、朝阳三门入,遂驻焉。"

祁老太爷的孙子瑞宣在街上看到坦克进城,天上有日本的飞机。老舍把北平最美的景致(北海)与日本战争机器的开进做对比,以突出美的被破坏感与沦陷感。然而,这可能是文化人想象的沦陷感受。当时的北平万人空巷,围观日军进城,他们与瑞宣听到看到了同样的景象,坦克碾轧过地面发出骇人的轰鸣声,飞机从头顶上呼啸而过,但视觉与听觉的刺激之外,表情却是异常平静。

随着小说的推进,有着丰富改朝换代经验的祁老太爷也开始感受到沦陷,老舍铺排了一大段太平时节北平的金秋光景:

> 在太平年月,街上的高摊与地摊,和果店里,都陈列出只有北平人才能一一叫出名字来的水果。各种各样的葡萄,各种各样的梨,各种各样的苹果,已经叫人够看够闻够吃的了,偏偏又加上那些又好看好闻好吃的北平特有的葫芦形的大枣,清

香甜脆的小白梨,像花红那样大的白海棠,还有只供闻香儿的海棠木瓜,与通体有金星的香槟子,再配上为拜月用的,贴着金纸条的枕形西瓜,与黄的红的鸡冠花,可就使人顾不得只去享口福,而是已经辨不清哪一种香味更好闻,哪一种颜色更好看,微微的有些醉意了!

过生日的祁老太爷上街却没有找到自己熟悉的北平好景致,临近中秋,连给孩子买个兔儿爷都不那么痛快。祁老太爷感受到了沦陷的异样,但他很快在精美的北平兔儿爷身上自我修复了:

> 小兔儿的确做得细致:粉脸是那么光润,眉眼是那么清秀,就是一个七十五岁的老人也没法不象小孩子那样的喜爱它。脸蛋上没有胭脂,而只在小三瓣嘴上画了一条细线,红的,上了油;两个细长白耳朵上淡淡的描着点浅红;这样,小兔儿的脸上就带出一种英俊的样子,倒好像是兔儿中的黄天霸似的。它的上身穿着朱红的袍,从腰以下是翠绿的叶与粉红的花,每一个叶折与花瓣都精心的染上鲜明而匀调的彩色,使绿叶红花都闪闪欲动。

老舍在小说里借祁老太爷告诉民众,日本人是不容许大家过安生日子的,哪怕像祁老太爷这样的顺民,在日本人损害自己利益的时候也会痛楚,谁也别想苟安偷生。祁老太爷的心态变化,也是在沦陷区的民众经历的水平轴的世界——在日常的琐碎与压力中,在历史的经验与现实的粗暴里,产生沦陷感。

— 1944共读 —

梅子酒
老舍的《四世同堂》中有大量对故都日常生活及风俗的细致书写，这也是老舍最擅长的。特别是全书的前两部，回忆式的书写与沦陷区日常生活构成对照，也使全书的叙事节奏相对平缓。如他写北京夏天，单单从瓜果的种类、色彩、叫卖声，便能展现这种日常生活的审美价值与魅力。

尹伊
好像前两部水平轴的叙事更丰富，但第三部就宏大了很多，民族矛盾的书写似乎更尖锐了。

梅子酒
没错，第三部里细节式的日常生活书写不仅减少了，而且全书的叙事节奏明显加快，视角也更为宏大。这种叙事的取舍或许与老舍的"野心"有关：他试图对历史做宏观的叙述甚至阐释，而宏大的历史与细致的日常之间产生了某种矛盾，这一矛盾同样体现在后来的《正红旗下》中。

朴微
我认为日常叙事与宏大叙事的矛盾，很能体现老舍本人的个性与经历。他是一个圆融、热爱生活的人，又是一个严肃、有使命感的人。在许多时刻，他会舍弃前者，走向后者。

尹伊
不仅在抗战时，老舍此后的创作与思想，似乎也一直徘徊在这两端，如果我们还沿用两个坐标轴的说法，函数图像化的老舍在坐标轴上的运动轨迹应该挺有意味。他经常一边歌颂，一边陷入迷惘和焦虑；在公开场合批判昔日好友，在私下又暗暗关照。

. . . . . .

《长河》
《荷花淀》

1945

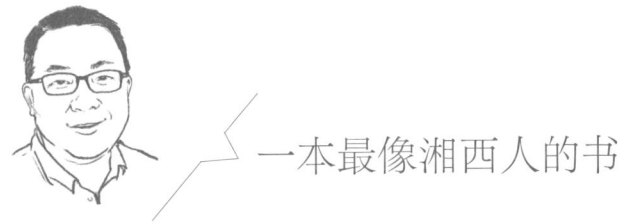# 一本最像湘西人的书

沈从文最早开笔写《长河》是1938年，但是《长河》写了很长一段时间，反复修改，中间又被各种审查，被删改扣留，最终也没能写完。等到单行本出版，已经是1945年1月了。

沈从文自己非常看重《长河》这部小说。他在1942年5月给大哥沈云麓的信里说："最近在改《长河》，一连两个礼拜，身心都如崩溃，但一想想，该作品将与一百万或更多读者对面，就不敢不谨慎其事了！"

为什么沈从文对《长河》这么用心？因为《长河》是《边城》的升级版。沈从文在《长河·题记》中说："《边城》中人物的正直和热情，虽然已经成为过去了，应当还保留些本质在年青人的血里或梦里，相宜环境中，即可重新燃起年青人的自尊心和自信心。"沈从文希望在《长河》里，"把最近二十年来当地农民性格灵魂被时代大力压扁曲屈失去了原有的素朴所表现的式样，加以解剖与描绘"。

《长河》写的是1936年湘西辰河边的一个小地方吕家坪发生的

一系列故事。吕家坪住着商会的会长,还有保安队,辰河下游有个小土坡叫作枫树坳,枫树坳住着一个老水手,河对面有一大片橘子园,橘子园的园主有两个儿子,三个女儿,其中小女儿叫夭夭,最漂亮。《长河》就围绕着这些人物展开,它不像《边城》,它不是一个完整的故事,《长河》描写的是这些湘西民众的日常生活。这种片段的描写方式,也是沈从文小说创作理念升级的一种表现。

但是更重要的是,如果说《边城》描写的是沈从文记忆中湘西的"常态",那么《长河》写的是湘西世界的"常"和"变",而且是以"变"为主。而且《长河》跟抗日战争密切相关。

《长河》故事的时代背景是发生在抗战前的湘西事变。1934—1936年,湘西连年大旱,民众要求当时割地称雄的湘西王陈渠珍减免租税,但遭到拒绝,于是爆发了苗民起义。湖南省主席何键趁机派兵进入湘西,迫使陈渠珍下野的同时,镇压苗民起义。最后南京政府派人跟苗民起义军谈判,起义军接受改编,并开赴抗日前线。

整个湘西事变,汇集了国民政府的中央势力、何键的湖南省势力、陈渠珍的湘西地方势力,以及苗族起义军四方的矛盾冲突。虽然《长河》并没有具体写到湘西事变,但是可以从小说里看出:外来世界的侵扰,已经对整个湘西世界产生了巨大的冲击。

这种冲击,在小说里以"新生活运动"为代表。新生活运动是南京国民政府在1930年代为了推广现代文明,也为了增强国家凝聚力而提倡的一场社会改良运动。但是当新生活运动从江浙中心地区传到湘西的时候,它就变味了,因为大家都不知道"新生活"是什么。但是所有人都听说"新生活"就要来了,还说得活灵活现的:

我听高村人说,他船到辰州府,就在河边眼看到"新生活"下船,人马可真多!机关枪、机关炮、六子连、七子针、十三太保,什么都有,委员司令骑在大白马上,把手那么叉着对民众说话(鼻子嗡嗡的,摹仿官长声调),诸位同胞,诸位同志,诸位父老兄弟姊妹,我是"新生活",我是司令官,我要奋斗!

有人统计过,在整部《长河》里,"新生活"这个词出现了50次以上,所以"新生活"代表着外来的侵扰、冲击和改变。

沈从文在《长河》的题记里说,这篇小说是要给两种"时髦青年"看。一种是公子哥儿,这类人迷恋物质,"特别长处是会吹口琴,唱京戏,闭目吸大炮台或三五字香烟,能在呼吸间辨别出牌号优劣,玩扑克时会十多种花样";另外一种是"普通学生","有点思想,必以能读某某书店出的政治经济小册子,知道些文坛消息名人轶事或体育明星为已足"。沈从文说:"这些人都共同对现状表示不满,可是国家社会问题所在,进一步的实现,必需如何努力,照例全不明白。"

从这里可以看出,沈从文写作《长河》是为了让青年知道国家是什么样子,广大的国土上人民是怎么生活的。为什么要写湘西?沈从文在1939年写的小册子《湘西》题记里说明,现在如果敌寇有心冒险往西打,那么湘西的常德就变成咽喉之地,势所必争,因为敌人很可能以常德为据点,做攻打四川和贵州的准备。我军如果将敌军主力引离铁路线,引诱他们进入山地,湘西沅水流域就会成为一个大战场。沈从文问道:"所以对于这个地方的过去和当前,我们是不是应该多知道一点点?"

在《湘西》小册子的开头,沈从文也列举了当时很多人对湘西的想象与偏见:

(一)湘西是苗区,又是匪区,女子多会放蛊,男子特别喜欢杀人;

(二)公路极坏,地势极险,人极野蛮,因此旅行者通过,实在冒两重危险,若想住下,那简直是探险了;

(三)地方险有险的好处,车过武陵,就是《桃花源记》上说的渔人本家……经过辰州,那地方出辰州符,出辰砂。且有人会赶尸,如果眼福好,必有机会看到一群死尸在公路上行走,汽车近身时,还知道避让路旁,完全同活人一样!

(四)地方文化水准极低,土地极贫瘠,人民蛮悍而又十分愚蠢。

沈从文对外界对湘西这样的歪曲想象,自然是不满意的。因此,从《边城》到《长河》,沈从文一直致力于表现湘西社会的人情美、人性高贵的一面。

为什么说《长河》是《边城》的升级版?《边城》里的世界是没人打扰的,表现出的是内向的静柔的态势。而《长河》体现出了湘西世界遭受的外界冲击与被迫的改变。对那些外来的侵扰,湘西民众表现出某种藐视与玩笑的态度,就像上文提到的对"新生活"的戏闹;而湘西民众表现出来的政治参与意识,也远远高于《边城》。他们有自己的政治理想,那就是:"不许欺压人,欺老百姓。要现钱买现货,公平交易。""做官的不好,也要枪毙!"这样的平民理想和政治参与意识,是《边城》里没有的。因此有人说,沈从文笔下的乡村生命形式,在《长河》中上升到了一个更高的阶梯。

沈从文的外甥、著名画家黄永玉在沈从文去世之后,非常感慨地谈到《长河》,他说:"写《长河》的时候,从文表叔是四十岁上下年纪吧!为什么浅尝辄止了呢?它该是《战争与和平》那么厚的一部东西的啊!照湘西人本分的看法,这是一本最像湘西人的书,可惜太短。"

《长河》是一部未完成的杰作,也是最能体现沈从文心目中"湘西"的一部小说。

文学的奇异果

孙犁的小说《荷花淀》是延安文艺的硕果,也是奇异果。它曾经入选过高中语文课本,据说孙犁因为教材选文对原文的修改而气哼哼的。

《荷花淀》的情节特别简单,故事发生在河北白洋淀地区,那里的青年农民都被调动起来参与抗战了。主人公叫水生,他是村干部,也是游击队的组长。一开篇就是水生主动报名参加战斗,跟妻子告别的情景。不光水生去战斗了,村里很多有志气的青年也去了,而他们的妻子都牵肠挂肚,于是组织了一个军嫂团,划船去看望丈夫。结果丈夫没找到,回来的路上还被鬼子的船盯上了,千钧一发之际,她们的丈夫出现了,不仅解救了他们,而且完成了狙击敌人的任务。小说结尾,军嫂们不甘落后,也刻苦训练,都成了战士。

你可能会觉得这是个很标准的农民抗战故事,没什么特别的。确实如此,孙犁小说的长处往往不在故事,而是诗性的语言,比如这段对水生的妻子在家等待丈夫回家的描写:

月亮升起来，院子里凉爽得很，干净得很，白天破好的苇眉子潮润润的，正好编席。女人坐在小院当中，手指上缠绞着柔滑修长的苇眉子。苇眉子又薄又细，在她怀里跳跃着。

…………

这女人编着席。不久在她的身子下面，就编成了一大片。她像坐在一片洁白的雪地上，也像坐在一片洁白的云彩上。她有时望望淀里，淀里也是一片银白世界。水面笼起一层薄薄透明的雾，风吹过来，带着新鲜的荷叶荷花香。但是大门还没关，丈夫还没回来。

你把它放进汪曾祺，甚至沈从文的小说里，都不太违和。写女人，尤其是农村女人，可以算是孙犁的特长。他笔下的女人是女人样貌女人心思，把农村女性写得干净淳美又活泼充满灵气，令人心生向往。当然，沈从文、汪曾祺也都写女人，但他们写女人往往让人"思无邪"，而孙犁写女人，纯美之外还让人有点心旌摇荡。因为孙犁很喜欢在小说里给女人特写，让读者有凝视观赏的机会，这其中有着很强的男性眼光。她们温良而俏皮、柔美而又有小脾气，特别符合男性群体对女性的想象。

《荷花淀》当初入选教材时被删改了两处。是什么呢？其中一处很无聊，是女人们躲避鬼子的时候，划船逃跑激起了水声，孙犁的原话是："哗哗，哗哗，哗哗哗！"教材上是："哗哗，哗哗，哗哗！"少了一个字。孙犁知道后很生气，说这样破坏了声音和画面的效果。还有一处删改就涉及孙犁的女性观念了。《荷花淀》写水生要去参加战斗任务了，临走前嘱咐妻子，自己走了以后，让她多生产，多识字，多进步，但最关键的是想说被鬼子抓了得反抗，得拼命，被抓就别活了。同样，水生媳妇也是做了必死的准备。小说在写女人们划船躲避鬼子追赶的时候，冷不丁插入了一句：

假如敌人追上了，就跳到水里去死吧！

联系上下文来看，既可以说是女人们的心里话，也可以说是叙事者的声音，而阅读的时候，也就成了读者的期待。那些被凝视、让人心旌摇荡的女人，读者是不是心底也情愿她们宁死也不能被鬼子抓住和玷污呢？

在入选教材的时候，就是这句被删掉了。

不过有意思的地方也在这儿，孙犁这种写法是女性观的问题，但这种有些残忍的女性观念与小说人物水生倒刚好匹配，孙犁想让女性保持纯净，保守农民水生关注的也是妻子的贞洁问题，这似乎就是水生这个人物该有的心理。如果他满不在乎，或者说"被鬼子抓住不要紧，无论受了什么欺侮，保住命最要紧，无论怎样我都爱你保护你"，这不像是农民水生会说出口的。

说孙犁这部作品与众不同，今天可能是感受不到了，毕竟孙犁这部小说开创了一个文学流派叫荷花淀派，模仿者众多。但在1945年的延安，孙犁的笔法还是很新鲜的。

1943年《在延安文艺座谈会上的讲话》发表之后，文艺创作为工农兵服务。无论是秧歌、年画、小曲小调的形式还是对工农兵模范英雄的书写，甚至农民自己搞创作，都成了当时的热潮。整个延安掀起了一股民间狂欢，而这些作品从风格上往往都是赵树理风格的，孙犁这种土味诗意则显得调性很不同。

即使调性不同，我们拨开孙犁的诗性外衣后，不难发现，他和赵树理都是延安文艺的硕果。知识分子放下架子与农民结合的同时，也接受了保守的价值观念。在抗战大背景下，女性问题似乎成了小问题。无论是《小二黑结婚》对三仙姑的群嘲，还是《荷花淀》对女性俘虏的死亡期待，都隐含了这种趋势。民间的文艺形式、讲述和观念似乎被升级为更为现代的创作，但原本的启蒙价值被压抑了。

— 1945 共读 —

邱小石

沈从文也挣扎过,一边做着白日梦,一边维护着自己的骄傲。世界终究是一条如常的长河,有机会挣脱的人们好像捏住了一点命运在自己手上。他们曾经也有过"志气",但"个人出路和国家幻想,都完全寄托在一种依附性的打算中,结果到社会里一滚,自然就消失了"。小说读到现在,看到的都是当下的"镜像"。沈从文想为他的读者写出的颂歌,只是种想象吧。

李子

如果说《边城》中有沈从文早年乡土社会亲身经历的影子,那么,随着革命的深入,"新生活"的来临,仿佛倒洗澡水的同时倒了孩子,乡村的正直、朴素、人情美,几乎消失殆尽。所以从《长河》看《边城》——并不是空间上的边远小城,而是时间上留下的影子,放大光辉的一幕,这甚至是作者有意识的实验。

李子

品德的消失与重造,可能从什么方面着手呢?想从《边城》开始。但时间的《长河》里,一声叹息——逝者如斯。《长河》的笔录中,不再一味地描绘影子中的美景,也有着霞光,如幺幺摘橘子的光景,如乡村里橘子随便吃但不卖的笑谈,但终归霞光背后层层阴影,也投射出来。不免让人感到这"新生活",终归是人世间。

陈童

《长河》里对乡村热闹的描写,让我想起小时候最喜欢的元宵节。晚上不仅有灯会,护城河堤上还会放烟花,县城的人在街上挤得密密麻麻的,抬头一起看烟花,现在想起来还觉得非常幸福。后来大概是考虑到安全和环保问题,这项活动被取消了,这样的集体生活也从我的生活退场了。乡村的集会最传统也最热闹,变动和伏笔也常常藏在热闹的集会氛围里。

—1945共读—

陈童

看《长河》的最后一节《社戏》,就像郁闷半天被打了一下鸡血,忘了前文中的世事变迁,人心浮动,但仔细品这一节,又能感觉出潜伏的危机,才回味出"商女不知亡国恨,隔江犹唱后庭花"的滋味。这大概就是"社戏"这样的活动适合作为故事变化的大舞台的原因吧。

 白水

小说里掌握真相的是能读到《申报》的人——商会会长和橘子园主这些人。虽然小说里把"满满"等人也算作《申报》的间接读者,我还是愿意把他们归在古老的口头传播(乡土传闻)里。这里面有两个地方很有趣。一个是比较容易注意的:"满满"的间接经验也来自《申报》,报纸像圣旨一样。1930年代初《申报》被查禁,不能售往外地。有如此能量影响湘西,甚至可以说建了一个湘西,以报纸为代表的现代传媒被封神了

《围城》
《寒夜》

1946

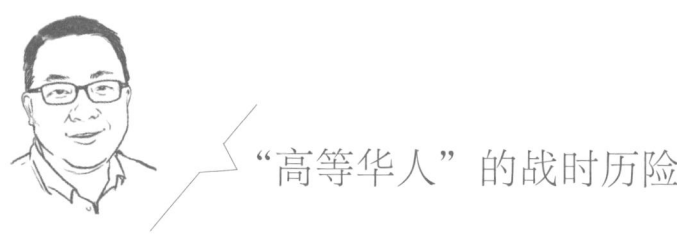# "高等华人"的战时历险

1946年,我们要讲的是钱锺书的小说《围城》。正如夏志清所说,《围城》是现代文学史上最有趣的小说之一。作者钱锺书在《后记》里说,他是想写"现代中国社会的某一部分社会和某一类人物",但是哪一部分社会和什么样的人物,他就没说了,留给你去猜。

不妨用钱锺书的话来做一道填空题:《围城》写的是一部分精英知识分子的战时生活。

《围城》被称为"学人小说",又被称为"新儒林外史",但事实上,《围城》写的并不是一般的知识分子。巴金《寒夜》里的汪文宣和曾树生也是知识分子,《四世同堂》里的瑞宣和钱诗人也是知识分子,但《围城》写的不同,那是一批高级知识分子。他们大部分有国外留学经历,或者上过国内很好的大学。方鸿渐虽然没有拿到博士学位,但是也在国外留学了三四年。赵辛楣是留美的博士,苏文纨是留法的文学博士。

其实民国时留学生的留学国家和所学专业,取决于各自的家

庭背景。苏文纨和赵辛楣都是官宦子弟,有钱出去留学。尤其苏文纨,还可以学完全不实用的文学。而方鸿渐,其实本没有留学的资格,他的乡绅家庭没有这笔钱,他家能送方鸿渐到北平上大学已经像他父亲说的"吾不惜重资,命汝千里负笈",已经是财力极限了。方鸿渐能够出国,是靠着他没过门就去世的妻子家,因为岳家是资本家、银行家,用本来给女儿作聘礼的钱送方鸿渐出国。方鸿渐能出国留学,既不是靠着学习优异,公派出国,也不是家财万贯,自费出国,而是靠裙带关系——所以方鸿渐在当时留学生圈子里是有点另类的。

《围城》里的这些主角都有非常强大的家庭背景,本身也有社会地位。这带来了什么样的结果?就是战争对他们的影响,不像对一般人那么大。

在《围城》里我们可以看到,方鸿渐回乡后不久,战争就爆发了。这里的"战争"不是7月7日的"卢沟桥事变",而是8月13日的淞沪会战。方鸿渐被挂名丈人早早地叫回了上海,书里写道:"以后这四个月里的事,从上海撤退到南京陷落,历史该如洛高(Fr. von Logau)所说用刺刀磨尖的笔,蘸鲜血滤成的墨水,写在把敌人皮肤制造的纸上,不用我们纪载。"战争被一笔带过了。这并不是说钱锺书本人对战争无感,而是说,战争对于《围城》里的角色来说,影响并没有那么大,可以一笔带过。

方家虽然在县里经历了日本飞机投炸弹,好在无一伤亡,农历年底从老家搬到上海租界,其间最大的磨难,是碰到两个溃兵,把方家的钱袋和方氏父子的羊毛袜子和绒棉鞋都脱下来抢走了。而方家到了上海以后,因为"旅沪同乡的商人们素仰方老先生之名,送钱的不少,所以门户也又可重新撑持"。而方鸿渐在《围城》的主要角色里,家庭背景是比较低的,他家尚且如此,那别的人就更不用说了。所以方鸿渐、苏文纨、赵辛楣、唐晓芙,这些官绅子女仍然可以在战时的上海租界里进行四角恋爱的游戏追逐。他们对战争的态度,有一点像《倾城之恋》里面的范柳原、白流苏,只要不伤害自己和家人,便带有一点冷漠与无可奈何。

而方鸿渐和赵辛楣从上海去湖南的三闾大学,并不是因为他们真的走投无路,而是由于他们恋爱失败,又想去内地寻找机会。后来在三闾大学工作不如意,他们又离开了那里。方鸿渐与孙柔嘉虽然一路几经挫折,但毕竟他们还是可以选择回到上海。回到上海过得不愉快,方鸿渐又能收到了赵辛楣的电报,邀请他去重庆。很显然,去重庆,也是他们的一条出路。

所以,在当时中国四分五裂的情况下,这样一些人物,就好像春秋战国时期的诸子百家一样,可以在沦陷区、国统区相对自由地旅行,可以相对自由地选择自己的居所和命运。这在当时的中国,是绝大部分人没有办法做到的。

钱锺书写《围城》这部小说,"围城"指的究竟是什么?有人说他把恋爱、婚姻比作"围城",城外的人想进来,城内的人想出去;有人说他是把东西方文化的跨越与碰撞比作"围城";还有人说他深入人生哲学层面,将整个人生比喻成一座围城。

如果将《围城》看作一部西方常见的"旅行小说",那么不管是上海,还是湖南内地,甚至是方鸿渐想去而未去的重庆,都可以看作一座围城。在战争的大背景下,即使衣食无忧,在扰攘与动荡中,人仍然无法寻到安心的居所,总是处于一种尴尬进出的境地。

《围城》的主角们受战争的影响而面临的问题,主要还是他们在人生追求面前,屡屡跌入虚无感的牢笼。有人曾经说,小说一开始,那艘法国大邮船本身就是一个象征,一个人生的比喻。方鸿渐本来买的是二等舱,但是因为他想追求鲍小姐,所以他自愿到三等舱去住宿和吃饭。这种自愿的选择,就好像日后方鸿渐明明可以待在上海,但是选择了去内地教书一样,实际上是一种自我放逐。这让主人公们的经历险象环生,艰难困苦,但也不那么残酷,因为这不是命运强加的不得已,而是他们自己的追求。

所以整个《围城》的故事当中,重点不在于战争给人带来的伤害和压迫,而在于战争背景之下,男男女女之间那种想得而不可得、欲逃又不能逃的"围城"式的境遇。

钱锺书夫人杨绛在《记钱锺书与〈围城〉》里分析孙柔嘉:

相识的女人中间(包括我自己),没一个和她相貌相似。但和她稍多接触,就发现她原来是我们这个圈子里最寻常可见的。她受过高等教育,没什么特长,可也不笨;不是美人,可也不丑;没什么兴趣,却有自己的主张。方鸿渐"兴趣很广,毫无心得";她是毫无兴趣而很有打算。她的天地极小,只局限在"围城"内外。她所享的自由也有限,能从城外挤入城里,又从城里挤出城外。她最大的成功是嫁了一个方鸿渐,最大的失败也是嫁了一个方鸿渐。她和方鸿渐是芸芸知识分子间很典型的夫妇。

孙柔嘉是"精英知识分子"中的地板,有点儿像张爱玲《封锁》里的吴翠远,但她比吴翠远更向上,更幸运一些。可是,为什么一个"受过高等教育"的女性却"天地极小"呢?这一点与战争无关,而是社会的结构性问题。但是战争放大了这一点,让这种"从城外挤入城里,又从城里挤出城外"显得特别荒谬、无意义。

  《围城》是一部很特殊的作品,它呈现的战时生活跟《四世同堂》不一样,跟《倾城之恋》也不一样,跟几乎所有的民国小说都不一样。然而,它呈现的生活,也是真实存在的。虽然钱锺书的文笔很好看,比喻又多又俏皮,但是《围城》在以左翼为主的现代文学史叙事里,肯定是不受欢迎的。

  文学总是反映人的处境。这是1946年,因为此时战争已经成为过去,新的秩序尚未建立,还有空间让人们重新回味一下战争中的不同阶层、不同人群的生活,这是《围城》能够面世的契机,也是它很长一段时期无法再版的原因。

婆媳矛盾背后是抗战胜利的寒夜

今天一想到巴金,脑子里往往会出现一个年老而矍铄,受尽磨难却坚守良心的知识分子形象。其实年轻的巴金性情热烈,思想激进,政治上倾向无政府主义,写小说也带着年轻人狂热单纯的革命情绪。比如大家熟悉的《家》《春》《秋》,不仅自己沸腾,连带着也让同时代的年轻人沸腾了一把,说他是最早的青春文学畅销鼻祖也不为过。

不过,《寒夜》是他的中年大成之作,巴金的中年在普通读者印象中可能没有青年和晚年时期那么耀眼夺目,却是他的思想以及小说写作的成熟期。《寒夜》究竟精彩在哪儿呢?在他笔下,抗战胜利才是"寒夜"的开始。

这部小说主要写了婆婆、儿子、媳妇一家三口的纠葛。先说男主人公汪文宣,年轻时候在大学里学的是教育专业,曾经与妻子曾树生梦想共同致力于教育事业,尝试乡村化、家庭化的教育实践,但适逢战乱,一切美好的愿望都在冰冷的社会现实面前被击碎了。人到中年的汪文宣成了一家印书馆的小公务员,拖着疲病的身体,拿着微薄的收入勉强维持生计,而他的妻子曾树生则成了银行里的"花瓶"。曾树生虽然还爱着汪文宣,但受不了婆婆的冷言恶语和丈夫的缠绵病榻,她向往着更加青春、更有阳光和希望的未来。横亘在汪文宣与曾树生之间的是汪文宣的母亲,她全心全意地爱护着儿子,以致嫉妒儿媳占有了儿子的心,生活的窘迫让这个原本在新式教育环境里成长起来的女性,发展成了恶婆婆。最终,曾树生选择跟随银行里爱慕自己的年轻领导,走出寒夜,离开汪家去了兰州。而汪文宣的身体也一天天被家庭的纠葛和工作的压力垮塌,最终得了在当时难以医治的肺结核,痛苦又不甘地死在了生活的寒夜里。汪文宣死后,汪母带着十几岁的小孙子不知所终。几个月后,曾树生从兰州回来,想在最后的抉择时刻做挣扎的时候,发现人去楼空、物是人非,只有无边的寒夜像以前那样令人绝望。

今天看这部小说,最容易读出来的就是婆媳战争引发的悲剧。传统恶婆婆+新派潮媳妇+妈宝男,不炸锅才怪。但如果我们穿过婆媳战争的迷雾,去体会巴金小说中萦绕不散的那种让人冷彻肝肺的寒夜氛围,你会发现那不是一个家庭的婆媳关系问题,这股寒气是弥漫在整个社会里的。在小说中,不快乐的不止汪文宣,小说里或明或暗地写了好几个不堪重负、郁郁寡欢的中年人。汪文宣和另一个家破人亡的同学互诉苦水的时候,巴金插了这样一段描写:

> 别的桌上的酒客们似乎都不快乐,有的人唠唠叨叨地在诉苦,有的在和同伴争论一件事情,右边角落里桌子旁边一个中年酒客埋着头,孤寂地喝着闷酒,忽然站起来付了酒钱走了。这个人出门后,堂倌告诉一个白脸客人说,这是一个每晚必到

的老主顾,不爱讲话,喝酒也不过量,两块豆腐干便是他的下酒菜。他按时来准时去。谁也不知道他是一个怎样的人,干什么样的职业。

仿佛到处都是汪文宣,每个人背后都是一个生活的寒夜。在这样的环境里,大家都选择沉默,选择隐忍,是什么支撑着所有人忍下去?到底忍到什么时候才算个头?曾树生好几次质问汪文宣,汪文宣的回答是,等抗战胜利以后,一切都会好起来的。

战争的宏大叙事往往会遮蔽身在漫长战争中的人们的生活体验,以及一个个鲜活个体、一个个微小家庭的日常情绪。《四世同堂》里有观察沦陷区生活的水平轴视角,其实沦陷区以外的广大地区,人们在迁徙奔逃或忐忑求安的日子里是一种什么体验,也是非常微妙的。而《寒夜》最精彩的地方,就是捕捉到了这层情绪。在汪家婆媳鸡飞狗跳的故事之外,相伴随的是到处流传着日军节节逼近的谣言,今天攻下桂林、柳州,明天逼近贵州;是流亡迁徙过程中客死他乡、饿殍流离的逃难记忆;是理想的被击碎,被碾轧;是爱人的难产死亡而束手无策;是物价的飞涨、货币的贬值、生计的困窘,四磅奶油大蛋糕要法币1600元,而汪文宣全部的身家,除去随份子1000元,连一磅都买不起。还有大发国难财的政客,逍遥安逸的金主,以及由他们制造出的巨大的贫富差距。

这些都是主流抗战文学很少涉及的,而人们日常生活里的不公、沮丧、落寞、困窘、生离死别,都在历史的宏大叙事里失声了。在国家生死存亡的关头,每个人的生活困境似乎都微不足道,但无论怎样的不足道,它们都是真实存在着的,无法回避,无法遗忘,随时可能奔涌而出的。在这样的叙述中,人们被树立起的唯一的信念,就是等待抗战胜利。似乎抗战胜利之后,一切问题就能迎刃而解了,寒夜就自然消散了。

但是巴金恰恰让期盼抗战胜利、等待寒夜结束的汪文宣死在了抗战胜利的那一天,死在了抗战胜利的欢呼里:

> 最后他断气时,眼睛半睁着,眼珠往上翻,口张开,好像还在向谁要求"公平"。这是在夜晚八点钟光景,街头锣鼓喧天,人们正在庆祝胜利,用花炮烧龙灯。

当压倒一切、遮蔽一切问题的抗战大主题终于迎来了胜利,人们在欢呼过后却发现,生活里那些不得不直面的问题再也压抑不住了,开始汹涌地袭来:街道依然一片混乱,经济并没有好起来,国家政治局势也前途未卜,生活里的死亡每天还在持续发生,霍乱横行,全市锅炉停电,寒潮降临……

于是我们在小说里看到这样的景象:

> 将近两个月以后的一个夜晚,在山城里说是因为修理锅炉全市停电。早晨下过一阵雨,下半天气候骤然转寒,冷风一阵一阵地吹过市空,赶走了摊头的顾客。电石灯的臭味随着风四处飘送,火光孤寂地打着寒颤。

这种胜利后变得更糟的绝望感,那个走不出的寒夜,正是巴金借着一家三口的婆媳战争捕捉到的1946年的时代情绪。

—1946共读—

梅子酒

如果你仅仅是读巴金的人物分析,肯定对这三个人一个都喜欢不起来。但当你读小说本身时,却不时会被母子之间拳拳的温情,夫妻之间脉脉的怜爱,乃至婆媳之间隐隐的关切打动。

 尹伊

汪母身上有旧传统的束缚,但是受教育的新经验赋予她一份更重要的新骄傲。当读者斥其自私古板时,对儿子的控制欲、对自由婚姻的反对、对新式生活的排斥是常见的说辞。回头看,这些是很值得怀疑的。

 尹伊

互相憎恨的婆媳双方,谁也没有提及这份感情的结合是错误。而浪漫自由的恋爱、蜜月时光反倒是多次出现在曾树生和汪文宣的回忆之中。因而很可能是在生活陷入困顿、关系进一步恶化之后,以上那些问题才成为问题。更大胆一点推测,在战前,汪母看着接受高等教育的儿媳,听着儿媳讲她与汪文宣共同的教育理想,或许还由衷地生出读书人的骄傲,甚至有过书香门第的传承梦。

 尹伊

所以,不同于典型的旧式婆媳之间纯伦理的敌视,汪母对儿媳的恨意之中夹杂着,或者说更多地来源于同为读书人的自己的无处安放的骄傲——自己的沦落与媳妇的风光,儿子的体弱与媳妇的健康。从汪母身上可以看到,在失去了和平的社会、小康的家境之后,那一代夹缝中的半旧半新式的读书女性,不仅迅速地落后于更新式的读书女性(曾树生),而且不能带来任何可以改善生活的实际利益,只徒剩一份虚无的骄傲,在生活的重压下,变形成颇具现代意味的狭隘自私和控制欲。

—1946共读—

杨早

好些巴金的朋友都在抗战当中因为贫病交加而不幸去世。比如著名作家王鲁彦，他1944年贫病交困，逝世于桂林。还有教育家陈范予，1941年病逝于武夷山。巴金为他写了三篇悼念文章。而在巴金动笔写《寒夜》的时候，又一位好友缪崇群因为肺结核在重庆北碚江苏医院不幸病逝。我觉得巴金写到汪文宣去世的时候，可能脑海里充满着缪崇群的形象（这位散文家迫于生计，在正中书局当校对和编辑，跟汪文宣是同行）。所以巴金写《寒夜》有一个动机，就是要为这些英年早逝的朋友发出强烈的控诉和呐喊。

杨早

如果没有这场战争，也许上面说的这些人，包括我的曾祖父，他们可能还好好地活在1944年的世间，可以跟亲人有更多的相处，可能整个家庭的命运也不会有颠覆性变化。当我深夜独坐的时候，我好像都能听得到，70多年前，在重庆，汪文宣和杨遵矩，他们去世前的一声叹息。

杨早

最近总是有人在问："老师，为什么要读书？不读书，不读那些历史不也活得很好吗？"我有的时候会想，我学现代文学，我研究民国史，或许就只是为了有能力去听见前人们的一声叹息吧。

《五子登科》
《暴风骤雨》

1947

黑幕+宅斗+反腐

张恨水的通俗小说《五子登科》是当时特别受欢迎的作品。1947年的销量已无法统计，但到了1957年11月上海文化出版社重印，单次就印了9万册。

"五子登科"本是一句俗语，五代时有个人叫窦燕山，教了五个孩子都金榜题名，所以称为"五子登科"。《三字经》里也有："窦燕山，有义方，教五子，名俱扬。"而在抗战胜利后的特殊时期，民间所说的"五子登科"指的是国民党大员们到了沦陷区去接收，金子、房子、票子、车子、女子，都滚滚而来。

张恨水这篇小说，写的就是一位从重庆派到北平的接收大员金子原是怎样在北平"五子登科"的。房子有人送，车子有人送，金子是公家的，但他拿来做黑市生意赚取票子，还有先后六个女子或趋之若鹜，或半推半就，都成了金子原的囊中之物。

小说的最后，是金子原在北平和重庆之间倒卖黄金的行为被重庆的上峰发现了，要抓他回重庆受审，于是金子原带着其中一位女子和他已经赚到的票子，匆匆地逃离了北平。

在《五子登科》发表前的两年中,"接收"已经成为一个灾难性的名词,有人把"接收"两个字改写为"劫收",民间流传谚语:"想中央,盼中央,中央来了更遭殃。"张恨水凭新闻记者的敏锐,捕捉到了接收过程中贪污、腐败等种种令人失望的现象,用身临其境的细微描写表现出来,所以特别能够引起广大民众的共鸣,也让《五子登科》成为1947年最流行的小说之一。

《五子登科》本身并不复杂,后来对这部小说的研究也比较少。而我选择这部小说来代表1947年,是因为《五子登科》从一个侧面向我们展示了沦陷区和国统区的双重面目。

第一重面目是关于沦陷区的,尤其是它的中上层——因为底层民众的反应,相对而言容易想象——而沦陷区的中上层,是什么样的状况?这一点在文学里很少反映,所以《五子登科》是相对而言比较珍稀的记录。先来看另外一篇文章,沈从文在1946年回到北平后,写的《北平的印象和感想》:

> 北平跟上海不大一样,街路宽阔而清洁,车辆上的人都似乎不必担心相互撞碰,可是许多人一眼看去,样子都差不多,睡眠不足,营养不足。吃的胖胖的特种人物,包括伟人和羊肉馆掌柜,神气之间便有相通处。俨然以多少代都生活在一种无信心,无目的,无理想情形中,脸上各部官能因不曾好好运用,都显出一种疲倦或退化神情。另外一种即是油滑,市侩、乡愿、官僚、特有的装作憨厚混合谦虚的油滑。
>
> 有两个衣冠整齐的绅士下车等待检查,样子谦和而恭顺。我知道,他两位十年中一定不曾离开北京,因为困辱了十年,

已成习惯，容易适应。

《五子登科》描写了很多这样的北平人，尤其是那些沦陷时期为日本人做事、戴上了汉奸帽子的人，包括"汉奸"家庭的子女。他们讨好重庆来的接收大员时，那种忍辱负重，那种卑躬屈膝，一方面当然是他们有求于人，另一方面书里也提到，"日本人留下的规矩"其实起了很大的作用。从这些描写里，我们可以窥见北平沦陷时期的整个社会氛围是什么样子。

为什么又说《五子登科》反映了国统区的某种面相呢？事实上，"接收"之所以后来酿成巨大的灾难，很大程度上跟国民政府的战时政策有关。在以重庆为陪都之后，国民政府开始实行战时管理体制，包括对物资实行统购统销等。到了抗战胜利以后，重庆派人去沦陷区接收的时候，依然携带着这种战时制度与意识，派去的这些接收大员权力极大，可以说是上下其手，为所欲为。

抗战胜利之后，国民政府之所以迅速统治崩溃，跟它的制度难以适应战后的局势，无法很快重建稳定秩序有巨大关系。国民政府对沦陷区的接收，并非依靠自己的能力一路反攻过去，而是与世界大战的格局有很大的关系。美国在日本投下原子弹后，战争很快结束，国民政府在沦陷区的制度重建和人员派遣方面，都没有做好应有的准备。后来发生在上海的金圆券风潮，"打老虎"反腐行动，其实都可以从《五子登科》里窥见端倪。

有意思的是，《五子登科》这本书于1957年重版之后，《文汇报》上曾经出现一篇文章，批评"《五子登科》不是有益的作品"，原因是"这本小说最大的缺点是没有揭露金子原侵吞人民胜利果实的无耻行径,以及他给广大人民生活带来的痛苦。全书绘声绘影地描写了金子原玩弄女性的腐化生活,渲染庸俗情节,这样不仅冲淡了主题的意义,而且喧宾夺主,使读者在看完这本书之后,对金子原荒淫无耻的生活所感到的不是愤怒,而是欣赏"。

得承认,看完《五子登科》之后,可能真的会有这种感受。毕竟张恨水是一位通俗畅销作家,他写作的时候,自觉地会采用类型小说的套路,《五子登科》这篇小说里不仅有反腐,还有黑幕,有宅斗。关键是,当时的监察制度没有办法真正防范官僚们的"五子登科",如果金子原不是贪心若是,不是运气不好,说不定能一直当他的接收大员呢。

最后要说的是,通俗小说在文笔上也不断地向新小说靠拢,雅俗两类小说在1940年代有逐渐合流的趋势。我们可以比较一下《五子登科》和《围城》的结尾。《五子登科》的结尾是这样的:

> (金子原已经逃离北平了)这日,是月圆之夜,下午七点钟的时候,月亮照着屋子,内外通明。刘伯同、张丕诚两个人,早已嘻嘻哈哈的上街去了。李香絮还等着杨露珠的电话。刘素兰呢,却也在等着金子原定好吃饭的地方。还有陶花朝三天没有金子原的消息,也打了电话来问,这回是杏子接的电话,说专员同杨小姐都不在家。这里的一切还像昨夜一样。而且月亮分外圆,分外明。但是一点声音都没有了,房子四周只是静沉沉的,像是坟墓一样。

我们来回顾一下,《围城》的结尾是这样的:

那只祖传的老钟当当打起来,仿佛积蓄了半天的时间,等夜深人静,搬出来一一细数:"一,二,三,四,五,六。"六点钟是五个钟头以前,那时候鸿渐在回家的路上走,蓄心要待柔嘉好,劝他别再为昨天的事弄得夫妇不欢;那时候,柔嘉在家里等鸿渐回来吃晚饭,希望他会跟姑母和好,到她厂里做事。这个时间落伍的计时机无意中对人生包涵的讽刺和怅惘,深于一切语言,一切啼笑。

这两部长篇小说的结尾,无论是文字,还是隐藏在文字后的感喟,都十分相似。那是对时间的感慨,是对人生无常的讽刺,这些感慨与讽刺中,又藏着深深的悲哀。战后的民众情绪之低落彷徨,与初闻战胜时的狂喜,形成了巨大的落差,无论在雅文学还是俗小说中,都充斥着这种萧瑟与无奈。

湖南作家怎么还原东北土改

抗战胜利对中国来说,从是漫长烽火中重获新生的时刻,但抗战胜利被赋予了太多期许与承诺。抗战胜利后中国到底要走向何方,仍然困惑着很多人。随着国共谈判的失败,战争一触即发,国共之间大规模交手是从东北开始的。想要在军事上战胜国民党,并不是件容易的事。最后奠定胜局的关键法宝是什么呢?奠定胜局的关键是土改,土改的关键是情绪。

《暴风骤雨》是一部30万字的长篇小说,基本重现了1946—1947年东北土改的样貌。周立波以元茂屯这个村子作为整个东北土改的缩影来刻画。小说里最主要的斗争对象叫韩老六,他是个地主,日占时巴结日本人,欺负穷苦农民,日本人撤了,收了日本人留下来的洋落儿(物资财富),继续压榨穷苦农民。土改工作队队长萧祥带领队伍进驻元茂屯,目的就是发动受压迫的农民起身斗争地主韩老六,分了他的地。但是农民与地主的关系不是突然建立起来的,这套秩序甚至已经成了人们生活的一部分,不可能工作队一来就立刻改变局面。土改工作队也不是一入村就得心应手或者心想事成,在周立波笔下,这是一支不断试错反思,不断成长变化的队伍。起初工作队不接近群众,直接鼓动斗争地主,收效甚微,后来一点点与群众熟悉,打成一片,才找到了斗争的突破口,一步一步地撬开地主韩老六和农民之间的裂隙,成功地斗争了韩老六并且完成了土改任务。

周立波当过土改工作队的干部,在东北深入过土改一线,所以写出的小说特别传神,尤其是小说里地道的东北俗语俚语用得让人叫绝。人民文学出版社的版本几乎每一页都得有几处词语的注释,把小说里咕噜咕噜冒出来的东北话解释清楚。将方言运用到让人物活灵活现的地步,足见这位湖南人对东北农村的了解之深。

除了对农村的人物、风土了解深入,周立波对土改工作的各种遭遇也非常熟悉。比如一个老实巴交、唯唯诺诺的农民,怎么被点燃热情,大胆地在斗争会上痛斥地主恶行?地主被开了斗争会,分走了土地,事情就算完了吗?怎么判定地主,地主和底层农民之间的那些人怎么算,要被斗争吗?这些问题都在周立波的小说里有所体现。

比如,点燃农民的斗争热情主要靠勾起他们的受难回忆:

> 今儿下晚,萧队长担心转移了目标,分散了力量,有意放松李振江,走到课堂的中心,又向大伙发问道:
> "我再问你们,韩老六压迫过你们没有?"
> "压迫过。"十来多个声音齐声地回答。
> "压迫些什么?"
> 又是各式各样的回答,有的说:向韩老六借钱贷粮,要

给七分利、八分利,还有驴打滚的,小户拉他的饥荒,一年就连家带人都拉进去了。有的说:韩家门外的那口井,是大伙挖的,可是往后跟他不对心眼的,不能去担水。也有的说:得罪了韩老六,不死也得伤。韩老六爷俩,看见人家好媳妇、好姑娘,要千方百计弄到手里来糟蹋。

听到这儿,老田头的眼睛又在豆油灯下,闪动泪光了。

贫农们回忆遭过的罪,受过的苦,你一言我一语,整个会场的氛围就不一样了。一开始有地主的卧底在里面,大家都不敢讲,后来越讲越激动,情绪上来之后便争先恐后,甚至跳上桌子诉苦。这跳上桌子的不是别人,正是第一个站出来直斥韩老六罪行,并找上门斗争的赵玉林。

土改很强调情绪,跟农民讲马克思主义理论,讲剥削的计算方法,说到口干舌燥他们也未必理解,可一旦农民回忆起曾经遭受的伤害,引发了激烈的情绪,那就像在干草垛子里放了一把火,后续的革命工作就容易推进了。这也是为什么要开会来搞斗争,因为会场发言的戏剧效果以及剧场式的聚集方式,都特别能够助燃情绪。

群众的情绪被点燃,土改工作往下推进便势如破竹,分到土地和牲畜房屋器物等东西后,利益的诱惑又让无处安放的情绪开始变得复杂起来。很多地方搞土改,巨大的利益还引来了投机分子、流氓混混,搞起斗争来他们比谁都积极,斗起地主来比谁都心狠手辣,一批这样的人掌握了农会的权力,让土改变了味儿。当投机分子掌权之后,他们甚至不满足于斗地主了,还把斗争方向引向了富农、中农。有的惶惶不可终日的富农、中农也主动上交财物,生怕被当作地主,这就让原本定好的团结方针落实不下去了。不仅如此,投机分子和被调动起愤恨情绪的农民一旦结合,土改甚至一度出现了激进的手段,屯子之间互相串联斗地主,哪个村逼问出了财物,财物就归哪个村,把地主集中在一起审问的也不少,专门挖地主藏起来的钱财宝贝。闹得最凶的时候甚至牵连了军人家属。最激烈的一种斗争做法称为"扫堂子",干脆让地主、富农净身出户,直接收缴一切家中财物。萧红的《呼兰河传》描写的呼兰地区在土改时期就有很多"扫堂子"运动。在这个过程中被私下处决的地主也不在少数。

面对这样的局势,中央领导们也发现了问题所在,不断下达指示,想办法纠偏。而在土改的配合下,得了土地的农民迸发出强烈的参与革命战争的热情,而国民党则民心尽丧,双方一比较,胜负就很明显了。

东北局势的成败关系到整个革命战争的结果,后来的历史也证明了这一点,东北得胜之后,后续的战役如履平地。当时有个说法很有意思:东北是一寸一寸打下来的,东北打完,剩下的就是屁股后面撵着国民党的军队跑下来的。

土改是这里面最大的法宝,按毛泽东的话说:"很短的时间内,将有几万万农民从中国中部、南部和北部各省起来,其势如暴风骤雨,迅猛异常,无论什么大的力量都将压抑不住。"

— 1947共读 —

杨早

《五子登科》我写了解读，现在来说说《暴风骤雨》。在我上中学的时候，《暴风骤雨》有片段入选语文教材，名曰《分马》。这一段落，特别精到地写出了翻身农民面对胜利果实的巨大喜悦，由此我们或许可以更容易理解"革命的动力"。土改运动，是史无前例的农村权力与财富的重新洗牌与再分配。黄仁宇说，中国共产党因此赢得了农民。而另一阵营，争取到的是城市的资产阶级——从《五子登科》中日伪红人顺利洗白转型为国府走卒，亦能见出一斑。这两篇小说，可与毛泽东1925年《中国社会各阶级的分析》对读，当有启发。

张宇帆

1946年5月4日，中共中央发出《关于土地问题的指示》，土改就此展开。很多作家都投入了土改工作，他们接触了各式人物，唤起了某些记忆，对农民的命运抱以关注与同情，想要提笔写点什么，这也是作家的本能。

尹伊

《五子登科》《暴风骤雨》这两部小说放在一起，也挺有意思，看抗战胜利后两边都在忙着干什么，历史的走向也基本可以确定了。

孟岳

不难想象，抗战胜利之后普通人对新生活的期待会是多么强烈：社会重归平静，国家发展步入正轨，过日子有点儿过日子的样子。但如果收复失地之后，没能带来新空气，很多方面甚至更差，那么社会心理的巨大落差必然引爆更强烈的负面情绪。

―1947共读―

孟岳

我用老本行打个比方,如果说国民党政权在抗战前交出的执政答卷有六七十分,那么光复后人们心目中的期待无形中会把阅卷的标准升高,还按以前60分的水平发挥,在这次考试里可能就会挂科,更不用说水平还不如从前了。更悲剧的是,和以前不一样,这次可能没有补考机会了,因为另一位农村考生正在东北地区专心应考。而且备考的都是超纲水平的题,答题新方法又快又好,连附加题都答对了,甚至押中了作文题,把阅卷老师看得是热血沸腾,热泪盈眶。

尹伊

这么看起来,抗战胜利后国共内战既是战争,也是人民的选择。决定胜败的,从表面看是前线战事一城一地的争夺,但实际上后方究竟是"五子登科"还是"暴风骤雨"才是决定命运的关键。虚构的小说里记录着时代的情绪与浪潮的方向。

《异秉》

1948

拉着读者并排起坐行走

1919年以来，以鲁迅为开端，我们讨论的，都是小说跟社会之间的关系，但是小说本身也在发展。特别是到了1940年代这样一个充满着战乱、动荡的时代，小说出现了两种倾向。一种倾向是小说越来越向大众靠拢，不管是解放区的"赵树理方向"，还是国统区的街头活报剧，包括老舍等人尝试的通俗曲艺创作，张恨水的小说，张爱玲的小说、她编剧的电影，都取得很大的市场成功，这都是小说越来越大众化的表现。另一种倾向是小说变得越来越"文学"。小说已经摆脱了"五四"之后必须要跟旧文化宣战的使命，开始回归文学本分。比如，萧红《呼兰河传》由于跟抗战没有直接关系，遭到了左翼的批判。然而萧红的创作，从《生死场》到《呼兰河传》，从左翼现实主义立场来说是一种倒退，从艺术水准上说，无疑是一种巨大的提升。

正是在1940年代，一批优秀的作家开始了他们的转向与探索，包括萧红、沈从文，也包括新作家张爱玲。在1948年这个年份，我们要谈的是一位更新锐的作家，其实他与张爱玲同岁，但是出道成名比张爱玲要晚,他就是汪曾祺。

大家对汪曾祺的认知,一般始于1980年代以后,他作为一个老作家出现在公众视野,创作了《受戒》《大淖记事》等作品。不过根据近年的梳理,在40年代末期,汪曾祺已经是一位小有名气的青年作家。他的作品引起了很多人的注意,汪曾祺的老师沈从文甚至说:"汪曾祺写得比我好。"

汪曾祺的出现代表着什么呢?第一,他出生在民国,接受的主要是新式教育;第二,他来自南北之间的一个小县城;第三,他在西南联大接受了中文系的完整教育,所以他对西方和传统的文学都不陌生。在这种背景下,汪曾祺开始探索自己的文学之路。

汪曾祺的小说《异秉》发表于1948年。后来,1980年,汪曾祺又用同样的题材,重写了这部作品。两篇小说全然不同。大家看到的一般是后来的版本。

1948年发表的这个版本的特点是什么呢?回答这个问题之前,我们先看看汪曾祺40年代的创作理念。1947年,汪曾祺通过《短篇小说的本质》这篇文章详细地阐述了他对小说的看法。大致来说,他认为小说发展到当时,大家已经不太满足于那种表演化的小说了。汪曾祺的形容是"唱大鼓的走上去说:'学徒我今儿个伺候诸位一段《大西厢》'",唱的人听的人都很得意,而汪曾祺觉得这样的小说其实已经不够好了。因为这样的小说太像小说了,它跟生活离得越来越远。

在汪曾祺看来,小说分为长篇、中篇和短篇,这三种的写作标准又有所不同。长篇小说是作者带着读者在走,我在前面,你在后面,你跟着我走。中篇小说是作者面对读者,我给你讲一个故事,你觉得好听,这个故事就能往下讲。但短篇小说跟以上两种都不同。汪曾祺认为,很多短篇小说只是长篇小说的大纲,而不是真的短篇小说。

什么样的短篇小说才是理想的?汪曾祺引用了中学教科书上的定义:"短篇小说是用最经济的文学手腕,来描写事实中最精彩的一段或一面。"因为是"最精彩的一段或一面",所以,短篇小说跟长篇、中篇不能一样。汪曾祺说,短篇小说应该是作者请他的读者并排着起坐行走。短篇小说不是要给读者一个完整的故事,短篇小说需要去捕捉生活中的细节,或者说状态,甚至是气氛。汪曾祺后来有一个著名的说法"气氛即人物",描写气氛,就是描写人物。

因此,《异秉》这篇小说,写的就不是故事。小说讲的是汪曾祺的老家高邮有一个卖熏烧的,叫作王二。在各种行业都不景气的时候,王二的熏烧摊子反而越来越红火,生意越来越好。于是,王二下定决心,他在隔壁的旱烟店租了半间店面,摆一个柜台。小说写道:"今天实在是王二摊子最后一天了。明天起世界上就没有王二的摊子。"

小说写的就是这最后一晚的事。从黄昏王二摆摊到他收摊,他到药店里坐一坐,跟别人谈一谈,他还请这些有文化的先生,帮他起一个字号。虽然大家都恭喜王二,叫他"二老板",但是王二的心情是很复杂的。他对他的小摊子有感情,能不搬决不搬,但是,他也不愿儿子像他一样,在屋檐下面做一辈子,顶风冒雪,每天把这些家伙什儿搬进搬出的。撤摊搬店,这在外人看来不算什么,但在王二眼里,在他周边的世界里,那是一件大事。

最后,王二含着感激之情,请在座诸位开店那天,到饭馆去吃一顿饭。紧接着，他女儿和儿子来，把王二接回家去了。

《异秉》就是这么一个故事。这个故事在后来1980年的版本里被拉长了，拉成了一个以王二起家为主线，但整条街的各类人事都有细微描写的故事。相比之下，1948年的版本更加西化。汪曾祺说，他在大学时很受英国作家弗吉尼亚·伍尔夫的影响，还有西班牙作家阿索林。伍尔夫的特点是意识流，笔触随着意识的流动而流动，而阿索林的特点则是对意义的搁置，前面写了一大段风景与人物，你以为后面会发生点什么事情，其实什么事都没发生。汪曾祺的《异秉》挺能看出这两个人的影响。一个小贩，本来摆个摊子，明天要改成柜台，这是什么故事呢？这不是一个完整的故事，但这能写成一篇很有趣味的小说。

《异秉》里有这么一个细节，放在了小说的结尾，1980年版本里的结尾也有这个细节，而且被放得更大。

在大家将散的时候，有人谈到了发达的人多少会有些异象，就是"异秉"。有人就问王二，你这么发财，你总应该有点跟别人不太一样的东西吧？王二的回答是："我呀，我有一个好处，大小解分清。大便时不小便，上毛房时，不是大便小便一起来。"

1948年《异秉》的最后一段话是这么写的：

"聋子放炮仗，我们也散了。"师爷和学究连袂出去，这家店门也阖起来。

学徒的上茅房。

这很突兀，但细细想来又挺有意思。而到了1980年的版本里，这个结尾不这样了。1980年版，前面详细写了两个人，一个是药店的管事陶先生，因为身体多病，处于被辞退的边缘，运气非常不好。另外一个是药店的学徒陈相公，起五更睡半夜，被人打骂，过得很辛苦。最后一段写：

> 说着，已经过了十点半了，大家起身道别，该上门了。卢先生向柜台里一看，陈相公不见了，就大声喊："陈相公！"喊了几声没人应声。原来陈相公在厕所里。这是陶先生发现的。他一头走进厕所，发现陈相公已经蹲在那里。本来，这时候都不是他们俩解大手的时候。

这两个结尾比较，应该说后面这版更加余味悠长，但是1948年版有一种戛然而止的效果。从中可以看出，到了1940年代，民国的小说艺术已经发展到了相当成熟的高度，比如《五子登科》和《围城》的结尾，都能读出一种跟之前的小说不一样的味道。

当然，后来因为其他因素，小说没有往这条路走下去。但是探索如何用小说去表达人的生活状态，反映人的境遇与命运，这是民国小说一直在孜孜不倦地寻求的目标。我们可以用汪曾祺的这句话来总结民国作家对小说艺术的探索：

> 一个短篇小说是一种思索方式，一种情感形态，是人类智慧的一种模样。

屎尿屁也忧郁

汪曾祺的小说《异秉》很有意思。主人公王二是个摆摊做小生意的，平时卖些干果熟食日用杂货，因为手艺好，人又勤恳谦和，所以生意越做越红火，甚至原本站在房檐下摆摊的买卖都要升级为门店经营了。小说有一段对他手艺的描写，特别精彩：

> 晚饭前后是王二生意最盛的时候。冬天，喝酒的人多，王二就更忙了。王二忙得喜欢。随便抄一抄，一张纸包了；(试数一数看，两包相差不作兴在五粒以上)，抓起刀来，(新刀，才用趁手)刷刷刷切了一堆；(薄可透亮)，铛的一声拍碎了两根骨头：花椒盐，辣椒酱，来点儿葱花。好，葱花！王二的两只手简直像做着一种熟练的游戏，流转轻巧，可又笔笔送到，不苟且，不油滑，像一个名角儿。

这篇小说的题目叫《异秉》，难不成这手艺活儿就是主人公王二的异秉吗？王二的朋友们说一切都是命，从古至今，从帝王到百姓,想要发达,一定是天生异象,有与众不同的本事才行。王二能发达也一定是有天生的异秉,那王二的异秉是什么呢?小说到了结尾才揭晓。他偷偷告诉大家,就是大便时从不小便,上茅房从来不是大小便一起来。大家听完议论纷纷,屋子里充满了听起来很有道理的空气。最逗的是散场的时候,本来不想上厕所的学徒也跑去厕所。小说没直写,但显然小学徒是去验证自己有没有这个能让自己事业发达的异秉。

这么个屎尿屁的小说听起来是挺有意思,元气淋漓,然而,屎尿屁的《异秉》是汪曾祺1946年的忧郁情绪。

汪曾祺在今天几乎成了美食与文人趣味的代名词,有点儿文艺老清新的味道。但40年代的汪曾祺还是小年轻。1946年,26岁的汪曾祺带着当时的女友、后来的妻子施松卿离开昆明先到香港,施松卿从香港回福建老家,汪曾祺则独自一人去了上海。国家正值战乱动荡,经济也深陷泥潭,1946年的上海可远远比不了《上海的狐步舞》和《子夜》里30年代的上海。年轻人,特别是汪曾祺这样大学肄业又富于文艺思想的年轻人,想要在上海拼出一个饭碗,真是太不容易了。年轻的汪曾祺借住在朋友家里,生计无着,前路茫茫,欲哭无泪,甚至想到了寻死。沈从文都写信激励他:"为了一时的困难就这样哭哭啼啼,甚至想到自杀,真是没出息!你手中有一支笔,怕什么?"

幸亏沈从文的关注,后来在李健吾的帮助下,汪曾祺谋到了上海民办学校致远中学的教职,教国文和历史。听起来似乎峰回路转了,但日子过得并不顺心。汪曾祺在1980年代写过一篇小说《星期天》描述校内外乱象。小说写了财务账目不清的校长,写了痴迷

《蜀山剑侠传》的教务主任,写了由首饰店学徒莫名其妙转行来的史地教员,各种光怪陆离的领导和同事。除此之外,最让人印象深刻的就是这一时期上海星期天的怪异景象。学校到了星期天就变成了舞厅,沦陷时期李香兰的流行音乐还在播放。日军投降,美军却入驻了,于是舞厅里、大街上经常有美国大兵,喝得烂醉、寻衅滋事也不是新闻。

此时的汪曾祺除了应对三个班的国文教学任务,还要担心各种行政检查。他虽然在云南教书已经满五年了,本应该拥有从教资格,可教师资格证毕竟没到手,遇到大检查就不免心烦。

从校内到校外,到处是一团麻,只有在小屋子里给学生批改作文的时候,汪曾祺的心思仿佛才能安定一会儿,放松一会儿。小说有一段对叙事者此时心境的描写很到位,大可看作汪曾祺曾经的心境:

> 在"教学楼"对面的铁皮顶木棚里批改学生的作文,写小说,直到深夜。我很喜欢这间棚子,因为只有我一个人。除了我,谁也不来。下雨天,雨点落在铁皮顶上,乒乒乓乓,很好听。听着雨声,我往往会想起一些很遥远的往事。但是我又很清楚地知道:我现在在上海。

事实上也正是眼前的令人忧郁的上海以及在上海的忧郁生活,才催生了汪曾祺对遥远往事的怀想。这些遥远往事最终汇集在一起成了这一时期小说创作的素材,一批作品也应运而生,其中就有《异秉》。

《异秉》这篇小说很有意思，不难从字里行间读出一些汪曾祺故乡高邮的影子，但如果你想从小说里明确地指认高邮，又很难。这与鲁迅在北京写绍兴鲁镇，沈从文在北京写湘西边城不同，汪曾祺并没有特意强调《异秉》的地域特质，不仅没有强调，甚至还有意模糊了故事发生的地域背景。即便用到了高邮方言，也不同于周立波的《暴风骤雨》因凸显方言而不加注释无法理解，汪曾祺写方言，既有高邮味道，又能让人看得懂。所以《异秉》的故事可以说是发生在高邮的，但又好像是全国哪里都可以发生，正像他自己说的："我们必须暂时稍微与世界隔离，别老摔不开'我们是生活在怎样一个国度里'这个意识……"

《异秉》仿佛塑造了一个架空的情境或者世界用来聊天，聊一些有意思的陈年旧事以及一些有意思的人，没有任何压力，也没有任何权威或规则束缚地闲聊。

于是在工业化商业化的上海，一个县城世界在汪曾祺的幻想里出现了；在人心惶惶、冷漠疏离的都市上海，买卖人王二的好手艺、热心肠和处事谦和出现了，小乡镇的人情味出现了。比如，与王二相熟的蒙馆先生给王二的新店取名字就特别温暖，与现实里的上海生活恰成对照：

> 教蒙馆的陆先生叫了一声，
> "王老二！"
> "哎，甚么事陆先生？"
> "你的那个字号啊，——"
> "唉。"

"我们大家推敲过了。"

"承情承情!"

"乾啦,泰啦,丰啦,隆啦,昌啦,……都不大合适,这个,这个,你那个店不大,怕不大称。(王二正想到这个。)你么,叫王义成,你儿子叫王坤和,你不是想日后把店传给儿子吗,我们觉得还是从你们两个名字当中各取一个字,就叫王义和好了。你这个生意路子宽,不限甚么都可以做,也不必底下再赘甚么字,就叫'王义和号'好了。如何,你以为?"

王二一句一句的听进去,他听王少堂说"武十回"打虎杀嫂也没这么经心,他一辈子没听过这么好听的声音……

这些热心的老先生不仅替王二给店铺取名字,而且连印章都帮着刻好了,本来王二还担心来不及,没想到准备这么周到。老辈人聚在一起还聊起来王二父辈是怎么一步一步从挎着筐卖梨卖花生又一步一步开起来熏烧摊子,现在到王二这儿开起了店面,都叫王二特别感动。

从1919年读到1948年,这一路下来,不难发现,现代白话小说的写作是日趋成熟的。虽然鲁迅的创作是起点,也是高峰,但事实上文艺作品的总体水平确实是在稳步提升的。特别是到了1940年代,长篇小说无论章法布局还是气度命意,都出现了高水平的作品,《围城》《四世同堂》《寒夜》《暴风骤雨》等都是不同类型的代表。能够驾驭长篇小说,往往也是一个作家写作能力的体现。但汪曾祺对1940年代的长篇小说潮流颇不以为然。

在那个雨点落在铁皮屋顶,乒乒乓乓响着的天气里,青年汪曾祺在上海构建起了一个又一个不一样的短篇小说世界,后来我们熟悉的1980年代震惊文坛的老头儿汪曾祺也隐约可见了。

―1948共读―

邱小石
@孟岳　你推荐我读《异秉》,说比较野,适合我。是写得好看,但不知道你说的"野"是什么?

孟岳
就是感觉这家伙不太正经,有趣,不是那种张口启蒙闭口教育的作家。

邱小石
是有点这个意思,读着《异秉》,不断地感叹,写得好啊写得好,怎么写得这么好,但就是不知道究竟会引出什么故事,觉得一直都在开头,勾着你往下看,然后突然一拉屎,就结束了。

朴微
@邱小石　你读的肯定是1980年修改后的版本。

朴微
1940年代汪曾祺的创作有一个特点:他的才华是滚烫着横溢出来的,像一锅咕嘟着大泡的肉汤——他不太在意你如何下嘴。虽然我一直自称"现代主义者",但面对这锅沸汤,还是感觉手足无措。

朴微
1980年代后的创作像醉人的老酒。开瓶是香的,入口是柔的,但接着便是厚墩墩的热力往身体里走,后劲来了,感觉晕眩,但不会焦虑,晕得舒服而自在,然后沉醉。第二天醒来神清气爽,不会头疼。

邱小石
好像有烟火气的地方总有一条后街,街上做各种生意的人,各有行规,有尊严有卑微,有家道败落有风生水起,有吹壳子的有光听不说的。汪曾祺的描述很有画面感,想起自己小时候穿行在人声鼎沸的后街,因为长得矮,什么都看不见,但香料味、鱼腥味、中药味、卤肉味……各种味道到处飘。

—1948共读—

朴微

> 这种烟火气很厉害，能把现代派的底色糅入中国民间的传统，这是汪曾祺最令我着迷的地方。如果不经历1940年代的"沸腾"，这坛老酒不会如此醇美。

 彭江河

> "烟火气"的内核是一种开放性和流动性，汪曾祺作品中经常会有"怎么会这样呢，不太清楚"这样的表达，或许也是想向读者说明，事与事之间大多时候并不存在必然的因果逻辑，这可能才是生活的逻辑。1980年代有一些评论批判汪曾祺作品主题不够明确，缺乏社会性的因果逻辑。他们与汪曾祺不单是文学观念的不同，更是世界观的相左。

 张宇帆

> 我觉得1980年代的这坛老酒之所以如此香醇，跟他近四十年间的经历是分不开的。这段时间，汪曾祺做过《说说唱唱》《民间文学》的编辑，被下放到张家口，还编过京剧……这些经历无疑让他对群众生活有了切实的身体经验与情感连结，这也是汪曾祺的文字为什么能吸引人的原因之一。在他融入民间的过程中，他对什么样的语言与表达是群众能听懂的，能理解的，有了更加清晰的认识，这在他的重写中表现得很明显。如果说1940年代汪曾祺的文字还带有某种个人的表现性，是在画布上勾勒他眼中的平民生活，那么1980年代的重写读起来更像是在幕布上投影百姓生活。这不能简单地概括为"文笔好"，这种语感，以及文字中的美与温情，对生活的热爱，才是我们愿意将汪曾祺的作品一读再读的原因。

后 记

后记一
时代的情绪

我的日常工作被排得满满的,欠一屁股文债、课债,忙于招架各种考核检查,而《小说现代中国》这本书算是个例外,可以算作"自己的园地"中结出的果实。这块园地是"阅读邻居"读书会共同开辟的,起头的是杨早老师。非亲非故,就因为他在网上建了个群叫"从鲁迅认识民国",我从中关村跑去东五环外的豆各庄,一混就是五六年,认识了另一群非亲非故、只为读书抱团取暖的人们。他们中的许多参与了后来的民国小说共读,在这本书中与大家见面了。

除了读书会的民国小说共读,这本书整体架构来自2019年我和杨早老师在蜻蜓FM做的音频节目《小说民国》。2019年12月22日,音频节目临近杀青的时候,我们又在美术馆后街的"本土一间"(已消失)做了一场名为"时代的情绪"的小说朗读会。从题目也看得出来,我们希望以民国为视角,重新解读这一时代出现的各色小说,读出隐藏在小说人物与故事中那些被忽略的时代情绪。

后来重写书稿的时候,疫情汹涌而来,原本只是民国的情绪,忽而成了现实的情绪。彼时网络上流言、训诫与真相交杂,惶恐、质疑与感动并存。疫情地图为"战役"做了最生动的注脚——从湖北开始,越来越多的省份在一月被标黄、标粉、标红、标紫,越来越多人猝不及防地直面"沦陷"。那些对战时众生相的刻画,对个人直面灾难时复杂心态的描摹,对大时代中重重叠叠的民众情绪的书写,都不再是隔岸观火——历史的彼岸与现实的此地碰撞在一起。

《倾城之恋》里,张爱玲这样写白流苏面对香港沦陷时的无助:

> 在这动荡的世界里,钱财、地产、天长地久的一切,全不可靠了。靠得住的只有她腔子里的这口气,还有睡在她身边的这个人。

《四世同堂》里,老舍写在近代中国屈辱史里摸爬滚打走过来的祁老太爷,对北平沦陷的见怪不怪与对光复的自信满怀:

> 他总以为北平是天底下最可靠的大城,不管有什么灾难,到三个月必定灾消难满,而后诸事大吉。北平的灾难恰似一个人免不了有些头疼脑热,过几天自然会好了。

对我这个瘟疫面前挈妇将雏,跟着谣言抢口罩,抢消毒水,抢大白菜、方便面的中年人来说,语文前辈叶圣陶先生的《潘先生在难中》,读来就更能击中那颗疲惫而焦虑的心。他是这么写的:

上海的报纸好几天没来。本地的军事机关却常常有前方的战报公布出来,无非是些"敌军大败,我军进展若干里"的话。街头巷口贴出一张新鲜的战报时,也有些人慢慢聚拢来,注目看着。但大家看罢以后依然不能定心,好似这布告背后还有许多话没说出来,于是怅怅地各自散了,眉头照旧皱着。

到现在,疫情期间的惶惑不安与惊心动魄早已消散,生活还在继续。既然离不开就只能往前走,而想走出西西弗斯式的困境,想要自己的职业生命更长远,还是得找到一个看不见头、但值得把将要被磨平榨净的那一点生命力投入去做的事。

除了一届又一届的学生,这本书算是个开头。

鼓励并给予支持让我能够讲出来、写下去,最终竟出版了的,首先是杨早老师。音频编辑王军兄、活动策划唐娟姐以及后浪出版的编辑立扬姐都为这部作品的最终成形搭建了不同媒介的平台。山哥妙笔更是令这本书别具滋味。而最应感谢的还有共读的各位朋友,为了还原读书会的现场氛围,我把大家的文章修改为对话式的,如有错漏,责任在我。

后记二
一群人一起读一堆书，
想象一个时代

我完全同意孟岳的后记，再补充两点。

真的就两点：（一）谱系化阅读；（二）氛围性研究。

先说第一点。"阅读邻居"这个读书会创办于2011年底，三个创始人中，邱小石的儿子敢爷十三岁半，我的儿子辣子一岁半，绿茶家的小茶包还没影儿呢。

浑浑噩噩与一群人读了几年书，搞了许多小名堂，心中滋生出某种不满足，对碎片化精神生活的警惕也高到了临界点。于是从2018年开始，喊出了"谱系化阅读"的口号，也是那年，创办了"早茶夜读"公号，基本保持着日更。到2021年6月17日，已有756篇原创文章发布。

"早茶夜读"的口号是"从此阅读有谱系"，其野心是在已经运行了七八年的"共读"之外，揪住一个领域往下扎，不管熟不熟、深不深、难不难，先过一遍全貌，再往后，端看各自缘分。"谱系化阅读"的头一年是读中国史，从西周到近代，十个月，十个时代。

第二年就轮到本色当行的现代小说了。攒了一堆共读者,选了十位作家,每人四部作品,这样正好一周一部作品,十个月完成阅读计划。每位共读者,每个月要读两部小说,写两篇公号。我作为领读者,每部都要读,要写。

正好时在蜻蜓FM供职的王军兄想让我们做一门课,讨论来讨论去,就是我与孟岳两名现代文学专业出身的学徒承乏。但是思路与共读不太一样,不是按作家作品选,而是按年份选,1919年到1948年,每一年选出我们认为最能代表那一年的一部小说,借此窥见那一年的时代情绪。

其实这种刺激或无趣的做法,我想干已经好些年了。2009年敝室(中国社会科学院文学研究所当代文学研究室)集体撰写《六十年与六十部:共和国文学档案》,我曾提出过严格按年份对应作品,后来因为操作太难而作罢——文学亦有大小年,好作品有时成批地来,有时就是不肯露头。

按年份选作品,就不能老想着"文学性""艺术价值"这些词儿,而得另立标准,这标准,就是"最能反映那一年的时代情绪"。说实话,这是吃力不讨好的事,孟岳与我,有时能有共识、妥协,有时便各执己见,或干脆找不到选项……别的不说,单说小说的年份,是按创作年份算,还是按发表年份?有的小说,从初刊到载完,还跨了不止一个年度,又怎么算?现在回想起来,都是些很头大的问题。不管了,后来终于是勉强自圆其说,实在达不到共识,就"一个年份,各自表述",因为越到后面,就越有一年两部作品的现象,这也算求同存异的"共读"之一种吧。

再来说第二点"氛围性研究"。我最近老在提这个词,它源自汪曾祺写小说的重要理念"气氛即人物"。小说家写活了当时当地的气氛,人物自在其中。其实研究也一样,理解文本的前提是理解氛围——想起读研时啃本雅明《发达资本主义时代的抒情诗人》《机械复制时代的艺术》时,对AURA这个词颇感兴趣,有的译作"氛围",有人甚至译为"灵氛"。照我理解,AURA指的就是空气一样填塞在时代每个间隙的气味与情绪。我们想想这两年疫情笼罩下的物质生活与精神生活,是不是能感到一种虽不能言、沉积在心的东西在涌动?

时代的情绪,可能是一致的、集体的,但也可能是分裂的、个人的。像抗战时期的国统区、解放区、沦陷区,共同情绪全然不同,丁玲、萧红、张爱玲的个人情绪,也是千差万别。后之视今,其实也会选择,选择那些能与当下产生共鸣的情绪。中国现代文学作品的阅读,几番浮沉,有政治因素、文学史因素,而读者口味的与时俱变,也会让曾经腾传众口的作品变得销声匿迹,曾经石沉海底的作品变得街知巷闻。氛围性研究,是希望由还原氛围,尽可能撕掉后世贴的标签、加的包装,去理解当时的作者和读者有着怎样的创作冲动与阅读感受,而在这些冲动与感受后面,又是什么样的时势,晕染出什么样的情绪。

从这两点来说,《小说现代中国》这本书的共读创意,计划执行,成品打磨,都带有相当的实验性。这不仅仅是一本讲解现代小说的书,它更指向现代小说背后的社会史与精神生活史,同时试图将历史与当下的情绪进行勾连,激发共鸣。人生于世,最好当然是能做一些感兴趣又擅长的事,如果不能保证擅长,至少要感兴趣,还要加一点:别人不大会去做的事。

阅读邻居的谱系化共读还在继续，2020年是"读城"，2021年是"读法"。我们的生活也还在继续。无论如何，有没有一些小伙伴在一起不计功利地做一些感兴趣的事，读一堆书，想象过去与当下的时代——这是会影响咱们自己情绪的，对吧？

谢谢你们。

图书在版编目（CIP）数据

小说现代中国 / 杨早，孟岳著；黄山，凤梨绘 . -- 北京：北京联合出版公司，2021.12
ISBN 978-7-5596-5651-3

Ⅰ.①小… Ⅱ.①杨… ②孟… ③黄… ④凤… Ⅲ.①小说—文学欣赏—中国—现代 Ⅳ.① I207.42

中国版本图书馆 CIP 数据核字 (2021) 第 211497 号

Chinese edition ©2021 Ginkgo (Beijing) Book Co., Ltd.
All rights reserved.
本书中文版权归属银杏树下（北京）图书有限责任公司

小说现代中国

著　　者：杨　早　孟　岳
绘　　图：黄　山　凤　梨
出 品 人：赵红仕
选题策划：后浪出版公司
出版统筹：吴兴元
特约编辑：林立扬　张宇帆
责任编辑：牛炜征
营销推广：ONEBOOK
封面设计：杨　慧

北京联合出版公司出版
（北京市西城区德外大街 83 号楼 9 层　100088）
华睿林（天津）印刷有限公司印刷　新华书店经销
字数：273 千　　889 毫米 ×1194 毫米　　1/32　　12.5 印张　插页 4
2021 年 12 月第 1 版　　2021 年 12 月第 1 次印刷
ISBN 978-7-5596-5651-3
定价：68.00 元

后浪出版咨询(北京)有限责任公司 常年法律顾问：北京大成律师事务所　周天晖 copyright@hinabook.com
未经许可，不得以任何方式复制或抄袭本书部分或全部内容
版权所有，侵权必究

本书若有质量问题，请与本公司图书销售中心联系调换。电话：010-64010019